女贼

赵刚 著

江苏凤凰文艺出版社

图书在版编目（CIP）数据

女贼 / 赵刚著. —南京：江苏凤凰文艺出版社，2022.1
ISBN 978-7-5594-6002-8

Ⅰ.①女… Ⅱ.①赵… Ⅲ.①中篇小说-小说集-中国-当代②短篇小说-小说集-中国-当代 Ⅳ.①I247.7

中国版本图书馆 CIP 数据核字(2021)第 100688 号

女贼
赵刚 著

责任编辑	李　黎
特邀编辑	郭　幸
装帧设计	夏艺堂
责任印制	刘　巍
出版发行	江苏凤凰文艺出版社
	南京市中央路165号，邮编：210009
网　　址	http://www.jswenyi.com
印　　刷	苏州市越洋印刷有限公司
开　　本	880毫米×1230毫米　1/32
印　　张	12
字　　数	226千字
版　　次	2022年1月第1版
印　　次	2022年1月第1次印刷
书　　号	ISBN 978-7-5594-6002-8
定　　价	65.00元

江苏凤凰文艺版图书凡印刷、装订错误，可向出版社调换，联系电话 025-83280257

目录

一个人或 30 岁	1
女贼	19
卖鬼记	59
怯了	85
外星人和自行车	99
赵刚,祝你玩得愉快!	121
窗户	157
我朋友	171
魔方	193
K 煮出姓名的大米或熊猫的饲养	249
时间追击	297
迷路	313
你以后就不求人了?	349
抄近路	369

一个人或 30 岁

如果我是一个画家，我就画一辆汽车和一条公路，公路的一头从我的门前开始，另一头将到大街为止——无论它在那里——哪怕在英国。我开着画出来的汽车沿着画出来的公路飞驰而去，在路上我还要画出翻动的风景和变化的人们，让他们随着时间衰老，让他们在不停地生长和晃动中结婚生育死于肺病。
　　一切都像早已策划好的，甚至天气的变化也在预料之内。结局在开始之时便已被爱情注定，被想象中的大街注定。再过两天我就到30岁了，一个人到了这份上的确该为自己今后的生活准备准备了。在这之前我根本想不到这么远，就在上星期我还觉得自己年轻得跟早晨八九点钟的太阳似的充满了生气和一切意外的可能，可是一个星期之后我突然一下就老了。一个人和30岁，真不敢想象这么一个巨大的数字现在竟然摊在了我的头上。我是

1965年出生的，17岁时意外地发表了平生的第一篇小说，从此便有机会结识了一帮同是写小说的朋友。我们这些朋友中的年龄分为三个档次，20岁以下是一个年龄档，其中以我为代表，17岁。顶呱呱的数字，顶呱呱的年龄，现在想起来仿佛就是昨天；面容苍白表情稚嫩，嘴唇上刚长出一层细细的绒毛，对所谓的生活充满了奇异的想象和渴望，经常因为突然的灵感从床上跳起来，刷刷地写出十来页的文字，然后趿拉着拖鞋从家里跑出来，穿过黑夜和灯光的大街，绕过那些在微风中装腔作势的树梢，径直地来到你的窗户前砰砰地敲响你的梦境，使你在一阵欢天喜地的锣鼓和鞭炮声中失去貌美如花的新娘，也从此失去了那一面砰砰作响的窗户和玻璃——那是一面会做梦的玻璃，它冰凉之处在于透明或者透澈。当然这是玻璃不是小说，我也不在这上面多作文章了，还是继续年龄的话题吧。中间档次的人比较多，他们当时的年龄一般都在二十五六岁上下，风华正茂意气风发，相对于17岁而言，二十五六岁更是一个金光灿灿的时期；男人器宇轩昂女人风情万种，相互间充满了恋爱的愿望。这一点尤其让17岁的人着急。最后一档的朋友是30以上年龄层的人，有个把个已经三十五六岁了。根据我当时的认识，他们和那些四十五六岁的中年人已经没有了什么区别，而四五十岁与那些五六十岁和七八十岁的人也没有多少差别，依此推算三四十岁的人跟那些躺在坟墓里瞧着活人说风凉话的死人相比也就没有多少差别了。按照我们当时的普遍看法，这一年龄层的男人大多是平庸之辈,与我们这两个年龄档的人相比,他们普遍地缺钱、缺勇气也缺乏才情;在外面吃饭他们从不主动掏钱,遇到打架他们先是拼命地劝阻,劝阻不了就闪身避开,把危险一股脑儿地留给了17岁、二十五六岁的男人和女人们。大家想想,这种事是17岁和二十五六岁的年龄的人能干得出来的吗?至于才情他们更是不值一提。尽管他们也写小说,但是堆砌起来的文字尽是一些男欢女爱的色情描写,或者是貌似高深玄虚之谈且自我感觉无来由地良好,号称由于他们的出现,中国文学得诺贝尔奖已经只剩下时间问题了。他们趾高气扬神气活现地在文坛上走来走去指手画脚,却不知在别人的眼中则是皇帝的新装一般滑稽可笑;自己的屁股都露在外面了还浑然不觉地得意扬扬,换上二十五六岁或者17岁的人谁会没事当众亮出自己的那玩意呀!即使瑞典许诺要把诺贝尔奖的奖金发给我们,那也得找一个恰当的时间和场所——时间最好是在颁奖前的二三分钟,地点应该是在斯德哥尔摩,等到了那时候再亮出闪烁的那一玩意吧,然后再让那些文艺评论家们针对它的光洁度和硬度品头论足一番。我在17岁时便对30这一数字充满了恨意和恐惧,那时候我常跟要好的朋友们说,我只要一活到30岁就死,就算别人不杀我我也得自杀,绝不丢人现眼死乞白赖地厚着脸皮往下活了。从17岁到30岁就像无意之中踩到一块被水浸透的湿肥皂,自己还没做好准备,便吱溜一声滑进岁月的圈套中去了。于是30岁就到来了。不知是为了证实我

17岁时的誓言还是另有其他目的,30岁从时间的沼泽中刚一露出丑陋的脑袋便狠狠地瞪了我一眼。它的这一股恨意首先使我的头发里生出了无数根闪亮的白发,脸上隐隐地现出了数条皱纹的痕迹,紧接着皮肤也失去了光泽和弹性,记忆力衰退,视力模糊,一种难以名状的对未来生活的忧虑使我变得易怒、脆弱、敏感、多疑、尖刻、胆怯,而所有的这些情绪与我已经拥有的生活内容是多么的不协调。我在25岁那年与一位多年的朋友结了婚。她在我17岁时就已经25岁了,当时她是我们这些朋友中较受男人青睐的一个女人,她仗着自己的青春美貌和来自男人的一份无端的青睐在我们之中挑挑拣拣。只是过高估计了自己的魅力或者说过分轻信了男人们的那些海枯石烂心不变的鬼话,最后一转脸稍有点内容的男人不是被别的女的骗走了就是骗上了别的女的,迅速地失去了踪迹。她这时候慌神了。正巧经过食物和营养的补给,我终于一路顺风顺理成章地在此时此刻成长到了25岁,从一个面容稚嫩的纯情少年摇身一变而成了一名标准的男人。于是左顾右盼遍寻情郎不得的她就把我当作了最后一个操练技术的对象。我当然不是她的对手,一个回合还没战完便心甘情愿地被她领入了漆黑的爱情中去,晕晕乎乎地和她结了婚。结婚一年之后我们有了一个孩子——一个非常漂亮的"布娃娃",本来我不想这么快要孩子的,但是亘却执意想要,她说自己的年龄已经很大了,再不抓紧时间这辈子也许都不可能生孩子了。话说到这份上我也不好再坚持了,任由她去医院生出了一个孩子——我们漂亮的女儿。从此以后城市上空便多出了一声啼哭,今后的世界上多出一个女人,学校里多了一个女学生,工厂里多了一名女工(或者女干部),奥运赛场上多了一名为国争光的女子中长跑运动员(当然也可能是女子撑竿跳高、女子跳远、女子国际象棋、女子乒乓球、女子羽毛球、女子网球、女子篮球、女子排球、女饲养员、乡村女教师、商界女强人、政坛铁娘子等等)。确切地说,时间是在这时候突然地加快了步伐,某些已经习惯的生活内容和节奏因此而改变并朝着与当初愿望相反的方向流动而去。我首先遭遇到的是写作上的难题。自从这个名叫花朵的女儿一出世,我的写作再也无法进行下去了,灵感被封闭,激情被中断,只要一摊开稿纸提起笔,脑子里首先出现的就是一些诸如奶瓶、奶嘴儿、尿布、啼哭等字眼,有时候那个孩子还会出现在我的稿纸上面,在格子与格子之间行走,或者提起一条腿用另一条腿在稿纸间跳来跳去,玩一玩跳房子的游戏。反正自从世界上多了一个孩子之后,我就被一些忙也忙不完的生活琐事完全地缠住了,买菜烧饭取牛奶洗尿布哄孩子。这么说吧,自从有了一个孩子之后,我就什么也写不出来了,无论小说或者别的什么,哪怕是一份情书。更为可怕的是后来我竟然也习惯了这样一种没有文字的生活,偶尔空闲时心中隐隐会感觉少了一点什么,但是一觉睡过去就什么也想不起来了。日子飞快流逝,一晃五年过去了,在这五年中我们吃饭睡觉极其规范地生活着,我所有的精力和时间都用在了注视上面,集中在我那可爱的布娃娃一样的女儿身上,除此之外其他所有的一切仿佛都不存在或者说被我遗忘在五年前的时间里了。身边的孩子在注视中一天天地变化和长大,有一天我从床上醒过来时意外地看见了枕头旁边有一枝鲜艳的玫瑰花。亘将鲜花放在我的床头轻轻地说了一句,30岁快乐!我微微一愣,心中一下子就乱了。我30岁了?难道我就这样莫名其妙地30岁了?一切的一切都是在这时突然拐了一个弯,将毫无防备的我甩出了正常的生活轨迹。在抵达地面之前我长久地飘浮在空气中,所有的想法都显得空虚和空洞,整个人轻飘飘的像一根羽毛。下午亘拽着我和孩子出了门,她说晚上要请我吃饭,祝贺生日。今天是星期天,大街上的人非常多,在经过一家新华书店的门口时,我们看见一个作家在签名售书。等待签名的读者队伍排得很长,队伍中的每个人的脸上都洋溢着一种近乎上帝的神情。那个签名的作家忙得不亦乐乎,一本接一本地为他们签名。亘拽了我一下指着那个埋头签名的作家说,那不是王积吗?我一看还真是,不假思索地张嘴叫他一声,王积!王积抬起头看着我们好一会儿才认出来,他从座位上跑过来说,哎呀!怎么是你们俩?所有的读者都把视线集中到了我们身上,让我有点不自在。和王积聊了两句后我说,你先忙吧,我们以后再找机会聊。王积给我留了他的电话号码,末了还送了我们三本书,连我的女儿也单独得了一本。他说,过两天约个时间我们好好聊聊。王积曾经是我们朋友圈子中的一员,他大我八岁,在朋友圈子里他是最不自信的一个人,刚开始时他迷信所有发过作品的人,无论自己写出什么新作品都要先拿给他们看,态度虔诚至极,连当时只有17岁的我他也没有放过。后来因为我发表的机会增多,再加上大伙对30岁以上的那一帮人的普遍反感,最终使得他将所有的信任全部集中到我一个人身上。在当时他绝对是一个能满足我虚荣心的客体,可是我怎么也没想到在许多年以后的今天我要为当初的虚荣付出代价。离开王积之后,我的妻子亘首先承受不住了。在接下去的走动中,我们老半天没说话,连女儿也被这一份来历不明的沉默压抑住了好动的天性,抱着书一声不吭地跟在我们后面,不时还饶有兴致地翻上两页。她不过五岁多一点,还没识字。我实在忍受不住这种沉默,为了调节气氛就对女儿说,来把书给妈妈,让妈妈给你拿着。女儿却把书往怀里深深地一抱说,不,我要自己拿!这是那个叔叔送给我的。这副神情不知怎么就把妻子激怒了。她毫无预兆地发起火来,飞快地伸出手一把将书从女儿的怀抱中抽出来,连同自己手中的那本书,重重地扔在了地上,吧哒一声。孩子被吓得哇地大哭起来,我也愣住了,不知她为什么要这样。孩子还在嚎哭着,一张小嘴咧得大大的,以此表达着自己的无辜和委屈。我捡起那两本书,问亘你这是干什么?看把孩子吓的!亘愤愤地说,没什么,我就是看不惯那副小人得志的嘴脸。我说究竟怎么了?谁得罪你了?亘就火了,说,你是瞎子呀!难道你没看见?我说,什么呀?我看见什么了?亘定定地看着我,看着看着就哇地一声,双手掩面痛哭出来。我要提醒大家注意一点,当时我们是在人如潮车如流的大街上,女儿和亘这么一闹就把整个大街的注意力全吸引过来了,许多人围在一边像看西洋景似的。我看不是事,抬手拦了一辆出租车把一大一小两个嚎哭着的人弄上了车。一辆出租车载着两个人尖锐的哭声向前奔驰,大街有多长哭声就有多长。到家时女儿已经在我的怀中睡着了,胖嘟嘟的腮帮子上还挂着两颗硕大的泪滴;亘这时的哭泣已经渐入尾声,她哭累了。进了家门后往沙发上一坐就怔怔地犯起傻来。我先把孩子放到床上,给她盖好被子安顿她睡下,回身坐到沙发上伸手搂住亘的肩膀问,今天到底是怎么一回事?亘没说话,此刻她的眼神涣散,表情僵硬,整个人仿佛都已经失去了思维和活动的能力,只剩下一具空壳陪在我身边,让我的手臂搭在上面,让她的发丝触及到我的呼吸,内部则已经发生了巨大的变化,所有的心情、心跳、血液和爱都已经悄悄地溜出了躯体,去了另一个崭新或陈旧的地方。我这时突然升起了一种不安的感觉。这种不安与亘有关,与她当年的青春美貌有关。我被这陡然而起的古怪念头狠狠地捶了一下,心跳咚的一声差点就此中断。我转身跑到床前,仔细地端详起女儿的面容。我不知道自己究竟打算从她的容貌中找到什么?自己又想利用这些证明什么?女儿还在安静地睡着,面容上的一颗泪滴已经风干,只在皮肤上留下了一点眼泪的痕迹,表示在此之前她曾经为某个原因哭泣过。一双手臂从我的腰间绕向前来温柔地将我抱住了,一个比搂抱更为温柔的身体紧紧贴在我的后背,打断了我对女儿的端详,一个声音紧贴着我的后背说,对不起!然后又是一声半声的啜泣。我扶着那双柔若无骨的手轻轻拍了拍,这双手又将我抱紧了一紧。贴在我后背的声音在说,我爱你!我问两只手,他和你……也有……过?后背上的脑袋点了点,那时候觉得他挺脆弱的,不忍心伤害他……我看着睡眠中的女儿又问,他知道女儿是他的吗?搂在我腰间的双臂突然抽走了,你说什么?惊讶中夹着一丝疑问。我转过身看着亘,一字一句地说,女儿,我们的女儿……亘的脸色变了,一层层地苍白下去,嘴唇哆嗦着有气无力地喃喃问道,你……你是怎么……了?按我的推测,这句问话准确的句式应该是:你是怎么知道的?或者是,你怎么会知道的?但是不知什么原因却在中途被稍稍改动了一下,于是整个意思顿时变得模棱两可起来。亘往后退了两步,一屁股又坐回到沙发上去了,坐在那里流泪,好像存心要用眼泪把我们的家淹没,或者说想用持续着的悲痛欲绝的架势引起我的同情。可笑,真是可笑。每个女人都以为做做样子便可以让男人俯首称臣,但是却没料到那个男人在投降之前便已经下定了突围的决心。当然在突围之前男人仍然给了自己的女人以足够的时间思考和准备。他期望她能认清形势,不要心存侥幸,也别想运用女人惯用的伎俩——如眼泪呀、爱情呀包括孩子等等来妄图达到本来无法达到的目的。我在妻子和孩子的身边等了很久,短一点说有三两分钟,长一点说大约有两三个月,在这期间亘在沙发上始终保持着当初的样子,不言不语一副遭受冤屈的模样,而那个现在已经无法说清究竟是谁的女儿的花朵则躺在床上装睡,装得像真的似的,可我知道有好几次她都躲在被窝里掀起被角,打量房间里事态的发展,说不定还捂着嘴暗自窃笑,笑我像个白痴一般,直到今天才对这个骗局有所察觉……时间分分秒秒地流逝着,终于我们三个人都饿了。一直坐在沙发上的亘抬头对我说,你去烧点饭吧,孩子醒了会饿的。她此时语调平和神态从容,一直憋着劲想与她大吵一架然后趁机甩门逃走的我被这副平静祥和的语调和神态软化了,答应了一声就向厨房走去,尽管心中有一万个不乐意。我也不明白,好不容易促使事态发展到了这一步,怎么被女人的一句话就给说回来了呢?我磨磨蹭蹭地往厨房走,心中满是对自己的怨恨。进了厨房先拿出锅去米桶里舀米。用来舀米的是一只机关炮的弹壳,表面光滑,以前是我的烟缸,后来因为花朵特别喜欢,我们全家就顺应她的号召将烟缸改变了用处。从烟缸到舀米罐已经有半年的时间了,想想时间过得真挺快的。我一只手把玩了一会儿炮弹壳,狠狠心伸进米桶舀了一罐米。这一下属于花朵的份额,第二下是亘的份额,但是在舀第三下时我犹豫了:我仍然对自己抱着一线希望,假如这个希望能够像秋天枝头上的果实一样得以适时地成熟,那么我今天将从这个房间消失,因此这第三罐的生米对于我来说便属多余;假如因为某种原因果实错过了成熟使我被硬性留在原地,那么这第三罐的生米将成为我今天的营养份额,可以暂时填饱我那庸俗的肠胃。基于以上的考虑,我端着第三罐生米的手在半空中停顿下来,心中慌慌的一时拿不定主意。透过厨房的玻璃窗格我看见亘仍然端坐在那里,双眼茫然地盯在前方的某个地点,像一个缺心眼的白痴一样正在犯傻;而花朵还躺在床上,脑袋歪向了一边,一只胳膊不知什么时候伸出了被子,犹如一节被清水洗干净的藕搁在岸边。我端详着这一节藕段,无来由地叹了一口气,端着米罐的手顿感酸痛,一狠心把这犹豫的第三罐生米哗地全倒进了锅里。米一入锅我又后悔了,飞快地从锅里舀出了一半,连同罐子本身全扔到米桶里去了。我端着只有两罐半生米的锅走到水池前拧开水龙头洗米,水流很急,哗的一声便将锅注满了,急促的水流将锅中的生米翻上水面,又顺着锅的沿口漫出、流失。我的心中顿时充斥了一种无法言喻的落寞,如被水流失的生米一样无能为力,一种近乎自杀的情绪刺激着我将水龙头拧到了最大,顺水流逝的生米犹如时间的颗粒,在一丝异样的快感中漂出锅沿。自己在17岁时针对年龄的肤浅理解及其设置在30岁的今天终于显出了它滑稽和可笑的特性,让我由衷地感到了生命中一丝悲凉的成分。人真的很可怜,他们无论如何也躲不开时间对自己那一份精确的算计,这是30减17之后得到的一个结果,30岁的结果。房间里突然有了一丝响动,亘从沙发上站了起来。她可能是对厨房里长久不息的自来水声产生了怀疑,从沙发上站起来向厨房走过来。我急忙关掉自来水,水池和锅里顿时静止了下来,但是水池里已经积下了一层雪白的生米。我甩着一双沾满了水珠的手朝厨房外面走,将亘阻断在房间和厨房的交界地。你在干什么?亘的眼睛绕过我的肩膀向厨房里张望,我刚要说话,突然从房间外面传来了一声惊恐的叫喊,救命呀!声音颤巍巍的像一根线一样飘进了房间。我一把抓住亘的肩膀说,听!亘愣了一下问,什么呀?外面的声音又一次响起,救命,救命啊!这一次的呼喊比上一声清晰了许多,从声音本身判断,呼救的那个人离我们的房间很近,范围不会超过20米远,这么近的距离亘居然没听见,仍然傻乎乎地问,怎么了?我说有人喊救命,是个女的,八成遇到坏人了。亘说不会吧,天还没黑呢,谁敢在这时候作案?我乜了她一眼说,你也真是笨,坏人又不是耗子,他们可不管白天晚上的,只要有作案的机会就不会放过。亘偏了偏脑袋又听了听,喃喃自语道,我怎么一点都没听见呢?抬起头眼睛盯着我,你说那个坏人是想抢钱还是想……人?我考虑了一下回答说,现在的情况不大好说,罪犯都变聪明了,在作案之前一般不给自己定什么条条框框,遇到钱就抢钱,遇到人就要人,更多的时候是双管齐下,先抢钱再抢人,反正不会轻易地浪费任何一次机会的。这时候外面又是一声凄厉的叫喊,救命——这一声较之前两声尤其地凄厉,我推开无动于衷的亘说,不行,情况紧急我得去救人。亘一把将我抱住说,我不让你去!我说我一定要去,我不能看着一个无辜善良的女青年被坏人糟蹋。亘强词夺理地说，也许那个坏人只抢钱不抢人的。我说那也不行，每一个公民都要敢于和坏人坏事做斗争，如果人人都是一副事不关己高高挂起的心态，社会就完了。亘哭了，说我怕你打不过坏人，他们都有刀子的。我说你去替我把菜刀拿过来，他要是真敢跟我动刀子，我就把他当黄瓜给切了。亘还在磨磨蹭蹭的，我真火了，提高嗓门说，救人如救火，你怎么一点道理都不懂！一句话把亘骂得清醒过来，她松开我狠狠地用袖筒擦了一下眼睛，转身进了厨房，再出来时手上多了两样东西，一把菜刀和一根擀面杖。她把菜刀递给我，然后执着擀面杖就往外面冲。我一把拽住她，你干什么？她说我要跟你一起去救人。我说你别给我添乱了，好好在家待着。她一扭脖子，我要去！我说你不能去。她满脸通红地看着我说，凭什么你能去我就不能去？我说，话不是这么说的，你在身边我处处要顾及你，因此可能会有许多不便当的地方，假如那个罪犯先把你抓住，胁迫我放下武器，我还真没办法可想，何况家里这一块也需要人，不为财产还为孩子呢！现在外面拐卖儿童的案子非常多，万一敌人调虎离山，趁我们俩都不在时闯进来，把家里洗劫一空，顺便再把花朵掳走，卖到偏远的山区里去给一个四十多岁的光棍做媳妇，那我们……那我们……我说不下去了，亘更是呜呜地失声痛哭。我从亘的手中摘下擀面杖顺手放在桌子上，对她说，在家看好孩子，如果一个小时之后我还没回来，你就别傻等了，自己带着孩子吃完饭早点休息，晚上睡觉前别忘了把防盗门锁好，咽了一口唾沫接着说,以后……以后遇到合适的就……就好……好好待人家,如果人家不愿意要花朵你就把她送到我妈那去,让我妈替我们把花朵抚养成人。至于花朵的生活费嘛,我瞟了亘一眼,唉——随便你吧,你愿意给就给一点,不愿给就拉倒得了。亘一直怔怔地听着,脸上的疑云越积越厚,听到最后冷冷地哼了一哼说,你这是干什么呀?临终遗言交代后事还是怎么着?我怎么老觉得你今天有点不大对劲?你不会在玩什么花样吧?这话吓了我一跳,回头想想自己也的确有点过了,急忙收拾起情绪,一脸严肃地说,你别胡思乱想了,有些事等回来再慢慢地跟你说,我得先去救人!说完拔腿就往外冲,亘却一把抓住我说,等等。我说,还有什么事?亘深深地看了我一眼,转脸从桌子上拿起那根擀面杖,极温柔极柔软地递给我说,你把这个也带上吧!我说一根擀面杖能派什么用场,不带不带。晃了晃手中的菜刀说,有这个足够了。亘的脸色一沉说,不行!你不带这根擀面杖我就不让你走!说着话人绕过我横在了门前,作出了一副鱼死网破的架势。我没辙了,说好吧好吧,我带上就是了。伸手抽过擀面杖。上个星期我们刚刚包过一次饺子,擀面杖上还沾着星星点点的面疙瘩,握在手中微微有点硌手。我说,好了,这下我可以走了吧。亘往一边挪了一点,让出了一点缝隙,我像一条活鱼似的从她的身边滑了过去。一只脚刚迈下楼梯,她突然又叫了起来,等等。我叹了一口气站住身说,你到底还想不想让我去救人了?她看了我一眼没说话,一拧身跑到对面人家"嘭嘭嘭"地敲响了房门。对面房门吱地一声开了,开门的是这家的女主人,看见我们不无意外地说,哟,是你们呀!有什么事吗?亘说,大姐,你们家鲁大哥在家吗?女主人一连声地说,在,在。回头朝屋里喊,大鲁,你来一下。这家的男主人大鲁是一个工厂的钣金工,长得高高大大的,形象酷似电影上的那些贫民英雄。他在屋里问了一声,谁呀?踢踏踢踏地走了出来。一眼看见表情生硬的我们就乐了,哟!怎么了?吵架了!女主人捅了他一下,说什么呢?真是!亘堆着一脸的笑说,大哥是这样的,外面好像有坏人在抢钱,我们家的他要去救人。我怕他一个人吃亏,所以想请大哥跟他一块去,相互也好有个照应。我这才明白亘的意思,急忙说,不用,不用。我一个人就行了,人去多了会把罪犯吓跑的。大鲁一步跨出来,走到我身边一拍我的肩膀,别说了,我们走!"噔噔噔"地下楼去了,脚步声踩得整个一幢楼都在微微晃动。到了楼下大鲁站住身问我,罪犯在哪儿?我说刚才我在楼上听见有人喊救命,是个女的声音,当时好像就在楼下,很近的感觉,不过也好像很远。要不我们分头找找吧。我抬手指着一个方向,我去这边,又朝相反的方向一指,你往那边。大鲁顺着我的手势两边看了看说,行,就这样。找到了就喊两声,互相招呼一下。说完掉头要走,我急忙叫住他,大哥,你赤手空拳的可能不安全,这样吧,你把这根擀面杖带着,遇到危险也好防身。大鲁接过擀面杖玩弄了两下,笑着说,你们也真想得出来,这东西连一只苍蝇都打不死,根本就没用,你还是自己拿着吧。把擀面杖往我手中一塞,走了。我朝他的背影喊,要不我把菜刀给你。这刀可是刚买的,快着呢!大鲁回身摆摆手。背着身影向前走着,拐了一个弯之后消失了。我按照约定向另一个方向走过去,边走边察看道路的两边是否隐藏着罪犯。此刻已是傍晚时分,渐渐走黑的暮色悄无声息地随意涂抹着那些曾被白昼明确的景色,并竭力掩饰着其中的质地;从一些窗口中泄出的灯光愈发明亮起来,灯光后面的欢声笑语里沾满了饭菜的香味。我绕过窗户继续向前,在每一幢大楼的拐角都要仔细搜寻一番;城市里每天都在滋生各种各样的罪犯,白天他们混迹于善良的人群之中,他们在白昼里的身份是公司经理、工厂的车间主任、作家、记者、歌星、影星、球星,有的甚至还是杂技演员、大酒店的领班、电台娱乐节目的主持人;他们装模作样一脸正经,满嘴的光明词汇,或许还为希望工程捐过一笔款,或者为一个身患绝症的小保姆洒下过热泪,但是等到黑夜降临,他们真实的面目便被漆黑的夜色显露出来;他们像罪恶的蚂蚁一样布满城市的各个角落:他们拐卖儿童、盗窃财物、拦路抢劫……就在此时此刻,在某一幢楼房的拐角或者某一条小巷的尽头,我坚信有一个罪犯正将一把刀子架在一个孤立无援的女青年的脖子上,逼她交出身体和钱,我分明听见那个女青年发自内心的呼救……我循着这一份隐秘的呼救声向前走着,不知不觉之中就走到大街上来了。正是吃晚饭的时候,大街上的行人和车辆稀少,满街的灯光一起闪烁,代替了白昼里活动的行人和车辆。眼前的大街就像是一件宽大的上衣,楼房、商店、树木、汽车、人群和灯光还有你都是衣服上的纽扣。如果要完成这个比方,最后还需要再限制一句,大街是一件布满了纽扣的样式怪异的上衣,没有裤子。好了,现在我已经来到大街上了,我想一个30岁的人和他的17岁是有一些本质上的不同的,他应该能从这司空见惯的风景中发现一点新鲜的东西,30岁的东西……30年前,一位母亲在一家部队医院生下了一个孩子,今天这个身上沾满了时间痕迹的孩子已经30岁了,于是他身边的一切景物和内心中的一切感受一起在今天到达30岁了,包括他的女儿,也包括大他8岁的妻子,甚至包括了眼前的这条大街和通向这条大街的一切途径和道路。

我在街边站下来,手中紧握着一把菜刀和一支擀面杖。

女 贼

上星期妻子从英国给我打了一个电话,告诉我表妹卫离最近可能要来南京散散心,来的话让我帮忙接待一下。

妻子的老家在苏北一个小城市,本人家境普通,但是却有一个成功的舅舅。舅舅是当地一家著名酒业集团的老总,掌管着一家规模庞大的企业,庞大到何种程度且不论,光说该企业每年在央视投放广告的费用就有两三个亿。舅舅平时对一干亲戚照顾有加,我妻子上大学的四年学费和生活费都是他承担的,毕业后能留在省城工作也是他上下活动关照的结果。与妻子结婚后我陪她回过老家一次,那次见到了大部分亲戚,却没能见到她舅舅。到达老家第二天,舅舅一家请我和妻子吃饭,那天本来可以见到舅舅的,因为一桩突发事件舅舅临时去了北京,于是没能见到。也就是那一次饭局上我见到妻子的表妹;舅舅一共有两个孩子,一子一女。哥哥卫东待人接物得体有矩,表妹卫离却有点不知深浅。那天在酒桌上聊天时,表哥问我是做什么的?我说我从事文字工作。表哥举杯敬酒,是作家,我先干为敬!

卫离在一旁上下打量了我一番,不屑地撇了撇嘴,什么作家,不就是个写字的嘛!

在一旁的舅妈听她这么说话很生气,你姐夫就是作家,不要胡说!

卫离:本来就是嘛!这种人网络上多了,都自称作家艺术家什么的,其实也就写点博客……

卫离就是这么一个人。本来像她这样娇生惯养的女孩子说点什么不知深浅的话或者做出点出格的事别人也不会太计较,所谓不看僧面还看佛面,谁让她摊上一个好爹呢!

那天吃过饭后我们还受邀去舅舅家小坐了片刻。舅舅一家住在城中一处小区,房子本身有多高档也说不上,但是客厅却大。听舅妈介绍,遇到雾霾天、空气不好的时候,她和舅舅会在客厅里打打羽毛球活动活动身体。表哥卫东有房另住,只有卫离住在家里。那天我还参观了卫离的房间,打死你们也猜不到卫离的房间是个什么样子,她的房间空荡荡的只有一个席梦思床垫铺在地上,床上除了一个手机、一台平板电脑和一些女孩子毛绒玩具之外什么都没有。我觉得奇怪,问卫离,你的房间怎么这么简朴?

卫离说我觉得这样舒服呀!我特别不喜欢把房间堆满各种东

女贼 | 21

西,我觉得生活就应该是简单的。

那天从舅舅家出来,一路上我都在和妻子感慨着。我说我们在生活中拼命地占据着各种物质,汽车、房子、股票、各种家用电器……而卫离却将自己对于物质的需求剥离到最低限度,简单地生活真实地存在……

可能是我说得太多,妻子后来都有点妒忌了,她说你干嘛呀,那么使劲夸她?!

我说像她这样的女孩子很值得人尊敬。

妻子哼地一声,她那是矫情,像她这样娇生惯养的,想要什么就有什么,想什么时候要就什么时候有,她当然就不在乎了……我告诉你,她那是"作"你知道吗?看了我一眼,你们写东西的总爱把别人想象成你们可以接受的样子,却往往忽略他们本来的面目,或者故意视而不见……

听她这么说我和卫离,我也有点生气了,我说人家一个小姑娘能有这样的生活理念就很不容易了,你不要把人往庸俗里挤兑。

妻子彻底火了,你要觉得她好你去跟她过,我成全你们。甩开我的手气冲冲向前走去……

我说,你胡说什么,人家才大三,还是个孩子。

妻子:孩子怎么了?孩子也可以长大的,你可以等她两年。说着说着她扑哧乐了。

就在我和妻子结婚后的第二年,舅舅因为经济问题被"双规"

了,从此一家人的境遇一落千丈。就说卫离吧,她本来就读于北京一所著名高校,已经大四了,舅舅被"双规"后原先的生活秩序和节奏全部被打乱了,她从一个人人捧在手心里的甜心倏忽成为众人避之不及的一坨狗屎,从小到大她从未有过这样的境遇,一气之下退学了。舅妈听到这个消息后气得中风了。卫离退学后没有回家乡,而是留在北京成了北漂一族。她后来的生活境遇惨淡,感情生活却丰富多彩。只是找的人普遍地不着调,卖服装的、烤羊肉串的、诗人,有一阵还疯疯癫癫地喜欢上了一个理发师。理发师有家室且不说,甚至还是一个文盲,除了自己的名字基本上不认识几个大字。卫离不知犯了哪门子病,跟那个文盲理发师爱得死去活来的,口口声声非他不嫁。那一阵子舅妈的病情已经有所好转,能在别人的搀扶下能下地走动了,听到这个消息后又中风了一回,这次更严重,连话都说不了了,整天卧床不起,差点丢了老命。

尽管一开始卫离对我这位表姐夫表现得很不屑,后来却和我挺热络。她每个星期都要往家里打几个电话,大多是找我妻子,遇到我妻子不在家的时候也逮着我说上半天。谈得最多的还是她的感情问题。她从一开始便身陷感情困局而无力自拔,我和妻子成了她倾诉烦恼的对象,什么沉渣剩汤的一股脑儿往我们耳朵里灌。在这点上我自觉为人不错,不管她老爹是不是在位我对她都不厚不薄。她在电话里经常感叹不知如何处理自己的感情,我则跟她说你现阶段重要的是找个工作,先把个人生存问题解决了,现在谈感情不是时候。她就会说,对女孩子来说感情是一生的事业,没有时间上的先后区别。

打电话最为频繁的那一阵显然是她做出痛苦决定的关键时期,后来听我妻子介绍,尽管遭到了各种反对,她最终还是与那个理发师走到了一起,只是两个人的关系略显怪异,理发师没能顺利地与原配离婚,因此与卫离没能正式缔结婚姻关系。他与原配有一个两岁不到的女儿,原配得知理发师移情别恋后将孩子扔下跑了,卫离便替他们带起了孩子。一开始三个人是在北京的,后来因为经济压力太大,卫离便带着孩子去了理发师的老家——河北的一个小县城,理发师继续驻守北京挣钱。卫离的感情生活稳定下来之后,与我们的联系也稀疏了,有一年多都没有和我们联系。今年年初妻子单位派她去英国进修半年,刚过去半个月妻子从英国打来电话,告知卫离生活出了点状况,可能要来南京散散心,如果来的话让我帮忙接待一下。事情就是这样。

卫离到南京是星期二的下午五点左右,我按照她的短信说的时间去火车站接站。她乘坐的是一趟从东北沈阳至南京的动车。五点十分列车准时到达,人流从出站口蜂拥而出,卫离背着一个硕大的布包夹在人流中左顾右盼,我叫了她一声她才看见我,朝我快速走过来,说我现在才发现你个子挺矮的,站在人群后面我都看不到你。

尽管人生境遇已经今非昔比,她还是一副没心没肺的样子。

不过还是有一些变化,眼前的她神色暗淡形象干涩,像从大沙漠里爬出来的,脚上穿着的一双白色耐克运动鞋,鞋面沾满了尘土,就质地看鞋子可能还是冒牌的。与几年前相比她显得老成了一些。老成是一种客气的说法,准确地说应该是老了许多。满打满算她今年最多二十四五岁,呈现出的形象却像一个三十多岁的家庭主妇,整个人比实际年龄至少要老五到六岁。以前那个朝气蓬勃说话时整个人都富有朝气的女孩子哪儿去了呢!这是一种被残酷时间打磨过的结果,由此可见她这些年活得不易。

从车站出来后我们上了一辆出租车,上了车后我问她准备在南京待多久?

她敏感地说,不会吧姐夫!我刚到你就想撵我走?

我说你别胡说!我问清楚好安排时间陪你。

她说我到了南京自然是你给安排,玩哪些地方,吃什么好吃的,待多长时间一切都你说了算。

我说你饶了我吧!对吃啊玩啊什么的我不在行,还是你拟订一个计划,然后我照章执行。

她说那行,我先想想。

出租车司机插嘴问我上哪儿,我说你先到山西路苏宁银河酒店。

卫离扭头问我,去酒店干吗?

我说我给你订了一个房间,马上送你过去。

卫离说住酒店浪费钱，再说我难得来一趟，你难不成还让我住酒店？

我问，不住酒店住哪儿？

卫离：当然住你们家。

我说我们家可没多余的床。

卫离：那有沙发吧？

我说沙发倒有。

卫离挥了挥手，那你睡沙发我睡床。

卫离就这样住进了我家。对她的这一举动我不是太习惯。南方这一带人家遇到有外地的亲戚朋友来一般都是在外面宾馆开个房间给予安置，不轻易领他们住到自己家里，可卫离却吵着闹着非要来家里住，也不知道是出于某种善意还是仅仅心疼钱，我拗不过只得将她领回了家。在路上时我就跟她介绍了自己的住宅条件。我跟她说我和你姐都是工薪阶层，我们的房子面积不大，你这个大小姐别不习惯。尽管已经预先介绍了，一进家门她还是表现得很吃惊，你们就住这么点大？

我说这不算小了，虽然只有一间卧室，客厅还是很大的，房子面积总共五十来个平米，幸亏三年前硬着头皮买的，搁到今天我们把自己卖了大概也只能买下一个卫生间。

卫离撇了撇嘴——她神情中的某种习惯，姐夫看来你混得不怎么样，真不知道我姐怎么会跟你的！

我知道她的说话习惯，反正狗嘴里吐不出象牙。也不理她，把她领进卧室说，你就住这儿吧。

卫离站在门边，说姐夫你不会就这么让我睡吧！

我问你什么意思？

卫离：怎么着也得帮我换个床单被套什么的吧！

我说你可真是大小姐，嘴里说着还是找出新的床单枕套什么的帮她换了。卧室房门的锁有点问题了，我特意向卫离交代了一下，你晚上睡觉前可以把房门反锁上，反锁时需要将整个锁向上提一下。卫离听了后嘻嘻直笑，我不锁房门，我相信你不会做对不起我姐的事。

我说你就贫吧！

卫离鸠占鹊巢地霸占了我的床，如此一来我只能睡客厅的沙发上了。以前即使和妻子吵架我也没遭受过如此待遇。此前我并不知道自己是认床的，那一夜躺在沙发上迟迟未能睡着，一闭上眼脑子里就会浮现出一些久远的往事，仿佛置身于一处陌生的异乡，心中有浅显的惆怅却又有一些莫名的憧憬，等到快凌晨四点才挣扎着睡去。

第二天一早我被洗漱间一阵流水声惊醒，赶紧起床走过去一看，原来是卫离在刷牙，她扭过头咬着牙刷朝我一笑，醒了？

我说才七点多，怎么不多睡一会儿？

她说习惯了。转过头继续刷牙。我倚在门上懒散地打了一个哈欠,哈欠打了一半忽然发现有点不对,张嘴问卫离,你用的是谁的牙刷?

卫离扭头说,不知道啊!我看台子上有一把就用了。

我说那是我的牙刷。

卫离不当回事地噢了一声,继续刷起牙来。

我实在忍不住向她抱怨起来,你难道不知道男人有两样东西是不能被共享的吗?

她再次停下来,咬着一口牙膏泡沫问,哪两样?

我说老婆和牙刷。

她一笑,我是你老婆的妹,用一下你的牙刷也没什么。

我说你讲点卫生好不好!

她扑哧笑了,泡沫飞溅,不就一把牙刷嘛!

我决定要给她另买一把牙刷。

吃过早饭之后我陪她去玩了中山陵,下午回来时顺便去了附近的一家超市。进了超市后我直奔洗漱用品货架。货架上牙刷有数十个品种,我问卫离喜欢哪一种?卫离没回答。我扭头一看身边连个鬼影都没有。此前她一直在我身边的,一路上叽叽喳喳地说着话,听得我头都大。进超市时她短暂停顿了一下,等我再找她时连个影子都没了。看样子是去别的货物区挑自己喜欢的东西去了,女人嘛!我也不多想,帮她挑了两把牙刷,又买了毛巾、沐浴露等一干物品。我还想帮她买一件睡衣的,怕大小不合身就算了。随后又去食品区逛了一圈,买了一点蔬菜和熟菜。其间我一直以为卫离会来找我的,但是没有,我四处张望了一会儿也没见到她。最后就不管她了,抱着一大堆物品去收银台结账。在我排队结账时发生了一点意外。今天是周末,来超市购物的人特别多,几个收银柜台前都排起了长队。我所在的这个队本来秩序挺好的,排在我前面的是一位老大妈,我跟她不是太熟,但是知道她就住在附近,有时在菜场或者超市能相互遇到。我刚一排到她身后她就开始跟我聊天。主要是聊她的女儿。她告诉我她的女儿在英国留学,人聪明也漂亮,各方面都很优秀,可就是找不到对象。我一开始以为这位大妈可能看上我了,准备把她这位宝贝女儿许配给我,聊到最后才发现完全不是那么回事。老大妈的意思是希望我能给她女儿介绍一个好的人选。她说你是文化人,周围肯定有一些高素质的朋友,希望能帮忙推荐一两个。聊着聊着眼看就要轮到老大妈了,一个小伙子突然插队进来,他似乎跟收银员比较熟,两个人点了点头,收银员接过他的货就要收钱。老大妈不干了,也顾不上给女儿找对象了,张嘴对收银员说:"你不能收这个人的,我们都排半天了!"

小伙子扭过头蛮不讲理地说,谁看见你排队了?我明明排在你前面的。

两个人就这样吵起来且吵得不可收拾。先是两个人之间的恶吵,小伙子虽气势汹汹却不是老大妈的对手,老大妈说话时软声细语挺文雅的,一吵起架来却是另外的样子,嗓门高亢有力,音域调门都很高,用词有力且抑扬顿挫张弛有度,一溜的市井俗语中偶尔会蹦出一两句很讲究的书面用语,甚至有一次还动用了英语,周围人也纷纷帮腔,指责收银员不该让小伙子先付款,在众口一词的作用下,收银员撑不住了,决定先让老大妈结账。老大妈却不肯罢休,非要让收银员承认错误。局面越来越混乱了,关键时刻超市经理出面了。他先向老大妈道歉,并狠狠骂了收银员一顿,没两句就把收银员训哭了,一边哭着一边帮老大妈付款……卫离这时背着那个大布包出现了,小声问我发生了什么事。我说你跑哪儿去了?我找了你半天!

卫离一笑没吭声。

老大妈结了账走了,下面轮到我。我顾不上再和卫离啰唆,将抱着的东西放到收银台上。很快结账完毕。出了超市后我对卫离说,你怎么一进超市就不见了?我差点要报警。

卫离说,真的假的?我离开你一会儿就急成这样?我对你是不是很重要?

我说你拉倒吧!我是看你有点傻,怕你被人贩子拐走。

一路说笑着回到家,我把装着物品的塑料袋递给卫离,给你买了牙刷和一些日用品,你看看合适不?

卫离说你买牙刷了?我也买了。从肩膀上顺下包,拉开拉链从里面连抓了两大把牙刷出来,各种样式的都有。

我说你买这么多牙刷干什么?有一两把用着就行了。

卫离说牙刷总是要用的,多准备一些也不会坏。对了我还买了一套床上用品,四件套的。从包里又拿出厚厚一大摞,有床罩、床单、被套、枕套等等。边说边抖开其中的一条床单让我欣赏;床单是大红色,上面印着一种盛开着的花朵图案,具体什么花我不认识。

我笑了,说,你干嘛呀!真把自己当家庭主妇了?

卫离说,过日子可不就得有个过日子的样子嘛!

我忽然意识到一个关键性的问题,抬头问卫离,你说这些东西是你买的,可在超市时也没见你付款呀!

卫离正在将那条床单重新叠起来,淡淡说了一句,是没付款。

那怎么能通过门禁?我追问。

卫离:我把磁条给撕了。

我"啊"地一声。卫离奇怪地看了我一眼,掉过头继续叠床单……

这件事很快过去了。后来想想我当时还是大意了,对发生在卫离身上的行为缺乏必要的认识和警惕。不过话说回来,日常生活中人的一些行为本身也是难以被准确定性的。就说偷窃吧,就一般意义而言,你能分辨出顺手牵羊与小偷小摸或者偷窃与盗窃之间的关系和区别吗?以我个人经验揣度,在成长的过程中可能许多人都"偷"过东西,只是根据环境对象的不同会得出截然不同的两种判断。实话实说,我小时候家里很穷,平时为吃点零食或者买一本小人书,不止一次私拿过爸爸妈妈的钱(有时也拿外婆的),很多次都被抓住了,或者事后被追查出来,但是他们从不认为我是小偷,我也从没把自己当成过小偷。二十岁左右我喜欢去城南的中心大酒店(那时叫"胜利饭店")吃西餐,那家西餐厅有一种烟缸很漂亮,每次吃完饭我都会偷一只烟缸回来。时间一长,西餐厅员工也发现了,但是他们没说什么,只是有一天我再去的时候发现餐桌上配给的烟缸被撤下了。我问他们今天怎么没烟缸了?他们回答说餐厅从今天起禁烟了。那天之后我就不爱吃西餐了。

卫离可能是在河北闭塞的小县城待久了,一下进入了繁华都市后见什么都好奇。她经常跟我念叨,哇,你们这儿连XX也有卖!尝试性地逛了两天街之后她便把逛街当成了职业,每天一早起床,简单吃点东西便风风火火地出门去了,有时我看不惯还说她两句,这么着急忙慌地干什么呀?晚点去商场也不会搬家。

她说那家商场九点开门,我不能迟到。

我差点没笑起来,说,你又不是去上班,迟一点早一点有什么区别?难不成你去晚了商场就不卖东西给你了?

她嚼着一口隔夜的馒头,嘟囔着说,你不懂,那家商场每天刚开门的一小时内会有一些打折商品,超过十点钟就没了。所以我得早点到。

卫离出门后一整天都泡在外面。我原以为像她这样热衷逛街和购物的人一旦具备了条件,每天都会买上一大堆东西回来的,说不定进门时手上提着、肩上扛着嘴里还叼着一两只大袋子什么的,而她买回来的东西大多数是用不上的——女人嘛!出乎我的意料,最初的两三天里她每天都是空手而还。一进门就喊累死我了,然后抱着脚脖子又揉又搓的,有一天居然累得一屁股坐下就起不来了,最后还让我帮忙打了一盆洗脚水。那天她一边洗脚一边跟我聊天,说今天可把我走惨了!

我问:你逛了这么多天怎么一样东西也没买?

她说我也不知道。说以前在河北时吧,在商店看到任何一样东西都想要,现在看满大街都是好东西却不知要什么了。你说奇怪不?

第二天卫离又早早起床了,我迷迷糊糊听见她刷牙洗脸吃早饭,然后"咔啦"一声带上门出去了。没两分钟又回来了。走到沙发前不停摇我。我醒了,问她怎么了。

卫离说:我有个想法,你今天跟我一块儿去吧!也帮我拿拿主意。

我说我最怕逛商场了,还是你自己去吧。你呢,也别琢磨,看上什么就买什么,别多想。

卫离说:那万一买了之后发现不满意了或者发现别的商店价格更低咋办?

我说:你这样患得患失一辈子都买不到东西。听我的,只要看

女贼 | 33

上了一样东西眼睛一闭付款就行了。

卫离说:我还是觉得你陪着我心里会踏实一些。

我说:我真的不喜欢逛街,你饶了我吧!

卫离:你今天要不去我也不去了。

我有点黔驴技穷了,可是让我这会儿从春天一样温暖的被窝里爬出来然后和她手牵着手像另一个热爱生活的女人似的满大街地乱逛我也是万分地不愿意。我想了想对她说,其实不是我不想陪你逛街,实在是有事。

她问,什么事?

我说:是一个电影导演想找我给他写一个剧本,这两天一直在谈,昨天光电话就打了三个多小时。今天约好了还要继续谈。所以我要在家等他电话,真不能陪你。

卫离的眼睛"噌"地亮了,写电影是不是很赚钱?

我说是的。

那你写一个电影能赚多少钱?

我说二三十万都有可能。

卫离高兴地原地轻轻蹦了一下,太好了!太好了!对了,那个导演是谁呀?

我说:他不是太出名,这也是让我犹豫的地方。我从来不给人写剧本,如果这辈子非要给个导演写剧本那怎么着也得找一个名气大一点的导演,不然自己觉得挺掉价的。

卫离:他究竟叫什么呀?你快说!

我说他叫某某。

卫离哇地大叫了一声,冯小刚你还觉得他名气小?你听我的,只要他让写你就写,钱给多少拿多少,哪怕不给钱你也要写。

我说凭什么呀!我又不是农民工。

卫离:你懂个屁!你看你写了那么多年的小说,说句好听的也就混了半红不透的,但是如果能跟电影产生一些关系,你想不红都不可能。所以你一定要抓住这个机会。一定要听冯导的话!

瞧她说得一本正经的,我差点没笑起来,不过还是忍住了。我说,那你看我今天是不是就不陪你去了?

卫离:你不用陪我了,好好在家等冯导的电话。我走了。记住,一定要争取写!

卫离噔噔噔地下楼去了,生怕慢一慢那个导演就不让我写剧本了。

卫离走了,离开了。所有的一切由此岔道丛生。我后来经常想,如果那天我陪卫离去逛街,那么随之而起的一切可能就不会发生了。

那天卫离回来得挺早,下午四点多就到家了。那天她的收获颇丰,买了一把筷子,还有两大瓶洗发水以及一瓶雀巢咖啡和一大盒巧克力等等。再接下去几天里她又陆续地买了台灯、年糕以及西兰花、茄子等等蔬菜。她买的商品毫无思路与章法,商品与商品

女贼 | 35

之间毫无联系,与实际需求也几无关联。但是我还是对她大加赞赏,称赞她有眼光,会买东西云云。每次听到我的称赞卫离都很高兴,还会讨巧卖乖地说,你是不是特后悔没娶到我这样的?

我说你姐好像也不比你差到哪儿。

卫离:那当然,我姐嘛!又正色道,我问你,你和我姐结婚后有没有爱上过别的女的?

我挠了一下头皮,暗恋的算不算?

卫离:算。

我说那有一个。

卫离:谁?

我说章子怡。

卫离一愣,一抬膝盖轻轻顶了一下我的小腹,一股钻心的疼痛。我闷哼一声,哈着腰双手抱着小腹不停地倒吸气,气急败坏地,你哪儿学的歹毒招数?你想要我的命啊!

卫离嘻嘻一笑,这是女子防狼术中最管用的一招。我可警告你,这次算轻的,你以后要是胆敢再提章子怡我就帮我姐废了你。

卫离正在逐渐地转变之中,一个星期下来人也精神了许多,也许对一个女性而言,逛街和购物是美容的最恰当的方式。现在她每天出去都要买点东西回来,很多东西都是暂时用不上的,不过这也没什么,或许大部分女人都这样,她们只是热衷购物本身并不考虑实际生活的需要。

发现情况不对是缘于卫离有一天买回来的一件物品。那天她照例早晨出门,傍晚时分提着大包小袋地回来了。今天她破天荒地买了几本书,还有三五种烧菜用的各种调料制品,但是接下去她向我展现的一件物品让我心里咯噔了一下。那是一套床上用品,品牌、花色与上次她从超市偷来的完全一样。我疑惑地问她,我们不是有一套床上用品了吗?你是不是又……?

卫离抬起脸,挑衅一般地,是。

我没想到她会如此爽快地承认,怔了一下,顿时火冒三丈,我说你这是偷窃知道吗?

卫离紧紧咬着嘴唇,眼神恶毒地看着我。好,我是小偷,我就是小偷。丢了你大作家的脸了是不是?从现在起我们各走各的行了吧!说完迅速地向门口移动脚步;脚步虽迅速,幅度却小,感觉急促走了七八步人还在原地一般。我心中有气也不理她,看我没有挽留的意思,她彻底火了,一两步跨到门口,拉开门就往外冲……我叹了一口气,紧跑了两步将她一把拽住了。她一边挣扎一边叫,我是小偷,你拽我干吗?

我也不说话,只拽着她。她挣扎的幅度弱了几分,仍不愿理我,为加强效果,刻意将脑袋扭向一边。我拽了她一下,她朝相反的方向挣扎了一下,我再拽一下,她再挣扎一下,最后被拽得扑哧一声笑了。

我们俩和好如初了,但是横亘在我们之间的隔阂并没有消除。

就一般规律而言,偷窃行为的产生和出现大多是由于自身的某种缺失又无法通过正当的途径弥补,由此产生出一种将别人的财物窃为己有的冲动。我相信每一个窃贼最初都是一种潜在的心理疾病患者,我们在憎恶和痛恨他们的同时却也忽略了他们是一个病人的事实。在这样一种关联中,我无疑是一个无辜者。数十年来我深受传统价值观的熏陶和教育,对于生活中的一些有违公序良俗的行为有着本能的厌恶与反感,平时跟别人吵架我都会绞尽脑汁地尽量使用书面语。现在可好,居然将一个小偷带回了家,承认这一点尤其令我不适和不安。现在情况明摆着,卫离是个贼,据此我的选择只有两种,一是认可这一事实,以后对她的所作所为睁一只眼闭一只眼,只要不同流合污、不直接参与偷窃就不算违背我的生活原则。当然我也不会主动去警察局检举揭发她,毕竟她只是小偷小摸,通常情况下只会偷一些吃的和用的,并没有窃国卖民或鲸吞国家财富等,仅就她的所作所为来衡量相信也够不上违法的条款,就算我大义灭亲将她扭送到司法机关,警察或者法官最多训斥她一通便会将她放了,所以我不会干大义灭亲的这种蠢事。况且她在我这里也只是短暂地逗留,过了十天半个月的就离开了,我只要能保证她安全度过这一阵子,她以后究竟是偷还是抢哪怕持刀杀人也跟我无关了。

但是如何才能保证这一点呢?我能想到的办法就是多陪陪她,相信只要有个熟人在身边,一个人无论是行为还是恶念的滋生都会有所收敛的。

第二天一早,卫离起床后随便吃了一点东西就准备出门,我对她说,你今天没事的话我陪你去玩玄武湖吧!

她说,你忙就不用陪我了。停顿了片刻补充了一句,我自己去逛逛夫子庙。

她这么一说我也就不好再坚持,不然用心太过明显也会伤及自尊,我说那好。逛了夫子庙就回来,我们一起吃饭。

卫离答应了一声下楼去了。

卫离走了之后我又睡了一会儿,十点左右起床随便吃了一点东西后开始工作。但是今天有点奇怪,半天都进入不了状态,好不容易写了两个爱情中的男女在车水马龙的大街上邂逅,各自的神情中却透着一股厌倦的情绪——尚未开始便已相互厌倦,多么尴尬的城市爱情。我硬着头皮写了一会儿就再也写不下去了,打开游戏想调整一下情绪,谁知游戏也玩不下去,心中忐忑不安的。中午十二点左右我忍不住抓起手机给卫离打了一个电话——生怕慢上一慢她就已经把手伸向了某件商品,我有必要抢在她把手伸向商品之前找到并阻止她。电话响了数声之后话筒里传来卫离的声音,姐夫有事吗?

我问你在哪里?

她说我在逛夫子庙。怎么了?

我稍稍松了一口气,对她说你逛了夫子庙就回来吧。

她问有事吗？

我说你回来再说。

尽管确定了她没事，可我还是担心，我也不知道为什么会这样，我一会儿在沙发上坐下，刚坐下忍不住起来在房间里乱走上一阵，挣扎了半个小时之后我又给她打了一个电话，这次电话一直在响却无人接听，连打了三五遍都是如此。最后电话自动关机了，也不知道是没电池了还是别的什么原因。发现手机关机的瞬间我的心一下拎到了嗓子眼儿，手机是我和她保持联络的唯一方式，也是她安全的有效保障，这一途径一旦中断，便意味她的安全随时都有可能出现问题。我想出去找她。可南京这么大，满大街都是人，我上哪儿才能找到她呢？我只好继续给她打电话，每次都是冷冰冰语音提示：您拨打的电话已关机，请稍后再拨！临近下午三点钟，手机突然拨通了。那一刻我几乎傻了，更让我惊讶的是手机里传出一个嘶哑的男声，你找谁？

那一刻我以为自己出现了幻听，或者自己拨错了号码。电话里的男声又追问了一遍，你找谁？请说话！

我连忙说：对不起我找这个手机的主人。

电话里的男声问，你是她的什么人？

我说我是她的亲戚。紧接着追问了一句，她的手机怎么在你的手里，她人呢？

电话那头突然没了声响，像被人用手捂住了话筒。不过依稀听见电话那头的背景声,是嘶哑的男声和一个说着某地方言的女声,两个人在嘀嘀咕咕的,我等了一会儿没见他们有停止的意思,抱着手机大声道,你们在干什么?怎么不说话?喂!听见了没?

电话那头再次传来嘶哑的男声。对不起先生!刚才我们商量了一点事情,现在我再核实一下,你和这个手机主人是什么关系?

我说不是说过了嘛!我是她的亲戚。

嘶哑的男声说:那中。我们也不用兜圈子了,你的这个亲戚是个小偷,经常来我们这里偷东西,现在人被我们抓住了……

我的脑袋"嗡"地大了一圈,后面的话几乎都没听清,耳朵里回声一般响着嘶哑的男声说的话,大概过了三五秒钟才清醒过来,手机里的嘶哑的男声还在追问,你在听吗?

我迅速理了一下思路,尽量稳住声调对他说,我不知道我亲戚在你们那里究竟做了什么,我想可能是个误会。这样吧!我马上过去,有什么问题我们商量解决。

嘶哑男声:你准备怎么解决?

我说:如果的确如你所言,我亲戚不小心拿了你们东西,无论什么东西都应该是有价格的,我们照价赔偿总是可以的吧!

嘶哑的男声:她在我们店可偷了不止一次了!

我问:你有证据吗?

嘶哑男声:我们店里都有视频监控,就视频提供的记录来看,她起码偷过我们店三次。

我说:只要有证据证明,你们所有的损失我都可以照价赔偿。

嘶哑的男声沉吟了片刻:那中。你过来吧!不过你只能一个人,不许带别人。

我说我就一个人。放心吧!

按对方提供的地址,二十分钟后我赶到指定的地点。这是一家小型的超市,租用的是临街的一处民宅,就规模衡量应该是一家私营店。此地地处城北下关一带。上午我和卫离通电话时,她言之凿凿地告诉我说她在城南夫子庙……

在超市门口我见到了和我通话那个男的,他应该是这家店的老板,四十来岁的样子,模样憨厚身材壮实。他没让我进去,拽着我在店门口聊起来。我关心卫离的安全。他告诉我卫离就在店里面,让我别担心。然后掏出一张纸,上面列举了他们店里最近少了的各种商品清单,总价值三千元多一点。矮老板说看你是个斯文人,我们也不为难你,只要你赔三千块钱就行了。

我对矮老板说,这个钱我可以赔,但是我要先看到人,而且要保证没有受到虐待。

矮老板赌咒发誓地说他们真的没有打她,尤其刚才他妻子得知我答应赔偿的消息后还特意从隔壁的小面馆里订了一碗面条,准备一会儿给她吃。我坚持要先看人。老板没办法只好将我带进了超市,沿密集货架转了几个弯后进了超市后面的一个小房间。一进房间我的眼泪差点没下来,卫离被绑坐在一张椅子上,头发凌乱两眼肿胀,衣服的一角还被撕坏了,一截布条软软地耷拉着;旁边一张桌子上放着一碗面条,袅袅地冒着热气……看见我的瞬间,卫离激动起来,神情狰狞地朝我吼,你来干什么?谁让你来的?我不认识你!滚!给我滚!

我差点掉下眼泪。强忍着心酸对她说,没事了,我带你回去。

卫离突然号啕大哭起来,你们现在来了,我爸爸没出事的时候你们整天围着我们家转,一出事了连影子都没了,我妈妈病危时连住院的钱都没有,哥哥想跟人借点钱都借不到,我一连两天吃不上一口饭,被人欺负时你们怎么不来?你们那时都在哪儿呀?啊——!

她越哭越伤心,哭声凄厉恸人心扉,循着她的哭诉,我仿佛看见寒冷的冬夜,一个饥寒交迫的女孩子蜷缩在大街的拐角,而躲在阴暗角落里的各色男人则想趁着这份黑夜将她的仅有的一层单衣剥光……

卫离说得对,那时我们都在哪里呢?

等我们从超市出来天已经黑了,一路上卫离的身体都在微微颤抖,整个人虚弱不堪。我将外套脱下来给她罩在外面,搂着她慢慢地朝前走了两步后她走不动了,说要歇一会儿,我们就在路边坐下了。大街上华灯初放,将城市的夜晚渲染得五彩斑斓;街对面的一处大型广告牌上,一位涂着红唇的年轻女性冷冷地打量着从她脚下路过的行人——他们在城市飘浮的灯影下鱼贯而行渐行渐远,谁也不认识谁,谁也不记得谁,谁也想不起谁;他们穿行在不辨方向的路途中,慌乱且盲目地随命运沉浮……

　　回到家已经十点多了,经历一个白天的惊吓卫离消耗了太多的精力,一回到家倒头睡下了。我躺在沙发上却睡不着,脑子里像有一个轴承在玩命地转动,我想了很多关于卫离的事情,想到第一次见面时她的刁蛮无礼,以及那天看到她空荡荡的房间时的内心震颤。我当时还向妻子感慨,我说我们在生活中拼命地占据着各种物质,汽车、房子、股票、各种家用电器……我们将它们一股脑儿地堆在自己的周围,我们从此变得鼠目寸光,看不见亲情、友谊,双脚只为现实利益四处游走,而一个年轻的女孩子却将自己对于物质的需求剥离到最低限度,简单地生活真实地存在……只是没料到事隔多年之后,对生活无欲无求那个女孩子,居然变成了一个如此贪婪的人了……

　　多么荒谬的生活,多么残酷的现实!

　　快到半夜时隐隐约约听到房间里有轻微的呻吟声,时断时续的。我爬起来隔着房门问卫离,你怎么了?

　　卫离哼了一声就没声音了。我推开房门走到床边,发现她脸色通红,伸手一试额头烧得烫手,我说你发烧了?

　　她艰难地睁开眼睛,我没事,就是有点不舒服。

　　我说我们去医院吧!

　　她摇头,不用,我没事。

　　我坚持要送她去医院,她死活不肯,不得已我只好跑出去找到一家 24 小时营业的药店买了一点退烧药回来喂她吃了。也不知道是不是因为药效的原因,吃了药之后她的精神好了点。我替她披了披被子,你睡一会儿吧,有事叫我。

她看着我,我不想睡了,你陪我说会儿话吧。

我说行啊。拽过一把椅子坐下来。

她看着我,姐夫,你是不是挺瞧不起我的?

我说你别瞎想,我只是不喜欢你做的这些事,听我一句,以后别再做这样的事了。

卫离:你不用安慰我,我知道你看不起我。

我说:没有人天生就爱拿别人东西,你这么做一定有自己克服不了的原因。

卫离眼眶里涌出了泪光。我在他的河北老家给他带了一年多孩子,他每个月只给二三百块钱,遇到生意不好有时两个月都看不到一分钱,我和孩子有时连饭都吃不上……夏天到了,很多女孩子都穿裙子了,我还穿着冬天的衣服。有一天我在商场看到一件碎花连衣裙,我喜欢得要命,可我身上没有钱,正好那天那家柜台的生意很好,有三五个顾客在买衣服,趁着老板娘招呼其他顾客的机会,我拿着那条裙子走了……从那以后我就像得了病一样,看到商场里的东西都想拿,也不管能用的还是用不着的,只要顺手都拿。我知道这样不好,可就是忍不住……她一边说着眼泪水一边急促地往下淌,我不停地用手帮她擦,刚擦一把眼泪立刻又淌下来,像泉水。说到最后她抱着我的一只胳膊哇哇地痛哭失声,而我连一句安慰的话都说不出来。

第二天上午我是被手机铃声吵醒的,迷迷糊糊地接了电话。是一家杂志社邀请我去北方参加一个笔会。北方我还没去过,一听有这等好事立刻答应下来,一通电话接完人彻底醒了,想起卫离,也不知她怎么样了。赶紧起来进了房间,卫离正坐在床上看书,我说你醒了?

她说我早醒了,看你睡得挺香的就没吵你。

我问你还发烧吗?伸手去探她的额头,她微微一侧身子避开了。已经退烧了,她说。我察觉到了自己的冒失,有点尴尬。卫离问刚才谁打电话?

我说是一家杂志社邀请我去开一个笔会。

卫离:要去多久?

我说连头带尾要一个星期。

卫离再问:什么时候动身?

我说今天就走,赶下午三点的飞机。

卫离急了,你走了我怎么办?

我一愣,什么怎么办?你就待在这儿呗!

卫离:可是……

我突然想到她可能身上没钱了,我这么拍拍屁股一走她或许吃饭都成问题了。我掏出钱包抽出一张银行卡递给她,卫离诧异地,干吗?

我说,我刚来了一笔稿费,放在我这儿也没什么用,你看家里缺少什么帮忙添置点。

她问卡里有多少钱呀?

我说大概有一两万。

她说,姐夫,太多了!

我笑着说那你就省着点花,给我留点香烟钱。

……

当天下午我登上了飞往哈尔滨的飞机。丢下银行卡后我稍稍心安了些。我之所以丢下一笔钱给卫离,除了怕她吃不上饭之外还担心这段时间她会重操旧业,有了那笔钱起码可以满足她的基本购物愿望;当大部分的商品都可以用自己的钱来购买时,她的偷窃的意念应该就会有所减弱乃至断绝的吧!

笔会是由北方的一家杂志社组织的,与会者多是文坛活跃的一批作家,其中一些人早就认识了,不认识的也闻名已久,一见面很自然地就熟了。主办方招待也很周到,除了必不可少的吃喝之外,还带我们参观领略了颇具当地特色的风景。有一天我们去了附近一处白桦林。那是一个午后,阳光下的树林静寂无边,地上晃动着斑驳的树影与落叶,笔直的树干向上生长,努力撑起北方的天空,一阵风吹过,树梢上铜钱大的树叶哗哗作响,一种钱币的金属声隐约其间,在离我很远的高处。一个南方来的年轻女诗人似乎被这里的景色触动了某种情绪,抱着一棵高耸的树干泣不成声,周围的人纷纷上前劝慰,女诗人却越哭越伤心了。接下去的数天中,女诗人成了焦点,大家都对她嘘寒问暖的,女诗人却谁也不搭理。除了参加集体活动之外,平时都关在自己的房间里(主办方原本制定的住宿方案是两个人一个房间,女诗人不愿与别人同住,自己花钱另要了一个房间)。随后两三天的时间我们陆续又参观了虎头要塞、兴凯湖。最后一夜我们登上一条客轮,沿着乌苏里江顺流而下,目的地是佳木斯,笔会将在第二天的佳木斯市闭会,我们将在那里作鸟兽散。

可能是因为离别在即,在船上那个晚上大家的情绪高涨,晚餐之后大家意犹未尽,三五成群地聚在一起喝起酒来,喝的是酒说的是酒话,每个人的嗓音都很高亢,有的说有时间上我们那儿玩,只要踏上我的地界,你随便去一家饭店吃饭都没人敢收你的钱。还有的互相拍着对方的肩膀夸口,当今文坛除了咱们这一屋子的兄弟还有谁?

我不善饮酒,被一股炽热的情绪逼着喝了两大口之后人就晕了,借口上卫生间逃了出来。我先去了卫生间,两个卫生间都有人,因为尿急就不等了,漫步走到甲板上,迎面一口新鲜空气沁入呼吸,人一下清醒了许多。我干脆移步到船边,解开裤子掏出家伙对着滔滔江水尽情地撒了一泡尿,那种淋漓尽致的爽快劲前所未有,撒完之后意犹未尽站了好一会儿,努力想再撒一点,却挤不出来了,不得已只好收回家什系上裤子。然后点起一根烟伏在栏杆上欣赏起江景来;江面上星空高挂凉风习习,脚下是哗哗的排水声……

有火吗?离我两步远的一团黑乎乎物体忽然动了起来,举着一根香烟向我借火,定眼一看居然是女诗人,就是说我刚才当着她的面撒了一泡尿,脸上顿时火辣辣的……有火吗?她追问了一遍。我反应过来,有有,手忙脚乱地掏出打火机给她点上了烟。她说了一声谢谢!又退回到原来的位置上。想起刚才那不雅的一幕我依然臊得不行,刚准备离开,她突然说话了,你怎么没跟他们一块儿喝酒?

我说我酒量不行,出来躲一下。你呢?

她说我不跟不喜欢的人喝酒。

我敷衍地,我们一样。

她冷冷地,我们不一样,你是不能喝酒,我是不和不喜欢的人一起喝酒。

我说结果都一样。

她抽了一口烟,突然问了一句,你是不是觉得我挺怪?

我说没呀!我觉得你这人很真实、率性,不像别人那么俗!

她扭头看了我一眼,我只是没有能力像他们一样俗。

这话说得莫测高深,我一时语塞,不知如何回答了。短暂地冷场,借此机会埋头抽烟,两点烟头红星一般闪烁,此起彼伏,像另外

女贼 | 49

一种方式的交流或者交谈。最后两个人几乎同时扔掉了烟头,我把烟头扔地上,用脚尖轻碾了一下,她则屈指将烟头弹了出去,我最后看见那一点红星在夜色中画出一道弧线后消失了,也许上升,也许下沉……最后沉默再次将话语逼了出来。你会算命吗？她问。

我说不会。

我会。

我有点搞不懂她的意思,试探着问,你想给我算命？

她说你要不愿意就算了。不勉强。

我说我愿意,真的！

她说好,那你想算哪方面？

我说感情吧。

她问你结婚了没有。

我说结了。

她沉吟了片刻,把打火机给我一下。我以为她又要点烟,顺手把打火机递了过去,她一只手接过打火机,另外一只手顺势抄住我伸出的那只手,叭地打着打火机,凑到我的手掌前专注地看了一会儿,你的婚姻并不幸福。

我一愣,没呀！我和我妻子感情挺好的,我们是大学同学,从大一就在一起了,从恋爱到结婚这么多年几乎都没拌过嘴……一只手被另外一只陌生异性的手攥着心里惶恐不安,为了某种掩饰我只有不停地说话,说什么并不重要,重要的也不是说,是不停……

她抬头直视着我,你在我面前不用装。

我说我没装,我说的是真的。

她再次垂首看了一下我的手,你的婚姻的确有问题,你爱着另外一个女人,你会用一段新的婚姻替代旧的。说完缓缓放下了我的手。

我揉了揉手,是谁?

一个离你很近的女人。

我说近是指什么?身体还是心?或者是现实的远近距离概念?突然有所醒悟,难道你是指我会爱上我的某个邻居?

她说,这个我不知道,你的手相上显示出那个人离你很近……

我还想继续这个话题,她已经不耐烦了,另起一行道,你会游泳吗?

我说不会。

她似乎有点失望,那你就待在这儿帮我看一下衣服吧。

我说你要干吗?

她看了看江面,我要下去游一会儿。

我诧异地,现在?

她说对。

我的头晕了,感觉跟做梦似的,她却当着我的面开始脱衣服,三下五除二地褪下身上所有的衣服,身体在黑夜中玉一般发白。她最后对我说的是,帮我把衣服看好了,有人来帮我挡一下,然后纵身一跃投入江水中,我听见扑通一声响,眼前的女诗人就不见了……

那天我在甲板上站了很久很久,最后被一个同来甲板上撒尿的同行作家看到了,说你躲在这儿呀!我们到处找你。走走,快进去喝点!尿也不撒了,伸出一只胳膊亲热地搂着我的脖子把我拽进了船舱。我跟你说,以后我们要多联系,多走动,有时间上我那儿玩,只要踏上我的地界,你吃饭泡妞都没人敢收你的钱……

客舱里的七八个人已经喝得疲惫了,我重新加入后一个个又被打了鸡血似的兴奋起来,每个人都端着杯子要跟我干,而我却在想着女诗人。她游泳游得怎么样了?她放在甲板上的衣服会不会被别人抱走?我还想船是处在航行中的,从她跃入江中的一瞬间就注定被航行中的速度抛弃了,而现在已经不是刻舟求剑的年代了……我越想越怕,酒也喝不下了,满脑子都是女诗人和她丢在甲板上的衣服,也不知道该怎么办?瞅了一个机会偷偷问一位在场的杂志社编辑,女诗人这会儿在干吗?要不要把她一块儿叫来喝一点?

旁边一个人插话道,找她干吗?别扫兴了!来来来,我们干!

第二天下午我回到了南京。一下火车便匆匆地往家赶。出门这么多天,不知卫离过得怎么样了?上了楼掏出钥匙准备开门,突然发现门上被贴了很多小广告,足有七八张。心中仇恨起小区的保安来,这些家伙只吃饭不干事……再一细看,门上贴的不是小广告而是留言,纸条上写着,姐夫你今天会回来吗?或者,你什么时候回来呀?都三天了!我先是一愣,接着便笑了,心里暖暖的。

进门后我叫了一声,我回来了!没人应声,推开卧室门看了一下卫离没在家。房间里多了一些物品,零零散散地堆在地板上,都是一些衣服、鞋子、围巾之类的,看来这几天她没少消费。一转眼发现枕头边有一本书,封面很熟悉——既熟悉又陌生,恍惚了好一会儿才想起是我十多年前出的一本长篇。这本小说我自己都没有了,而且书店里都没卖的,也不知她是从哪儿找来的。我拿起书翻了翻,正好翻到一张银行卡夹着的那页——正是我给卫离的那张银行卡,被她当书签了——一些记忆包括写这本小说时的情绪随着文字的铺陈一点一点地打开了……想起当年的一些经历,我甚至都有点害羞了——也不知是因为爱情还是因为略显青涩的文字。放下书我忍不住想给卫离打一个电话,我有太多的话想跟她说,手机抓在手上掂量了半天还是放下了。

我休息了一会儿后去菜市场买了一点菜,回来开始做饭。饭刚做好卫离回来了。拧开房门看见我的瞬间,哇地一声大叫,扔掉手中拎着的两只袋子,扑上来将我紧紧抱住了。当时我端着刚炒好的一盘菜从厨房出来,被她迎面一扑差点摔倒,我一边竭力平衡住身体一边说,你个疯子快放开我,不然菜汤泼你身上了!

她头埋在我胸前,我不管!

我说好了,好了,跟生离死别似的。韩剧看多了吧!

她扑哧笑了,放开了我,你走的这些天我还真追了两部韩剧,要不要我讲给你听听?

我说赶紧吃饭吧,菜一会儿都凉了。

吃饭时卫离叽呱叽呱不停地说话,饭菜都堵不住她的嘴。先告诉我她前几天认识了一个修摩托车的男的,那个男的一见到她就喜欢上了她,最近一个星期一直在追求她。又说有一天隔壁一个老太太敲门来收水费,盯着她左盘右问的,似乎怀疑她是小三。说到这里她快乐地大笑。我给她夹了一筷子菜插话问,你这些天过得怎么样?

卫离:我挺好的,就是有点想你。

我顿时想起门上的那些纸条,心中一暖,嘴里说道,你哪会想我?我不在你不定高兴成什么样了!

卫离:我真挺想你的。你在家里我觉得踏实,做什么都不怕……

话说了一半突然打住了,两个人都陷入沉默。隔了一会儿我岔开话题问她,你今天都干吗了?

卫离:我下午去逛中央商场了,想买一件礼物送你。

我诧异地,你送我礼物?什么礼物?

卫离嘻嘻一笑,你猜。

我说好好,不想说我就不问了。那礼物买了吗?呈上我看看。

卫离:我不知道你今天回来,没买。给自己买了两套裙子。她得意地说,裙子我穿可好看了,我穿给你看看好不好?

我用筷子敲了一下她的碗,赶紧吃饭。她嘻嘻一笑。我说你这些天好像买了不少东西,钱够不够用?不够我再给你点。

她说够的。我今天买了两件裙子才花了六百多。现在我买东西都直接刷你的卡,那感觉特爽!

我又问那个修摩托车的是个什么样的人,你们现在发展得怎么样?

卫离:别提了!整天粘着我,烦都烦死了。

我说你也别挑挑拣拣的,如果人不错就从了吧!

卫离:我对他真的没感觉。

我说只要人踏实,能过日子,对你好点就可以了,要求别太高。

卫离:那不行!他身上没有一点能跟姐夫你比的。

我哈哈大笑,说,你别忘了,我第一次见你时你对我可没什么好感,我这样的人恐怕对你也没多少吸引力……

卫离也笑,就算现在我也没觉得你有多好,你只是我设置的一个最低标准,无论找谁都不能比你再差了。

我说你的嘴也太损了,当心以后没人敢要你!

卫离嘻嘻一笑,没人要就跟着姐夫呗!你反正不会忍心我饿着。

我说我们家我说了不算,得你姐,大事小事都是她一句话。

卫离说那就更简单了,她要是敢不要我我就揭她的短。姐夫你想不想知道她上中学时的男朋友是谁?想知道我就告诉你!

我说你别胡扯了！不然你姐一会儿要从英国赶回来揍你了！

卫离哈哈哈地笑成了一团。

吃完饭卫离要洗澡，说跑了一天，出了很多汗，身上都快臭了。趁她洗澡时我把碗洗了，然后又进卧室拿出那本小说翻了翻，一边翻一边高声问卫离，你在哪儿找到我这本书的？

卫离扯着嗓子说，是在一个旧书摊上看到的，才五块钱。

翻了一会儿又翻到夹在书中的那张银行卡，我心里咯噔一下，发现情况似乎不对。卫离今天在商场买回来了两条裙子，而且说了是刷卡消费的，但是这张银行卡一直夹在这本书中……我起身在客厅来回走了两步，狠狠心走到电脑桌前打开电脑，登陆了网上银行，输入卡号和密码。我本来是想查一下今天的消费明细的，无论卫离今天是刷卡还是取现一查便知。但是一看到账上的数字后我整个人傻了。卡上的两万块钱分文不少，也就是说自从我给了她这张卡以来她就没用过卡里的一分钱，这个事实意味着家里的这些物品没有一样是花钱买的，如果不是买的那又会是什么呢？我不说大家也明白。那一刻我手脚冰凉尿意紧迫，全身一阵接一阵地哆嗦。我想自己怎么会如此愚蠢，明知身边的人是个贼，还幻想着要改变她，难道不知道狗走千里改不了吃屎吗？同时也有一种恨铁不成钢的情绪，这么多天她带回家的东西总计不会超过三五千元，这个钱我不是出不起，我也不是没给她钱，犯得着要偷吗？

淋浴间里的卫离还在继续说着什么，好像在说对这本小说的阅读印象,我却一个字也听不进去。哗哗的水声停下后不久,门开了,卫离用一条长毛巾擦着头发走了出来,看见我脸色铁青地坐在那儿,咦地一声,你脸色怎么这么难看?是不是生病了?

我没吭声。

她停下擦拭头发,惊愕地问,究竟怎么了?

我眼睛潮了,朝她缓缓举起了手中的银行卡。她像被人猛击一拳,短促地嗯了一声不动了,手中的毛巾软软地耷拉下来,跌落在了地上……

当天晚上卫离离开了,从她开始收拾东西到离开总共十多分钟的时间里我俩没再说过话。她拉开门走出去后回看了一眼,眼神幽怨而无助,我扭过头避开了她的目光……我那天在电脑桌前坐了很久,人浑浑噩噩的意识全无,血肉骨骼被抽离了身体似的。大约十一点左右才逐渐恢复了意识。清醒过来后我第一时间给远在英国的妻子打了一个电话,我告诉妻子,我刚才把卫离赶走了。

妻子沉吟片刻,我知道你们俩互相不喜欢对方……

我说我也不想这样,可我没办法了……

妻子:发生了什么事?

我便把卫离的事一一跟她说了。妻子也对发生在卫离身上的这一切难以接受,中途数次打断我问,你说的是真的?她真这样?得到确认后她显得很伤心。不停重复着一句话,怎么能这样?她怎么可以这样？话锋一转,不管她做了什么你也不应该赶走人家,毕竟她是客人,而且人在困境中……

我说我想帮她,可我不知怎么帮她……我现在很难过！想到卫离离开时的那一抹无助的眼神我顿时泣不成声。

妻子:你也别太责怪自己了,她是被生活损坏的,我们没有责任……

卫离就这样从我的生活中消失了,我后来给她打过电话,第一天语音提示手机关机,过两天再打,手机已经停机了。卫离就这样彻底消失了。我后来再也没见过她。半年之后妻子从英国回来,我们回了老家一趟。在老家那几天我和妻子特意找了一干亲戚打听卫离的消息,但是没人知道她在哪里。她掐断了与所有人的联系。回来后的那一两个星期我的情绪很糟糕,我经常会想起她,想起她最初的刁蛮任性和刻薄,以及后来的市侩与恶俗。生活真的可以改变一个人,并有能力在某个时刻将一个人修改得面目全非……

有一天夜里我梦见了卫离。那是一个傍晚时分,我漫无目的地走在大街上,在一个十字路口遇到了一次红灯。我站在斑马线上静静等着,一辆摩托车嗡嗡叫着从另一个路口驶出,驾驶摩托车的是一个小伙子,后座上坐着卫离。卫离看见我,朝我拼命挥手,姐夫！姐夫！电光石火的一瞬间,摩托车已经驶出了老远,我一愣怔,撒腿追了下去……

卖鬼记

男孩上个月刚过了 14 岁生日,生日过后发现有什么不对劲了。自己的身体里无端滋生出了一些新的情绪,陌生且热烈,革命似的在他的体内呼号游走东奔西突,搅得他总想贴着某个人的耳朵怪叫一声然后跑开。他怀疑自己病了,得了某种不知名的隐秘病症。一天在熟睡中,他梦见自己在飞,整个人寄身于一片云朵之上,缓缓地上升,身体被一层浅薄的愉悦包裹,一股电流掠过灵魂,一丝激烈的快感挟着略微的疼痛从身体中某个部位射出,下身一热一凉,男孩醒了,腾地坐起来,吓得大叫起来,爸,爸。房间里除了自己的声音再没有其他的响声。爸爸三天前出门去了,这意味着对于他这一原因不明的身体遭遇暂时得不到解释了。如果这是一种病,自己会不会因此而死掉?等爸爸回来,或许自己已经变成一个鬼了。

一缕阳光顺着窗户照进了房间,鲜嫩且夹杂着一丝潮湿的意象,墙上挂钟的时针正指向七点。按正常的时间刻度,男孩此时应该出门上学了,再晚就要迟到了,但是他却因为身体的不明遭遇而对今天是否应该去上学犹豫不决,万一在课堂上身体再出问题那麻烦就大了。出于这种担心他决定今天不去上学了。

男孩饿了。家里还有一点剩饭,他进了厨房用开水泡了泡吃起来,下饭菜是一枚咸鸭蛋。看到咸鸭蛋男孩笑了。他想起小时候的某一天,父亲一本正经地告诉他,咸鸭蛋是盐水鸭下的蛋,而咸鸭蛋也可以被孵化成盐水鸭。很长一段时期内男孩对此深信不疑——他太信任父亲了。

男孩从八岁就跟着父亲生活了。在大多数人眼里父亲是个聪明人,对生活反应迅捷,善于捕捉与把握时机逢迎造化,对日常事务与事件具有似是而非的变异和处理能力。父亲原先是一个单位小职员,后来因为不满现状辞职下海经商。刚下海的那一阵他像一只饥饿的蚂蚁,整天夹着一个公文包招摇过市,每遇到一个熟人就问对方是否需要钢材、水泥、尿素等等;他的公文包里最多时装了七八个公章,据说还都是真的。

父亲是个聪明人,要命的是他自己深知这一点。人一旦获知自己的聪明,便会产生某种幻觉,甚至自我迷信,以为凭借一己之力可以掌控并左右整个世界,面对生活时往往显得不够诚实。多年来,父亲凭借对生活非同寻常的嗅觉总能瞬间找到财富的聚集点，并能迅速将自己置于与金钱交互的关联中。但是因为他的不诚实，生活对他的报复也从没停止，你甚至可以将这种报复理解为生活对一个人的捉弄。有一阵儿父亲在股市中的资金达到十七万时，他将大部分资金抽出来买了一辆轿车。那天当父亲把车子开回家时，整个小区都轰动了，瞬间便围上了一群邻居，叽叽喳喳说着恭维的话，这让父亲十分受用。现在想起来男孩的内心依然澎湃不已。那辆轿车的意外出现为一家人带来了一份巨大的欣喜，但是这一份欣喜只在生活的表面荡漾了两个星期，便在一个猝不及防的黄昏被父亲转手卖掉了。当初花了十多万买的新车，两个星期后的一个黄昏下只卖出了六万多；买家是一个留着小胡子的男人，那天他围着车子看了一圈，喜笑颜开地将车子开走了。

再后来父亲舍弃了股票和字画收藏这一类曾经为他带来无上荣誉的挣钱方式，将发财致富的梦想寄托在了一种虚无缥缈的事物上——鬼。鬼是继股票和字画收藏之后形成的新一轮的市场财富热点。其中女鬼的行情优于男鬼，一头品质优良的女鬼的市场价值远远超过一幅林散之真迹。父亲于是顺势而动迅速转行，将全部精力转到捉鬼上来了。但是这一次的转行却没有以往那般顺利了，开始的两个多月得手的尽是一些小鬼和老鬼。有一次父亲还无聊地捉回了两个醉鬼。两个醉鬼每顿都要喝酒，孬酒还不喝，一喝起酒就相互斗嘴；一个醉鬼拿起一个手电筒朝上打出一道灯柱，想让另外一个醉鬼顺着灯柱爬到天花板上去，另外一个不干，说你当我傻啊,等我爬到中途,你把手电一灭我还不摔下来呀!

两个醉鬼在家里待了三天,三天后父亲实在忍受不了了,狠狠心把他们赶走了。

这一次教训让父亲不得不修订自己的计划。他后来采取的是宁缺毋滥的策略,没有把握决不轻易出手,捉不到好的也绝不要差的。两个月后他捕捉到了一头女鬼的信息,当天夜里举着一根蜡烛出门去了……

爸爸一走就是三天,三天里音信全无,以此推断他的作业进展应该不大顺利。男孩准备等吃完饭后给爸爸打个电话,他想让爸爸早点回来。与发财梦相比,他更担心自己的身体是不是有什么问题,如果爸爸在身边他会放心点。

正当男孩一边吃饭一边胡思乱想着时,门砰地一声被撞开了,父亲扛着一个大袋子闯了进来。父亲面色倦怠但是精神矍铄。他放下袋子,扯着袋口对男孩道,快过来看看!

男孩提着筷子走过去往袋子里一探脑袋,袋子里蜷缩着一头女鬼。女鬼很年轻,20岁左右,看见男孩极不友好地瞪了他一眼,还撇了一下嘴;女鬼的嘴巴小巧,嘴唇圆润饱满。这是一头漂亮的女鬼。

你从哪儿弄来的?男孩好奇地问父亲。

父亲说这事等会再说,我要先打几个电话,得赶紧把她卖出去。这可是钱啊!

男孩:会有人买吗?

父亲哈哈一笑,没人买我费那么大劲折腾干吗?告诉你不仅有人买,而且会非常抢手。你看着她点,我先打电话。

男孩咬着筷子守在袋子前,好奇地打量着女鬼。女鬼穿一件黑色连衣裙,衣裙脏兮兮的,领口后侧已经破了,一截布条耷拉着,暴露出颈部下方的一块雪白的肌肤。见男孩目不转睛地盯着自己,女鬼没好气地翻了他一眼,看什么看?没见过美女吗?

男孩吓了一跳,转身朝父亲喊,爸,她会说话。

父亲见怪不怪地说,她又不是哑巴,当然会说话。

父亲拨通了电话,抓起话筒说,老王啊,最近忙什么呢?寒暄了两句后迅速切入正题,老王啊,我这儿有一头鬼你要不要?那边的回答似乎不令人满意,父亲就说,那好,那好。挂了电话。

父亲的第二个电话打给了一个瞎子,男孩认识这个瞎子。他是父亲多年的朋友,他有一个奇怪的姓氏,皇甫,男孩平时称他为皇甫伯伯。瞎子没料到爸爸会向他兜售一头鬼,电话里表现得不大积极,爸爸鼓动唇舌拼命夸这头女鬼如何漂亮、年轻,身材又如何如何地曼妙,把一头鬼渲染得天花乱坠的。

瞎子不为所动,可能在电话里说了一句,我又不找老婆,不要,不要。

爸爸眼睛一转换了说辞道,你一个人过日子,有个鬼在身边陪着说说话也可以为你解除寂寞对不对?再说这个女鬼勤快能干,烧饭、打扫卫生各种家务样样拿手。你年龄越来越大,有个鬼在身边照顾一下总是好的,权当请个保姆!

这一番话似乎对瞎子起了作用,转念一想又觉不对,既然她那么好,你为什么不自己留着?

父亲道,不瞒你说,我前一阵做红木生意亏了一大笔钱,儿子最近要上中学了,我准备花一笔钱给他择个好点的学校,加上平时的花费开销,手头着实紧了点,如果不是因为这些,你花再多的钱我也不会卖的。

电话里的瞎子还是不愿立刻掏钱,只答应考虑一下,让父亲过两天再跟他联系。父亲放下电话后气得恶狠狠地骂了一句粗话。他没料到被自己寄予厚望的一头女鬼的市场销路竟如此不畅。客厅里的挂钟开始报时,时针正指向八点。爸爸反应过来,问男孩,你怎么没去上学?

男孩说我不舒服,请了一天假。

父亲关心地问,怎么了?

男孩说,现在已经好了。

父亲不放心地问,要不要去医院看看?

男孩说真的已经好了,没事了。

父亲略一沉吟,说既然没事,你带着鬼去皂河走一趟吧,看看能不能把她卖了。

男孩说你不是正在联系买家吗?

父亲说这些家伙看来不大识货,根本不了解一个鬼在现实中的价值,靠电话推销看来有点难度。咱们要两条腿走路,你去皂河试试运气,我在家再打几个电话联系一下别的买家。

男孩说那你给我点钱吧。

父亲问你要钱干吗？

男孩说我得打个车,要不怎么把鬼带到皂河？

父亲说不用打车,鬼很轻的。你试试就知道了。

男孩走过去伸手提了一下袋子,一把将袋子提了老高。果然没多少重量,仿佛只一袋子空气。

爸爸叮嘱男孩,这个鬼诡计多端,你路上小心点,别让她跑了。

男孩提着鬼上路了。皂河距他们住的地方约十里地,是这一地区最大的一处自由交易市场。通往皂河的路有两条,一条是新修的大路,路面宽阔敞亮,人来车往热闹非常；小路则是纯粹的土路,因为被废弃久了,路面坑洼不平,已无车辆通行。走大路要比走小路远三分之一的距离,男孩理所当然地选择了稍近的小路。小路上没什么人,清晨的阳光在树阴间晃动,一阵微风吹过,碎片似的阳光便沙沙作响,从树枝间到地面。

装鬼的布袋很轻,但是体积较大,鼓鼓囊囊的。男孩用一只手提着走了一段路程,然后又换一个姿势,最后干脆把袋子扛到了肩膀上。

一路上女鬼不停地和男孩搭话,一会儿问你今年多大了?一会儿问你叫什么?你是跟你妈姓还是跟你爸姓?又问,你妈妈呢?怎么没见她在家?

男孩也不理她,只埋头赶路。

女鬼又说,你把我放下来,我要撒尿。男孩脚步没停,女鬼就喊,你不停我撒你身上了!

男孩吓得一下收住了脚,他怀疑撒尿只是女鬼的一种借口,不过又怕是真的,万一她忍不住真在自己的肩膀上尿将起来自己岂不是自讨没趣。于是放下袋子解开袋口放出了女鬼。

女鬼在口袋里憋得久了,从口袋中钻出来后忍不住舒展身体伸了一个懒腰,嘴里还"喔"地打了一个巨大的哈欠。四下看了看问男孩,你准备让我在大路上撒尿吗?

男孩说反正又没人。

女鬼说我不习惯。

男孩:那附近也没厕所呀!

女鬼看到路边有一棵大树,说你把我放到大树后面吧。

男孩觉得也对,毕竟她是女的。依言把她提到了大树后面,自己则一手拎着空口袋站在边上。

女鬼说你离远点成不?女的撒尿你也爱看吗?

男孩脸红了,我爸爸说你诡计多端,得看紧了。

女鬼"呸"地吐了一口唾沫,你爸爸这个混蛋,总有一天不得

卖鬼记 | 67

好死!

男孩急了,说你撒不撒?不撒我们就走!

女鬼:好,我撒我撒。眼睛骨碌碌一转说,你把身子转过去一下总成吧?

男孩扭过身子。少倾,身后响起一阵絮絮瑟瑟的轻微声响,细水泼地一般。男孩被这种响声刺激得浑身一激灵,身体的某个部位就硬了,心一下揪紧了,担心身体里又会喷出点奇怪的物质。好在响声持续了没多久停下了,男孩紧绷着的身体才渐渐松弛下来。耐心等了一会儿,身后却没了动静,他忍不住问了一声,好了吗?话递出去后没有得到回答,提高嗓门又问了一遍,你完了没?还是没有回答。他一扭头,大树下已经不见了鬼影。四周一扫视,发现女鬼正在向路的一侧跑着呢,脚上的一只高跟鞋都跑掉了,她一只手拎着鞋子,光着一只脚一瘸一拐地跑得急切。男孩腾身而起,三五步便追上了她,一把将她从后面悬空提了起来。

女鬼哇地一声哭了,请你放了我吧!求求你了!

男孩也不答话,一手抻开袋口一手将女鬼揣了进去,像揣一件旧衣服一般轻巧。

接下去的一路上女鬼唉声叹气的,男孩也不理她,半个小时后到了皂河。

男孩来晚了,集市上好一点的摊位都被人占了。他转悠了一会儿,走到一个小摊点前站下。摊点的主人是一个五十岁左右的中年妇女,她的身前放着一个柳条篮,篮子里盛着半篮子杏子,黄澄澄的,有的杏子上还连着一两片绿油油的树叶。中年妇女对男孩很友善,将自己的篮子往一边移了移,腾出半个屁股大的面积。男孩朝她笑了笑。站定后放下布袋,将袋口松开,露出女鬼的一颗脑袋。女鬼露出头后迅速地左右张望了一下,看到中年妇人似乎很高兴,朝她谄媚地一笑。

中年妇女被眼前突兀呈现的一张鬼脸吓了一跳,大叫一声,鬼啊! 提起篮子撒腿窜了出去。她这一跑也带动了周围一些胆小的摊贩,他们一轰而起,提起筐啊箩的跟着女摊贩一窝蜂地跑了。至于为什么要跑却不知道,还以为是市场管理员来收摊位费了。

跑走的人停在不远处围着那个中年妇女问,你跑什么呀?

中年妇女脸色苍白地指着男孩的方向,嘴唇哆嗦着,"呜"地一声哭了起来,走了,哭声被离去的步伐拖得很长,剩下的人朝男孩所在的方向不住地探头张望,于是看见了男孩脚下的袋子以及袋口晃动着的一个脑袋和一张披头散发苍白的脸,有人尖叫了一声,鬼。人群于是整齐地向后一退。女鬼听见了,朝他们鬼魅地一笑,人群便又向后一退。尽管一退再退,人群中却没一个人离开。一群人厚厚地挤在一起,好奇地打量着口袋中的女鬼,有的人还朝男孩喊,小子! 这女鬼是你姐还是你小姨啊?

男孩不甘示弱地回道,是你姥姥。

卖鬼记 | 69

其他人就笑。另有一个人朝男孩喊,小子!你的鬼从哪儿弄来的?

男孩没吭声。他也不知道爸爸是从哪儿弄来这头鬼的,因此没法回答。

这时一个长相猥琐的小个子男人朝女鬼喊,鬼妹妹还挺漂亮的,干脆跟哥哥回家过日子吧!

身边的人就说,老六想老婆想疯了吧,连鬼也要。

老六愈发地猥琐起来,说管她是人是鬼,关了灯还不都一个味道。说话时脸上色眯眯的,全变成了彩色。

其他人就拿他打趣,敢情你还和鬼睡过?说说跟鬼睡觉是个什么味儿?

话越说越下流,男孩脸上挂不住了。虽然知道他们说的是鬼,却感觉是在说自己某个女性家人,气恼地朝他们大喊一声,你们滚!滚走!

那群人就起哄,那孩子吃醋了,那孩子吃醋了。

男孩急了,拣起一个小石子朝人群掷了过去。因为人小,力道欠了些,石子飞到中途委顿下来,在距离人群三步远的地方落到地上,落地后不甘心地又朝前滚了两个跟头,最后在老六脚前停下了。

老六生气了。他从这一枚石子上读出了男孩对于自己的恨意,弯腰捡起石子回掷向男孩。不知是故意还是阴差阳错,石子飞行中掠过了男孩直接砸到了布袋上,女鬼吃疼,哎哟叫了一声,人群一阵哄笑。女鬼火了,尖叫一声,袋口上的脑袋飞速地旋转起来,獠牙大口面目狰狞,似要飞过来掐他们脖子。人们害怕了,又连连后退了数步。

围观的人群最后是在几个市场管理员出现后自行散了。几个市场管理员远远地见这边人头攒动,以为出了什么纠纷,迅捷地赶了过来。围观的人一见到市场管理员便贼一样迅速散开了。设摊的设摊,布点的布点,剩下的人也在摊点前逛着,不时和某个摊贩询个价。

男孩的周围已经没有了别的摊点,一小块地方只有他一个摊子,孤零零的。

一个小伙子出现了。他手持着一块硬纸板一路走来,径直地走到男孩的身边,摊开了纸板,然后从不同的衣服口袋里掏出好几只手机。都是些旧手机,品牌、款型不一,大概是自己用剩下的或者从别人手里三文不值两文地收过来的。

别的摊点前不时有顾客上前问个价什么的,男孩的摊子前始终没人来,偶尔有一两个路过的人,经过他面前时也绕着走。他被一份共同的公众情绪孤立了。现在离男孩最近的人就是卖手机的小伙子,他一直在好奇地打量着男孩。与此同时女鬼也数次将脸扭向男孩,似乎想和他说点什么。男孩没理她,捡起一根树枝在地上画着小鸟或者飞机的图形。他并不是想飞起来。女鬼看了他一会儿突然说了一句,谢谢你!

男孩抬起头,谢什么?

女鬼说谢谢你刚才帮我。

男孩埋头继续画着。他不知道该怎么回答。

女鬼看着男孩,突然又说了一句,你长得很像你爸爸。

男孩停下画画,欲言又止。

女鬼:你想说什么?

男孩:你是怎么被我爸爸抓……到的?

女鬼就恼了,恶狠狠地说,你爸爸是个大骗子,色鬼,混蛋!

男孩被女鬼瞬间的激烈反应吓坏了,傻傻地看着女鬼。女鬼也没了聊天的兴致,闭上眼睛不再看他。

一辆小汽车开过来,迅速驶过男孩的摊子,"吱"地一声在前方不远处停下了,缓缓地倒回来,停下。一个男人从车上下来走到袋子前打量了女鬼一番,问男孩,卖吗?

男孩扔下树枝站起来,卖。他的心嘣嘣直跳。这是今天第一个问价的主顾。

什么价?

男孩:一万。

司机皱皱眉,太贵了!能便宜点吗?

男孩不吱声了。一万是爸爸给他的价格,当时交代的就是底价,既然是底价就不能再让了,可是如果不让价他又怕失去眼前这位主顾。他在心里犹豫着,一张脸憋得通红。

司机又打量了女鬼一番,还用脚轻轻踢了踢布袋,似乎想试一试她的重量,不想却惹恼了女鬼,她猛地睁开眼睛,娇叱道,把你的臭脚挪开。

司机哟了一声,听口音不是本地的吧?问女鬼,老家是哪里的?

女鬼:关你屁事!

司机:还挺有性格。对男孩说,这鬼我要了,你让点价。

男孩问,你说什么价?

司机说我们都让一步,伸出一个巴掌,五千。

男孩坚决地摇头,不。

司机问那你说多少?

男孩运了两口气,一万。

司机气得掉头就走,有你这么做生意的吗?脑子进水了吧!钻上车一溜烟开跑了。

司机离开了,之后相当长的时间里都没有人再来问价。日头越升越高了,转眼到了吃中饭的时间,一些摊贩陆续掏出从家里带来的馍或者窝头啃起来,男孩的肠胃被眼前晃动着的馒头和窝头点燃,咕地叫了一声,迅速空了。他饿了。出门前爸爸说中午来的,太阳都到头顶了连个影子都还没见到。他想给家里打个电话,

卖鬼记 | 73

周围却没有公用电话,最本质的问题是他口袋里没有钱,连打电话的钱都没有。他朝卖手机的小伙子看了看,小伙子也朝他看,还笑了笑。

你的手机是国产的还是进口的?他问。

小伙子回答,有一个是国产,两个是国外的品牌机,还有几个也不知道是国产还是进口的。你想买吗?

男孩问能用吗?

小伙子:不能用还叫手机吗?

男孩怯怯地问,能借一个让我给家里打个电话吗?

小伙子顿时气馁,不借。

男孩说,你如果借给我打个电话,等我把这头鬼卖了,我就考虑买你一部手机。

男孩的承诺似乎对小伙子具有一定的诱惑力,考虑了一会儿后抓起其中的一个手机递向了男孩,你说话算数。

男孩:我保证!

男孩站在小伙子的摊子前打的电话,电话响了两声后通了,男孩说,爸,是我。

爸爸:你用的谁的电话?

男孩:我和别人借的手机打的。爸你什么时候来呀?我饿了。

爸爸:我正在联系买家,一时半会儿过不去。问男孩,你那边情况怎么样?

男孩看了女鬼一眼说,只有一个人问过价,但是没有买。

爸爸就说你再坚持一会儿,如果遇到熟人就借点钱吃点东西。

男孩说一个熟人也没看到。你还是快来吧,我很饿。

爸爸不高兴了,说你怎么这么不懂事,我正忙着呢!

男孩:可我饿。

爸爸暴躁地,饿一顿又不会死。啪地挂了电话。

男孩无奈地关上手机还给了小伙子,一屁股坐在地上不动了。

坐了一会儿,男孩尿急了,隐忍了一会儿终究没能忍住,起身对身旁的小伙子说,我上个厕所,能请你帮忙看下摊子吗?

小伙子:没问题。你去吧。

男孩走了。

从小伙子出现在男孩旁边就没看过女鬼一眼,男孩刚一离开,一人一鬼就迅速地把脸扭向对方。女鬼压低声音道,你来干什么?

小伙子:我要救你走。

女鬼:男孩的爸爸很扎手,我俩加一块儿也不是他对手。他一会儿就要来,你赶紧走。

小伙子:那我们现在就走。

女鬼扫了一眼周围,你看那些人都盯着这边呢!能走掉吗?

小伙子把脸埋在膝盖间,那怎么办?

女鬼:你走吧,别管我。

小伙子:不行。我不能丢下你。

卖鬼记 | 75

女鬼刚要说话,男孩回来了,只得闭上了嘴。

集市上的人流逐渐稀疏,各摊点前也渐趋冷清,一些摊主开始瞌睡,养精蓄锐地等待下一波人流高峰。这时从远处缓步走来一个书生,他摇着折扇一摇三晃地走着。先在一个卖大葱的摊子前逗留了片刻,一根葱也没买便离开了,一路朝男孩所在的方向走过来。男孩看到书生了,但是不以为他会是自己潜在的买主,看了他一眼后又埋下头琢磨着能从哪儿搞点吃的东西。书生越走越近了,一抬眼看到了女鬼,咦地一声站下了。男孩急忙从地上站起来,你好!

书生没理男孩,眼睛紧紧盯着女鬼,突然抱着扇子朝女鬼深鞠一躬。姑娘好!

女鬼扑哧一笑,你是从唐朝来的?

书生:姑娘说笑了,我是1976年出生的,怎么会从唐朝来?

女鬼仍然笑吟吟地说,我怎么越看你越像是刚从古墓中爬出来的?

对女鬼的嘲讽书生并不在意,我见姑娘清秀脱俗,有意将姑娘买下,不知姑娘意下如何?

女鬼笑着说,我告诉你一个秘密。

书生:我洗耳恭听。

女鬼一变脸色,我平时最看不起两种人,一种是嫖客,另一种就是读书人。

书生想必自视甚高,听女鬼把自己与嫖客归为一类心中不禁愤然,嘴里说,无论姑娘如何鄙薄在下,在下对姑娘却是敬仰有加,希望姑娘能成全这桩买卖。

女鬼:你我素昧平生,况且人鬼殊途,为何偏要买我?难道想娶我不成!

书生:姑娘说笑了。我是已婚之人,再娶就违法了。

女鬼不客气地道,那你在这儿磨叽什么?回家抱媳妇玩儿去。

书生是个好脾气,面对女鬼刻薄言语不愠不怒,端着一脸的笑意继续说,之所以想买下姑娘是因为在下对于鬼神颇多敬仰,加上多年来我夜读成习,夜深人静时多有寂寞,倘若以后夜读时有姑娘陪伴左右岂不快哉!

女鬼冷冷道,我已经说了我对读书人没好感,对已婚男人更没兴趣,你还是请便吧!

书生脸上挂不住了,哼地一声道,买不买是我和卖家定的,恐怕由不得你。

女鬼:你想强买不成?

书生不再理她,转向男孩,请问先生这位姑娘是什么价格?

男孩有生以来第一次被人称作先生,心中对书生好感顿生。说一万。狠狠心补充道,如果先生嫌贵,九千八吧,让你两百。

书生:不贵,不贵。一万就能买一头鬼简直太便宜了。

男孩还没来得及说话,一旁的女鬼冷冷地又对书生说道,你是不是觉得自己挺有钱的?

书生说,有钱不敢说,平时生活倒还过得去。

女鬼说我平时开销很大,吃的东西也不是有钱就能买到的。你自信能养得起我?

书生好奇地,你平时爱吃什么?

女鬼:新鲜的人血。

书生一愣,旋即反应过来,你在吓唬我,想让我别买你对吗?哈哈!

女鬼说能请你办一件事吗?

书生:什么?

女鬼:能让我亲你一下吗?

书生没料到女鬼会提出这种要求,犹豫了一下还是弯下身子将脸靠向了女鬼。女鬼用嘴唇轻轻触碰了一下书生的面颊,迅速移向他的颈部,一口咬住了他的喉管,一边咬一边用力地吸,丝丝冷气从她牙齿间急促地流动,刺激着书生颈部麻飕飕的;一种恐怖从书生的血液中生出,死命地抵在咽喉部位,几欲窒息。恐怖最终转化出一种力量,书生大叫一声,奋力一甩头挣脱了女鬼的撕咬,腾地跳出了两丈远。女鬼张着血盆大口面目狰狞地还在朝他作势欲扑,带动着地上的布袋子浪一般地一层一层向上涌着。书生终于撑不住了,怪叫一声撒腿跑了。身后,女鬼凄厉地笑着,啊咯咯咯,追赶他似的。

书生跑得没影了女鬼才安静下来,男孩则为错失了一个可能的买主而生气。忍了一会儿还是朝女鬼发起了火,你干嘛吓唬人家?

女鬼:我没吓唬他。

你根本不会吸人血的,干嘛要骗人?

女鬼挤出一副凶神恶煞般的表情,你想试试吗?

男孩不屑地,得了吧!你要真那么厉害还会被我爸爸抓住?

一句话惹恼了女鬼,她暴躁地骂了起来,你爸爸是个混蛋,恶棍……

女鬼显然被戳到痛处了,声嘶力竭地骂了很久,什么脏话都骂,男孩也不理她,静静地站着朝路口眺望,他希望书生能回来把女鬼买走,但是书生再没有出现。女鬼骂了一会儿口干舌燥起来,强撑着又骂了两句后停下嘴闭上了眼睛。

她累了。

日头不知不觉中又向西滑出了老远,饥饿像一把刀子在男孩的腹中搅动,男孩已经快被饿瘪了。卖手机的小伙子站起身伸了一个懒腰,对男孩说,我饿了,要去吃点东西,你帮我看一会儿摊子吧!

男孩舔了舔嘴,你要多久?

小伙子:最多半小时。

男孩吭哧吭哧地道,最好能快点,我也挺饿的,想早点收摊回家吃点东西。

小伙子:那我们一块儿去吃点吧!

男孩肠胃折断似的一疼一暖,心中一阵荡漾,咕嘟咽了一泡口水,随即意识到一个关键问题,可我没钱。

小伙子豪爽地,一顿饭能要多少,我请客!

男孩故作犹豫状。小伙子说走吧!男孩腿脚就动了。

快到饭店时,小伙子动员男孩,你把她放下来吧,总不能扛着她进饭店吧?

男孩说这个女鬼很狡猾的,我怕一不小心给她跑了。

小伙子:放心吧!有我在她跑不了。

男孩就把女鬼放了出来,然后一手牵着女鬼一手拎着布袋跟着小伙子进了饭店。

饭店里一桌客人都没有,本来嘛!不早不晚的,谁会拣这时候来吃饭?见到有客人上门,三五个服务员一起迎上来。一个领班模样的女服务员伸手引道,三位好!请里边坐!

小伙子扫了一眼大堂,给我们一个包间吧。

领班有点犹豫,觉得眼前这三个人怎么看都不像有钱人,对他们的消费能力有所怀疑。斟酌着说道,我们的包间设有最低消费,如果三位只是简单吃点东西的话就在大厅里好了,既经济又实惠。

小伙子坚持,还是给我们一个包间吧!

领班再次打量了他们一番,一声未吭领着他上了二楼。包间很大,中央搁着一张似乎比包间更大的圆桌,大得足可以在上面打一场篮球了。男孩觉得。

落座、上茶、服务员稍后递上菜单。小伙子一边翻着菜单一边问服务员,你们老板在吗?

服务员:不在。紧接着补充道,不到上客的时间老板一般都不在的。

小伙子点点头,转脸问男孩,你想吃什么?

如此豪华的阵仗让男孩有点晕,自进了包间一直都没缓过劲来,面对询问想都没想抛出一句大实话,我想吃饭。身边等着点菜的服务员扑哧乐了。小伙子也没理他,对服务员,一个清蒸鲈鱼、半斤清水大虾、一份干锅花菜……哗啦啦一口气点了七八个菜。最后连服务员都看不下去了,轻声提醒说,先生,你们就三个人,差不多了!小伙子这才意犹未尽地罢了手,合上菜单问服务员,有酒吗?

服务员背书一般地答道,我们有白酒、黄酒、红酒和啤酒,不知你要哪种?

小伙子:红酒吧。

服务员:红酒我们有法国产和智利产的两种,分别是480块和280块一瓶。

女鬼插话道:拿便宜的,还是节约点吧!

红酒最先上的,菜跟着陆续上了。服务员帮忙开了酒,端着酒瓶要给男孩斟酒,男孩吓得伸手捂住杯子,我不要。

女鬼对服务员说,我们自己来,你出去吧。服务员依言退出了包间,随手把门带上了。女鬼看了看男孩,男孩眼睛直勾勾盯着桌上的热菜,已经快撑不住了。女鬼体贴地说,你先吃点菜垫一下。男孩不再客气,抓起筷子吃了起来。

女鬼端起酒瓶先给小伙子斟上酒,又给自己倒了半杯。女鬼和小伙子自始至终都没有说一句话,甚至都没相互看一眼对方。女鬼端起杯抿了一小口,柔软地含在口中并来回滚动了一番才咕地一声咽下,张开嘴喷着酒气对男孩说,这酒不错,你也喝点吧!

男孩:我不会喝酒的。

女鬼笑道,哪有男的不会喝酒的呀!来,把杯子给我,给你倒点。

男孩:我真的没喝过酒。说着把面前的酒杯往远处移了一下。

女鬼没辙了,抬起眼睛扫了一下小伙子。小伙子端起酒杯咕嘟喝了一大口酒,对男孩说了一句,男人不喝酒比女人长胡子还难看。

男孩不解地问,女人会长胡子?

小伙子:我只是打个比方。反正男人就应该喝酒抽烟发脾气,否则没有女人会喜欢的。又喝了一口酒盯着男孩,你还没谈过恋爱吧?

男孩正埋头吃着一只虾,闻言抬起头,谁说的!我谈过恋爱。

女鬼插话道:是吗?怎么谈的?

男孩:我们放学经常一块回家。还一起看过电影。

女鬼:就这些?

男孩眨巴了一下眼睛,还要啥?

你吻过她吗?

男孩脸色一下红了,捏着虾子吭哧吭哧地,那有啥意思!

女鬼咯咯笑起来,你是不是不会接吻啊!

男孩:这有啥呀?不就是亲嘴嘛!眼睛却不敢再与女鬼对视,将手中的虾子连壳带肉地塞进嘴里嚼起来,咯吱咔嚓的。

女鬼端着酒杯,用两根手指轻巧转动着,笑眯眯地看着男孩。男孩等了半晌见没了动静,一抬头正撞上女鬼似笑非笑的古怪表情,脸上再次火烧火燎起来。其实……其实……那个……

女鬼:你过来!

男孩:干吗?

女鬼一仰头将杯中的酒倒进了嘴里,鼓着腮帮用手示意男孩把头凑近点。男孩懵懵懂懂地将右边耳朵凑了过去——他以为女鬼要跟自己说点什么,女鬼一把搂住男孩的脖子将他的嘴按在了自己的嘴上。男孩身体一下僵硬了,牙关紧咬,女鬼伸出舌头轻轻地舔着他的嘴唇,一点一点地将舌头往男孩的牙齿间递送,三两下便温柔地撬开了男孩的牙关,紧接着一股液体灌进了男孩的嘴中,男孩一惊,咕嘟一声咽了下去,肠胃被火灼了一下似的热了,身体

卖鬼记 | 83

却一阵阵地颤抖起来,很冷似的……

男孩跌回到自己的座位上,半天都没弄清楚刚才究竟发生了什么,愣怔了一会儿后一头倒在桌子上昏睡了过去。

多年以后,男孩高中毕业考上了省城的一所重点大学。进校的第一天,辅导员陪着他在校园里闲逛,两个人走到教学楼前时,迎面撞上了一个三十多岁的女人。女人温文尔雅,身上有一种柔软的气质,远远地跟辅导员打招呼,周老师在忙啊!辅导员:小陈老师你好!迎面错过时,她微笑着朝男孩点了一下头。等她走过去了后,男孩问辅导员,这人是谁?辅导员说,她好像是数学系的一名老师。男孩看着她的背影,信誓旦旦地说了一句,我要追这个女的。辅导员说你就别费劲了,她已经结婚了,老公是做生意的,在二手手机市场卖手机。

怯了

下午母亲在院子里晾衣服,地上的红色衣盆里堆满了衣服,母亲一件件地把它们撑上衣架然后再挂到晾衣绳上;下午的阳光很好,阳光下的母亲系着一条深色围裙,胳膊上还戴着护袖,我进院子时她正将我的一条运动裤往绳子上挂,我问她要不要帮忙,她摇摇头说,你忙你的吧。我登上台阶刚要进屋,母亲突然在后面喊了一声,小波,你来一下。我走到她面前问,什么事?母亲把裤子挂上绳子后顺势拽了拽裤角,将双手在围裙上擦了擦,从口袋里摸出一张照片。你看看怎么样?她将照片递给我。这是一张年轻女子的照片,照片上的人面相清纯、表情幸福。这是一个还没有体会到真实生命意味的小女孩。这是谁啊?母亲笑眯眯地看着我,是一个大学的英语老师,去年刚刚毕业参加工作。她想干吗?母亲说她家在外地,想找一个家在南京的男朋友。我笑了,说她倒是挺现实的。母亲装着没听见,弯腰拿起一只衣架。我等了一会儿又问,你怎么会认识她的?母亲说她和这个女孩子的一个亲戚是朋友,照片是他拿来的。补充了一句,那个女孩子读过你的小说,你们应该挺合适的!我又看了一眼照片,说,我马上要去踢球,这事晚上回来再说吧。母亲没再说什么,把照片装进口袋里。

我进房间换上了一套球衣,穿上球鞋之前又擦了擦鞋面,再出来时母亲已经晾完了衣服,在台阶上我们又遇到了。母亲拎着空盆对我说,你抓紧时间考虑一下。我说知道啦!飞快地跑下了台阶。

我住的地方毗邻南京大学,我踢球一般都去那里。我在南大已经踢了二十多年的足球了,最初和我一起踢球的那一批人现在已经人到中年,大多数人现在都已经发福了,一副心宽体胖脑满肠肥的浅薄模样,而且拖儿带女携家带口的异常地臃肿和累赘。有时在大街上能相互撞上,见到后他们大多都会问一句,还踢球吗?我说踢啊,再反问,你们呢?他们就会苦笑一下,意味深长地看看身边的太太和孩子不吭声了。有一次我遇到了一个球名叫陀螺的家伙,我们在一起踢球的时候他还是十七八岁的少年,身材修长瘦削精干,多年之后再见到时却像充了气的气球似的变得肥硕不堪了。那天他带着妻子和女儿在逛街,见到我聊了没两句就让我和他妻子说说他以前的样子。一开始我没明白是什么意思，还以为他是让我证明他以前的生活作风呢，绕了半天才明白他真实的目的是让我证明他以前曾经是个瘦子。知道了这层含义后我便向他妻子添油加醋地吹嘘起他当时的瘦弱，简直都快把他夸成一根竹竿了。谁知他的妻子听了之后却恼火起来，说你当时那么瘦怎么现在这么胖了？你寒碜人呢！两口子当时就在大街上吵了起来。陀螺说踢球的人都是这样，一旦停下来就会发胖的！他妻子就指着我问那他呢，他怎么不胖？陀螺说人家现在不还在踢嘛！他妻子就说，他能踢你怎么不踢了？问我，请问你今年多大？我说 37，过完年就 38 了。他妻子听了更急了，你看看，你看看！人家比你还大一岁呢，人家能踢你为什么不能继续踢？两个人后来吵得凶恶，我劝了一会儿见劝不住就跑走了。最后的结局如何也不得而知，但是后来再在大街上遇到陀螺他就不理我了。原因大概是觉得不可思议——为什么他老了而我还年轻依然（起码表面上是这样）？这事连我自己也说不大清楚，唯一明白的是这些人已经不踢球了而我还在踢。类似的事情还有一件。有一年南大的球场上出现了一群半大的孩子。每天下午他们都来踢球。因为他们年龄太小身体单薄，分队比赛时我们一般都不愿带他们，但是他们却总爱往我们中间凑，叔叔长叔叔短地使劲和我们套近乎，想让我们带他们一块玩儿，比赛时他们就守在边上看。事隔多年之后，有一年我们组队参加了一次南京市比赛,居然再次见到了那一群孩子。这时他们已经都长大了,出乎意料的是他们的球踢得特棒,一招一式特别专业。一打听吓了一跳,这帮家伙居然是江苏三队的队员,因为种种原因今年三队解散了,他们因此流落到了民间。没料到当初跟在我们屁股后面蹭球的孩子们现在已经如此出息了!这群人后来称霸南京业余足坛多年,凡有比赛冠军基本上都被他们拿了。他们中间的两三个人后来还被特招进了南京大学读书,我后来和其中的两个人混得挺熟,我们经常在南大球场上遇到。只是后来他们没再喊过我叔叔——孩子们毕竟大了!因为球踢得好这两个家伙后来人也牛了,有时某个人处理球出现一点失误他们张嘴就骂,被骂的人从不敢吭声。

　　我唠唠叨叨说了这么多,无非是想提醒大家注意一样东西——时间。时间为每一个热爱踢球的人带来婚姻、工作以及孩子,它悄悄地修改着一个人的面容和身材,它选择在某个黄昏没收掉当初施与你的足球,转手交到另外一个少年的手上,同时把你一把推出球场,推到生活的怀抱之中。时间促使着生活不停地旋转并更替,时间关照着每一个人而从不遗漏什么,但是现在却将我遗漏了,将我漏在了足球场上。多年以来我一直过着一种简单且青春的生活,没有工作没有婚姻也不曾生儿育女,生活中所有的琐碎都与我无关;当大部分同龄人脸上显出皱纹和老态时我则硬撑着一张与时间的刻度极不相称的青春容颜混迹于时间之外,浅薄地拒绝着一切与现实相关的生活内容。就说婚姻吧。在此之前我从没觉得它对于我是必须的,更没料到有一天我也会沦落到需要别人为我介绍对象的窘境——我的身边什么时候缺少过女孩子?但是回头想想,我的身边什么时候真正出现过一个能与我同生共亡的生活伙伴——她与你同处一处,与你分享点滴的生活细节,当你老了她陪着你静坐在球场的看台上,看球场上年轻的人们追着一只在空中划出一道弧线的足球大呼小叫,年轻的身体砰砰碰撞发出音乐的响声?所以当今天母亲捏着一张年轻女子的照片隔着时间递到我面前的时候,我突然慌乱起来——我胆怯了。人也许就是这样,年龄越大便越胆小,依此推断一个人从反叛到最终屈服于生活的摆布的真正原因只是因为胆怯而非其他。譬如一个人会因为胆怯而选择婚姻、因为胆怯而参加工作,因为胆怯而生儿育女,最后因为胆怯而死亡——被生活吓死了。真有意思,人最后是被生活给吓死的。嘿嘿!有意思!

今天是周末,来踢球的人很多,其中有一拨外国留学生。活动了一会儿后中国人自然结合到一起,与外国留学生打起了半场对抗,七打七。我今天的球踢得有点别扭,接球不稳,传球不准,带球突破速度总起不来,好不容易插了一个空当接住了一个传球,还没带两步又被对方的后卫大老远跑上来一脚断下了。在场边观战的人渐渐有了嘘声……我又拿到了球,还没把球停稳,一个外国留学生冲了上来,一个倒地飞铲将球铲断下来,在球被断下的同时我也顺势倒了下去,那感觉好像是被黑人留学生铲倒的。外国留学生一骨碌爬起来,朝我又喊又叫,一张脸急得都变形了。他愤怒地表示自己只铲到球根本没有碰到我,我是假摔,是欺骗。他说的没错,但是我却不想让他轻易洗刷自己的冤屈,装着一副听不懂他在说什么的样子躺在地上使劲地朝他摇头。我的队友围拢过来,我在队友的搀扶下颤巍巍地站了起来,试了试腿脚后对队友说,换人吧,我不能踢了!一瘸一拐地下场了。其实那个外国留学生根本没铲到我,我的腿脚也没有任何问题,我只是觉得再往下踢也占不到便宜,还尽惹别人笑话,所以赶紧退场为上。

场上比赛继续进行。我坐在场边一边假意地揉着脚脖子一边看着双方的队员追着足球在场上来回奔跑,心里无限感慨。我也许真的老了,而且老的不是身体,是心,心脏、心灵、心情和心——跳。

比赛场地只占据了整个球场的一半,另外一半的球场本来还有一些学生在踢球的,随着这边比赛渐趋激烈他们也被吸引,一起围拢到这半边场地的边上专心致志观看起比赛来。那半边球场便空了下来,一群麻雀在半空中试探了一会儿后落到空场地上,悠闲地溜达并不停地翻拣着草籽,间或抬起小脑袋打量一下四周,小眼睛骨碌碌转得飞快。这边中国学生一方进了一球,全场欢声雷动,那边半场上的鸟儿不知道发生了什么,愣了一愣(好像),慌张地振翅飞走了,翅膀划动空气时扑腾腾地发出响声;进球的人可能和我比较熟,冲到场边想找我庆祝,到了近前才发现我是坐着的,干脆摸了一下我脑袋又跑走了,我回过头时他已经融入人群之中,我还是没看清进球的人是谁。

我在场地边上坐了一会儿就离开了,当时球场上的气氛已经白热化了,双方都拼得很凶,不时地出现人仰马翻的场景,所有人的注意力都集中到足球场上,没人留意到我的离开。在走出球场大门的一刹那我忽然难过起来。我有一种奇怪的感觉,感觉今天只要一步跨出球场就再也回不来了,也许多年以后我会在大街上遇到今天在场上踢球的某个人,他会指着我对身边的女朋友说,瞧!那个老家伙以前在南大跟我一块踢过球。老家伙!嘿嘿,老家伙!

回家后先冲了一个澡,冲完澡母亲的晚饭也烧好了,我们开始吃饭,母亲坐一边我坐在一边,两个人默默地吃着也不说话。吃着吃着母亲伤感起来,她忽然叹了一口气,停下了筷子,眼圈红了。我吃惊地问怎么了?母亲说我们家太冷清了,平时连个说话的人都没有,你要是结了婚家里就会多一口人,那样也会热闹一些的。话说得我很难过。我从没想过这个问题,也许老人们很在乎这个吧！我隐隐感觉或许再过两年——或许要不了两年我也会像每一个老人一样害怕起寂寞和冷清来的。想到这里我真正悲哀起来。当年轻的人们唱着"寂寞让我如此美丽"的歌曲满世界打转时我却害怕起寂寞了，难道我真的老了吗？我强颜笑着对母亲说，你老别担心，等我结了婚家里说不定会多出三个人来的，到时热闹得你会嫌烦的。母亲疑惑地说，怎么会多三个人？我说结婚之后我们会生孩子的呀！母亲说那加上孩子和你媳妇也只多两个人呀！我说你老算错了不是，就不带我们生个双胞胎的？母亲终于被逗笑了，说你都快四十岁的人了，怎么还这么一副德行！

吃完饭后母亲破例没让我洗碗，她掏出那张照片交给我，说这两天你别乱跑了，抽时间看看这个姑娘究竟合适不合适，如果觉得条件差不多就先见个面吧！

在决定见面之前我抽空去看了一下言悦。我和言悦是半年前认识的，是在她的画展上。画展开幕的那天南京地面上各种人等都到齐了，画家、评论家、行为艺术家、作家、诗人，大大小小的艺术人士济济一堂。我是被一个搞评论的朋友拽过去的。我们进展厅时言悦正在接受一拨记者的采访，看见我们她主动结束了采访赶过来和我们打招呼。我和言悦并不熟悉，以前只在一个公共场合见过一面，也没说话。那天她和我刚聊了两句便提出请我为她写一篇画评。我的朋友打趣说，你找他写评论要先打听清楚他的规矩。言悦就问他是什么规矩？我的朋友坏笑着说，他可从不白给人写评论。言悦说那是什么价？我的朋友说他不要钱，只是作者本人得跟他上床。言悦笑了看着我问，你是这个规矩吗？我窘得不行，自嘲地回答，这是江湖传言，不能信的。言悦突然想到一个问题，笑着再问，你如果给男的写评论也要他们跟你上床吗？我的朋友抢着回了一句，他什么时候写过男性的评论？说完我们三个哈哈大笑，我被臊得汗都出来了。隔了一个星期言悦给我来了电话，请我参观她的画室。那天在她的画室里我们聊了没多久便滚到了一起。从那以后一没事我就去画室找她，然后便在画室里和她做爱，画室后来差不多都成我们的"暖房"了。在我之前言悦还有一个情人，那人也是一个青年画家，他们在一起已经快两年了。有一次我们在画室里干得正欢，那个画家突然来了。他在外面高呼小叫地喊着言悦，嘭嘭地把门敲得山响。我和言悦肩并肩地躺着地板上一声不吭，两个人的手紧紧缠在一起。那个画家后来在门前等了很久才离开，我们两个人的手自始至终紧握在一起，等松开时手掌里湿淋淋满是汗水。

我和言悦三天两头地泡在一起，没事做就做爱，不做爱了就闲聊，文学、绘画家长里短什么都聊。有一次她问了我一个问题，你会结婚吗？我反问，你觉得呢？她点点头，你会的！我愣住了，真的？她说真的！我真的这么觉得。我说，那依你看我会在哪一年结婚？她看看我，不知道，但是我觉得快了。我哈哈大笑，当时觉得她整个就是胡说八道。我这么多年一直过着单身的生活且对这一种状态很满足，从没考虑过婚姻的问题。说一句不好听的话，多年的单身生活惯得我都不知道怎样与另外一个人正确地睡在一起了，有时因为种种缘由偶尔和别人共睡一床时我都很紧张，不停地要起床上厕所，一遍又一遍的，还尤其惧怕黑暗中那微弱的呼吸声——那一份陌生的呼吸，我觉得所有距离自己太近的呼吸都是有毒的，它会令我不安。可谁能料到仅仅过了两三个月，她的预言就真的要应验了。女人真是一种天性神秘的动物，她们身上的某种能力常常令生活惊诧，她们既是天使也是巫婆……

我进入画室时言悦正在工作。画室的窗户被厚实的窗帘遮着，房间里光线很暗。在画架前支着一盏白炽灯。言悦习惯了这样的光线，以前我曾经担心这样的光线环境会不会对她的作品产生影响，譬如说同一种色彩在灯光下和在日光下会产生差别，这份差别落实到画面上就会是两种效果。可后来发现我的担心纯属多余，言悦习惯于灯光下的工作条件，那一份暧昧的色调反而为她的画提供出了一份意想不到色彩效果，而我上次为她写的那篇评论的题目也是《论言悦作品中的色彩间离效果》。见到我她没有停下来，扭头对我说，我还有几笔，你等一会儿吧！我说你忙吧，我没事。随便找了一本书翻了起来。她不停地用沾满颜料的画笔涂抹着画布，只有动作没有声响。画室里静得让我不安，也无心看书，翻不了两页就要抬头看看言悦。言悦似乎感觉到了我的不安，停下来看了我一眼，你今天好像有什么心事。我说没有。她没再追问，转过脸又画了起来，一边画一边说，告诉你一件事。我问什么？她说我要结婚了。我的心扑扑急跳了两下问，和谁？她再次停下画笔，转脸看着我说，和他。

从画室出来后我的心慌得不行，我觉得自己像个婴儿一样地脆弱，街道上任何一点风吹草动都可能令我大病一场。我沿着大街走了很久，最后在一个十字路口斑马线前停下了。我准备过街，对面的绿色信号灯正好也亮着，但是我却站下了，我担心那盏信号灯会突然变换成红灯，我总觉得它会在我行进到大街中央时突然转变成红灯。我也不知道怎么会有这种念头，糟糕的是，我十分相信这一点。我终于胆怯了。人总有胆怯的时候，生活中总有让你胆怯的情节和细节，以前是别人，现在轮到我了。站在斑马线上我暗暗下定决心，如果今天能活着回到家我一定和女教师见面。

母亲很高兴我的决定，短短的一个小时里她和介绍人通了五六个电话，详细地了解了女方的工作和生活等各个方面的情况，然后再转述给我，并要求我按照对方的爱好做一些必要的准备工作。譬如在接了一次电话后她问我，你知道周星驰和《大话西游》吗？我问干吗？她说介绍人说了，那个女孩子特别喜欢这部电影，你如果没看过的话最好抓紧时间看一下。我说这算哪门子规矩,谈恋爱还要先看《大话西游》?母亲说人家是为你好,怕你们见了面没话说。经过母亲和介绍人多次的商量,最后决定由我和女教师单独见面,时间是这个周末的下午,地点是女教师就职的那所学校所在地。在见面的前两天母亲又生出一个古怪的念头。她问我,你说你要不要买一台手机?我愣了一下问,买手机干什么?母亲委婉地说,现在很多人都有手机,你要是没有手机会让人瞧不起的。我说你这是什么逻辑?大多数人有手机我就必须要有吗?我是在家写东西的,家里有一部电话就够用了,要手机干什么?母亲说,可手机现在那么流行,你总要跟上时代吧,哪怕用不上买一个做做样子也好。

母亲越来越搞笑了。

周末很快就到了。那天我起得很早,母亲则比我起得更早。她先为我烧好了早饭才叫我起床。等吃完饭后她拿出一台手机递给我说,你把这个带上吧。我说你还真买了?母亲没接我的话,攥着手机向我介绍操作方法:用手机打电话要先拨区号,这一点和固定电话不大一样,拨完号码要按一下确认键……介绍了一番后问我,明白了吗?我说明白了。母亲将信将疑地把手机交到我手上。你遇到事随时给我打电话吧!

我揣着手机离开了家门。这是新的一天,太阳高悬在楼顶斜角,视线里的阳光也是暖洋洋的。在街对面"麦当劳"店门口的公用电话亭里,一个穿着裙子的女孩子在打电话。她一边说话一边微微笑着,阳光洒在她身上,整个人如一件透明的物体,透过衣服你几乎能看见她清澈的内脏和灵魂……

刚走到公交车站台便来了一辆车,我正要上车,口袋里的手机突然响了,我掏出手机摁下接听键然后就听见了母亲的声音,喂!你在哪里?我说我在车站,问有什么事,母亲说没事,我试试手机,我怕你不会用。

外星人和自行车

事情大致是这样的。

某个凌晨时分,两个外星人来到了一个名叫朱家角的小镇。他们像两个小毛贼似的躲在一处墙脚的阴影中,东张张西望望,其中一个人蹑手蹑脚地向前走出了三五米,迎面驶来一辆自行车,他从来没见过自行车此种怪物,吓得一蹦三丈高,直接从骑车人的头顶飞了过去,把骑车人吓得呜呀哇啊地一阵怪叫,脚下猛踩,车子歪歪扭扭地骑走了……

这两个外星人一个叫勺子,一个叫周小。周小是一个无恶不作的坏家伙且屡教不改,三个月前被所在星球的执法部门抓住并判了终身监禁;勺子是执法者,是公平正义的化身。执法部门派勺子押解周小去另外一个星球服牢狱(他们的星球太小,监狱建在另外一个星球上)。一天早晨,领受任务的勺子带着周小驾驶着飞船启航了。他们要去的是Y星球,距离他们所在的星球四十九万五千八百公里,整个航行大约需要两年的时间。但是他们的航行只持续了三个月就被迫中止了;当飞船经过地球上空时,他们所乘坐的飞船发生了一点小故障,勺子不得不临时迫降在了朱家角……这本来是一桩小故障,检查修理一下就能继续航行。就在勺子专心处理机械故障时,周小却在暗中偷偷放光了飞船的燃料。等勺子排除了机器故障准备启动飞船继续航行时才发现燃料已经点滴不剩……

这种飞船的燃料是从一种稀缺的原料中提炼而来的,地球上根本没有这种原料。好在勺子在大学里学的化学专业——哦!外星球上也有大学的。他经过一番勘查研究,发现地球上有一种原料可以提取出近似飞船的燃料,那就是猫粪,俗称猫屎。就是说如果他们想离开地球,只能通过猫粪而得到所需的燃料,只此一路别无他途。问题在于猫粪与燃料之间的转换率太低,一公斤的猫粪只能提炼转化出0.01升的燃料,而他们剩余的航程还很长,需要成百上千吨的猫粪才能转换成所需额度的燃料,这还是在满足了诸如设备、技术、人力等所有可能性和条件的前提下。即便满足上述的一切条件,时间也会成为另外一个制约条件;要从成百上千吨的猫粪中提炼出所需额度的燃料,粗略地计算需要70年……

两个人不得不在朱家角驻留下来。既然离开的时间遥遥无期,生活就还要继续。在度过最初的一阵不适期后,周小很快融入到人类生活中。他凭借自己的对外部事物敏锐的观察力，发现人类生活貌似繁复，好像有无数张紧锁的大门挡在你的面前，究其实质也简单，简单到只要手中攥着一把钥匙就能捅开世界上所有的门——所有紧锁的大门共用一把钥匙，这把钥匙显而易见就是金钱。人类有一句话，金钱不是万能的，没钱是万万不能的。由此可见金钱在人类生活中所占据的重要地位。虽然知道了这个道理，但是要真正将这把钥匙握在手中却也并非易事。周小初来乍到，根本不具备任何挣钱的能力，所以从一开始他就没想通过自己的努力获得金钱。他观察了一两个星期，发现有钱人不是当官的就是做生意的。当官的他攀附不上，遂将目标锁定在了生意人身上。朱家角街上有很多的小店面，有卖食品的、卖花卉的、卖服装的。有一家服装店的女老板是个大龄女青年，周小一没事就跑过去跟她瞎聊，一来二去真把大龄女老板勾搭成了自己的女朋友了。周小由此作跳板，一跃而入人类的生活。这一步周小走得实在太聪明了——坏人总是聪明的——他不仅成功为自己快速融入人类生活找寻到了一条捷径，甚至还在地球上有了亲戚，并且有余力给予勺子以现实的帮助。起码后来勺子的房租是周小帮助付的。反观勺子却始终悬挂在（人类）生活之外。他每天的生活内容就是养猫。他的第一只猫是跟朱家角的一位街坊要的。是一只虎皮小猫。刚到手时那只小猫简直太小了，只有巴掌那么大，又是一个大冬天，小猫弱不禁风，身子不住颤抖，喵喵地叫个不停，像哀嚎，感觉随时会一命呜呼。勺子心疼小家伙,一天24小时地把它揣在腹部,看它不怎么吃食物,就从超市买了牛奶喂它。这么过了半个月,小猫才活蹦乱跳起来。从这只小虎皮猫开始,勺子后来又收容了一些流浪猫,如果身上有一点钱(周小贴补的),他也会从宠物市场买一些猫回来;能买一只买一只,够买两只绝不买一只,加上时不时跟别人要几只,他的猫队伍迅速壮大,短短三五个月的时间,已然达到了数百只之多。猫多了之后,如何喂养这些猫便成了摆在勺子面前的一大难题。前面我说过勺子对于人类生活一直水土不服,他不可能像正常人一样出去找一份工作,也不具备周小随机应变的生存能力。他在地球上的生活来源完全依赖于周小接济,而他把这些钱的大部分都用来喂养猫了。但是来自周小的贴补毕竟有限,而他的猫又太多,所以他时不时要出去翻一翻附近的垃圾箱,从垃圾箱里为猫们找一点吃的东西。那些猫在勺子眼里就像是一枚枚金币,他就像一个每天靠数着金币过日子的土财主。他一天24小时地和他的猫在一起。每天好吃好喝地喂它们,期待着这些猫能为他拉出很多很多的屎出来。在所有的猫中他最喜欢一只黑色的雄性猫。他给它取名叫小妹——给一只雄猫取名小妹大概也只有勺子能干得出来。

有一天,小妹忽然失踪了,勺子急得茶饭不思,疯了似的满大街地寻找,逢人便问有没有看到一只叫小妹的猫。路人被问得莫名其妙,直把他当成了神经病。勺子也不管,这个人不理自己他就扑向下一个。没头苍蝇一般连续找了两天,最终在一河之隔的一户人家的院子里找到了小妹。当时小妹骑在一只小母猫身上干得正欢,两只猫嗨得不行,边干边扯着嗓子大呼小叫的,声音凄厉激昂,听得人头皮阵阵发麻。勺子已然被气疯了。让他生气的不在于小妹正干着的这件事情本身——这种事情每个星球的动物都无师自通且怎么干都正常,而是觉得小妹应该将这把子力气留给自家的母猫们,毕竟打小一块儿长大,青梅竹马朝夕相处,在一个盆里吃着食物……现在长大了,有能耐了就无视旧日的伙伴们了,所谓的肥水不流外人田啊!它怎么能置自己家的母猫们的需要于不顾,跑到别人家的田地里浇水施肥呢?这算哪一出啊?勺子很不能理解小妹的选择。

这时从房间出来一位老妇人,她端着一碗水轻轻放到两只猫旁边,一转脸看到院子门口的勺子,请问你找谁?

勺子问,下面的母猫是你养的?

老妇人点头。

勺子说上面这只公猫是我养的。

老妇人说那咱们是猫亲家,来!进来坐一会儿吧!

勺子没动,倚在门框上又说了一句,你应该把你的猫管管好。

老妇人:你什么意思?

勺子不管不顾地,你不应该放任你的猫勾引别人家的公猫。

老妇人生气了,说你这人真是的!你要知道不是我们家的猫去找你们家的猫的，是你的猫自己跑来的。它在我们家溜达了两三天了，我看它饿得不行，这两天都是我给它喂食的。你应该管好自己的猫才是！

勺子一听更是生气。觉得我们家小妹在你们家长工一般地累死累活的，你一句谢谢都没有，还倒打一耙，心中火起，张嘴又回了一句，你们家的猫就是一婊子！

勺子初到地球，其实对人类很多的词汇的含义和用法都是道听途说一知半解。譬如"婊子"这个词就是前两天在路上听两个女人吵架时学来的；两个女人当时吵得势均力敌，谁也吵不赢谁，关键时刻其中一个女的轻启朱唇，清晰有力地吐出了两个字："婊子。"简短有力的这两个字瞬间击溃了对方。被骂作婊子的一方愣了一下，一屁股坐到地上号啕大哭，一只手愤怒地拍打着地面……勺子于是记住了这个词汇。他其实并不了解这个词的具体意思，只知道这是一个神奇的词汇。好使，尤其在吵架时使出来会有意想不到的奇异效果，所以与老妇人对呛时一着急很自然地用了出来……

老妇人是一个退休的大学教授，一生斯文有礼与人为善，平时说话都轻声软语的，今天却被一个长得跟怪物似的年轻人骂成婊子（虽然骂的是她的猫），坚持了大半辈子的世界观瞬间崩塌。也顾不上斯文了，拉下脸皮跟勺子恶吵起来……正当两个人唇枪舌剑你一记棒槌我一记榔头的同时，两只忘情的猫已经在地上嗨到了极致，抖胯提臀怪叫连连……

外星人和自行车 | 105

这天之后勺子就不喜欢小妹了。以前有好吃的他会第一个给小妹吃,现在只给它吃从垃圾箱捡来的垃圾。即便如此依然难消心中的恨意,有时恨不得给它吃屎……

一晃两个多月过去。有一天路过女教授门口时勺子意外发现院子里多了几只小猫。他停下来看了半天,确定是上次那个母猫生的崽,心中一阵窃喜。趸回自己的住处,从一堆猫中找到小妹——两个多月他正眼都没看过它,差点没认出来,抱起它就走。

老妇人端着一个食盆正在喂猫食,勺子抱着小妹走了进来。看到勺子老妇人咦地一声,你怎么又来了?

勺子堆着笑脸,老阿姨!你们家猫是不是下崽了?

老妇人警惕地,你想干什么?

勺子说你们家的猫当初是跟我的猫配的,现在下了崽,我的猫就是这些小猫仔的爹。

老妇人被他绕得一头雾水,你究竟想说什么?

勺子:既然我的猫是它们的爹,那这些小猫就有我一份。

老教授疑惑地,你想要这些小猫?

勺子点头。

老妇人顿时来了气,上一次他就对自己恶言恶语,这一次又别出心裁地炮制出荒唐借口来索要小猫,便硬邦邦撂出一句,没可能!我就是把它们卖了也不会给你。

勺子这次上门只是想要两只小猫,他知道自己上次得罪了这位阿婆,她心里肯定恨透了自己,所以从一开始就把态度放低到了尘埃里,好言好语地说了一大箩筐,就差给她跪下了,谁知她一点不领情,说出的话还越来越尖酸刻薄,勺子渐渐上了火,说你今天给也要给,不给也要给!

老教授:凭什么?

勺子把怀中抱着的小妹往前一送,就凭它是那些小猫的亲爹!

老教授哼了一声,你有什么证明它是小猫的爹?

勺子一愣,我看见的呀!你当时也在场啊!这你不会赖吧?

老教授:你只是看见它们在一块儿,但是不能证明小猫是它播的种。

勺子被她说愣了,结结巴巴地道,它们都在一起了,你的猫也下了崽,这不就可以证明了吗?

老教授:它们在一起不假,但能不能孕育出新生命却不一定。我以前有个邻居结婚五年都没能怀孕。后来到医院一检查,发现男的有生育障碍。

勺子:怎么可能?在我们星球上就不可能出现这种情况。只要两个人上床了,哪怕就一次,女的一准能怀孕。

老教授:可是一个月后那个女的忽然怀孕了……

勺子:如果不怀孕那一定是女的不在排卵期。

老教授:男的还以为自己的病自然痊愈了,高兴得不行,给老婆买这个买那个的,他老婆却掏出一张离婚协议书……

勺子：或者男的为了工作中止了已经启动的程序……

老教授：男的很诧异，这么多年过来好不容易有了孩子，老婆怎么会在这种时候提出离婚呢？老婆也不瞒他，实话实说自己和一个老同学好上了，肚子里的孩子是老同学的……

除了一门心思养猫收集猫粪，业余时间里勺子还喜欢到处说周小的坏话。

说到周小，需要补充一个情节。周小原本是母星的一个罪犯，还被判了终身监禁。但是因为落脚在了地球上，他的罪名被暂时冻结了；母星的法律明文规定，在母星上判罚的罪名只存在于本星球上，一旦离开母星，一切的罪名以及形成的判决便不再具有法律效应，直到该犯再次回到所属星球（他们一共有20颗所属星球）刑期才会被重新计算。也就是说，自打他们俩踏上地球的那一刻，周小就已经不再是罪犯了，勺子也不再是执法者，两个人完全平等了。想想他们刚落脚地球的那一阵尤其艰难，身无分文举目无亲，脚踏坚实的土地却犹如身陷沼泽，越挣扎下沉得越快，最艰难时两个人三天没吃一口饭。紧要关头，周小成功地傍上一个服装店的女老板，困扰着他的生存难题瞬间解决了。在自己成功上岸之后，周小也没忘记拉一把仍在沼泽里拼命挣扎的勺子。他为勺子付房租，每个月还会给他一些生活费，这样勺子的生活才稳定下来。当然，周小用的钱都是从女老板那里得来的，而这恰恰成为后来勺子攻讦周小的把柄。他嘲笑周小是靠女人吃饭的小白脸,是吃软饭中的楷模云云。开始时这种攻讦只存乎两人之间,后来随着认识的人不断增多,勺子泼污周小的面积也在快速增大,他有时甚至将周小在他们星球干过的所有龌龊事当笑话一样讲给大家听。时间一长,周小在人们心目中的形象便愈发猥琐了。在大家看来,周小整天油光粉面的,自己不工作挣钱完全靠女人吃饭,的确是个人渣;而勺子则始终处于贫困、无助、绝望的生活状态,即便如此他也会从牙缝里省下一些收养了许多流浪猫,这无疑是一种爱心的体现,这样的人不是好人谁还是好人?

照理说,流落到陌生地球上的两个人无论是出于生存的需要还是同类互助的本能都应该团结一心相依为命才是,但是勺子与周小之间的龃龉却让人大跌眼镜。没人能说清楚勺子究竟出于何种心理而对周小大加泼污,尤其周小对此还逆来顺受,更加让人不解,甚至勺子当面斥责周小的事情也时有发生。

那天勺子路过周小女朋友的服装店,看见周小蹲在门口洗衣服,一只塑料盆里的半盆衣服;周小袖子挽得老高,蹲在边上卖力地又揉又搓的,脸上一串一串的汗珠……

哟!干活儿呢?勺子阴阳怪气地打招呼。

周小抬起头赔着笑脸,是啊!你去哪儿?

勺子没回答,盯着周小看了一会儿,那么大的一个老板,怎么不用洗衣机洗呀?

周小:她嫌洗衣机洗得不干净。

勺子:嫌洗衣机洗不干净那她干吗不自己洗?

周小:她说我比她洗得干净。

勺子哼了一声,一个大男人,整天像个女人似,也不嫌丢人!

看勺子脸色不好,周小满脸堆笑地站起来,洗几件衣服也没什么的。

勺子就火了,指着周小骂,我看你就是一个贱货!抬起一脚把洗衣盆给踢翻了,盆里的衣服和水洒在地上,洗衣盆当当当地连翻了两个跟头,中途居然凑巧地直立了起来,向前无聊地滚了两圈后当啷啷啷地放平了。

动静惊动了店里的人。一个大胖女人从店里走出来,谁在这儿撒野?一眼看到勺子,顿时气不打一处来,又是你!

勺子:是我!怎么样?

女老板:你为什么老是欺负我们家周小?你到底想干什么?告诉你,周小怕你我不怕你!

勺子双手一拍一摊,来呀!来炸我呀!来互相伤害呀!

女老板彻底被气疯了,腾身就向前扑,周小一把把她拽住了。女人气得浑身直抖,朝着勺子的方向波浪一般地挣扎,只被周小死死摁着无法前行半步。她扭过脸对周小,你别拦我!

周小:你有完没完?

女老板:你别管!我今天就不信了!挣扎着还要向前。周小一把把她揉了出去,别给脸不要脸!滚回去!女的连退了两三步,被周小反应吓着了,看看勺子,再看看周小,突然蹲下身号啕大哭……周小再换上一副笑脸对勺子,对不起喔!她不懂事。

勺子哼了一声,收回架势,一背双手走了。

有时间来玩啊!周小谄媚地朝着背影喊。

勺子停下了,转过身对周小,对了,我需要一辆自行车,三天之内买好给我送过来。

周小疑惑地,你要自行车干什么?

勺子:你管那么多干什么?三天之内能不能送过来?给个痛快话!

周小连连点头,一定!一定!

勺子满意地走了,蹲在地上哭泣的女人哭声愈发激越起来。

自行车当天下午就送来了。一辆新崭崭的自行车,火一样鲜艳的红色油漆的车身,轮毂内侧的钢圈镜子一般闪闪发亮……勺子绕着车子看了一遍又一遍,内心无限喜悦。他几乎从一辆自行车上看到了——夏姑娘。

勺子是在老陆的工作室认识夏姑娘的。老陆是个诗人,勺子觉得诗人是地球上最美好的物种,于是老陆顺理成章地成为勺子在朱家角为数不多的两三个朋友之一。

老陆独自一人住在一幢很大的别墅里。勺子很喜欢去老陆家玩,尤其喜欢老陆家的大院子;院子足有半个足球场大,被铺成了一整片的大草坪。他一见便无限欢喜,在草地上又蹦又跳,问老陆,等我凑够了燃料,能借你院子做飞船发射场地吗?

老陆说没问题。只是这院子够吗?不行我可以帮你租一个足球场。

勺子说我估摸着应该差不多。

老陆咦地一声,说你从哪儿学的"估摸"这个词?上海话里好像没这个词。

勺子说我忘了。前几天刚会的。

老陆说你还是应该学一点正统的上海话。

一天下午勺子和老陆坐在草坪上聊天。一张桌子和几把椅子以及两杯热茶,阳光铺满桌面,随着话题的展开和深入而意外地弹起;一缕弹起的阳光投了老陆的半边面孔上,画出另一半的阴影部分,让一张相貌平常的面孔有了雕塑一般的立体效果。他们正聊着,从隔壁一户人家院子里踱出一个风姿绰约的女性(两户人家的院子相连),她端着一盘切好的水果娉婷着走过来,把果盘轻放在桌子上,来朋友了?

老陆向勺子介绍,这位是夏姑娘。是我在朱家角唯一亲近过的女性。夏姑娘羞涩地扫了他一眼,脸颊红了。老陆指着勺子,这位是勺子。

夏姑娘眼睛一亮,你就是那个被自行车吓得飞起来的外星人?

勺子不好意思地，我当时没见过自行车。我们星球上没有这种东西的。

勺子和夏姑娘就这样认识了。

仔细想来勺子和夏姑娘之间的关系其实也很微妙（嗯，微妙也是妙）。这是一段从朋友那里过继而来的友谊，这注定他们之间的关系的晦涩本质。勺子相当长的一段时间里都想理清老陆和夏姑娘之间的真实关系。"亲近"一词究竟是怎样一种程度的表述？他为这个问题苦恼了很久，最后感觉自己并不具备这种分析和辨别能力，心里才坦然。越过心理这道坎之后，他和夏姑娘之间的交往从容了许多。有一天晚上他约夏姑娘散步，夏姑娘一路上都在叽叽喳喳询问勺子所在星球的事，那里有太阳吗？你们用微信吗？勺子勉强回答了两个问题后就烦了，单刀直入地问，你能嫁给我吗？

夏姑娘吃了一惊，不行。

勺子：为什么？

夏姑娘：你不是我喜欢的类型。

勺子坚决地，我改！

夏姑娘一怔，哈哈大笑，你准备怎么改？

勺子：你让我怎么改我就怎么改！

看着勺子一脸的严肃劲，夏姑娘有点害怕了，想起勺子和自行车之间的趣事，随口说了一句，你哪天学会了骑自行车再来和我谈这个事吧！说完扬长而去。

勺子决定无论如何都要学会骑自行车。

经过一段时间的地球生活,勺子已经不像刚来时那样惧怕自行车了,但是对自行车还是没什么好感,平时在路上遇到有自行车驶过会主动让开。现在为了爱情他要拼了。他推着周小送来的车子去了一处小公园,准备自学成才。他双手扶着车龙头抬起右腿想要跨到坐垫上去,可是只要一抬腿,原本稳稳当当的车身就剧烈晃动起来,即将倾倒一般,把腿放回到地上,车身才会重新稳当下来。他折腾了一个下午也没能把自己的屁股成功放到车坐垫上去。最后,他终于发现仅靠自己的努力是无法完成这个动作的。如果连车都上不了,骑车更是天方夜谭了。想明白这个道理,他推起自行车找夏姑娘去了。他要告诉夏姑娘他这辈子可能都学不会自行车了,让她别等自己了。勺子不想夏姑娘为了他耽误自己的终身大事。这不道德。

黄昏下的古镇幽静安详,河道里的游船正在靠岸,街灯渐次亮起来,桨声灯影里的小镇上空飘浮着一缕饭菜的香味……勺子推着自行车走上一座石桥。一家饭店门前,沿河边而设一张圆桌,七八个人围着桌子大呼小叫地闹酒,其中一个人不经意间一抬头看到了从桥上经过的勺子,挥着手臂大喊,勺子——!

这天下午我本来想去踢一场球的,球衣都换好了,一想到踢完球还要冲澡就有点犹豫;我不喜欢洗澡,但是一踢球全身臭汗地不洗澡似乎也不道德。犹豫了一下决定不踢球了。我决定去上海找朋友玩。三下五除二换下球服奔去了火车站，两个小时后就到了朱家角。当我出现在老陆家的门口时正遇到他要出门。看见我出现他很惊讶的样子，你来怎么也不说一声？

我问，你要出门？

有朋友约饭，一起吧！

"可醉"是河边上的一家小饭店。我们到达时，老板已经在河边摆好了圆桌——不太冷的天气，食客们都喜欢在河边吃饭。围着桌子零零散散地坐着四五个人，老陆为我们互相做了介绍，在寒暄中逐一落座。坐定后开始上菜，刚端上杯子，老陆突然站起身朝不远处的一座小桥上喊了一声，勺子——！

桥上的人推着一辆自行车，听到喊声停下来，掉转头下了桥，不一会儿推着自行车到了近前。

你去哪儿？老陆问他。

我去找夏姑娘说点事。勺子说话时微微有点羞涩。

老陆：你吃饭了吗？

勺子深情地扫了一眼桌子上的菜，摇了摇头。

老陆说那你在这儿随便吃点吧！

勺子不好意思地，不了，你们吃吧！

老陆热情地，反正你也得吃饭。正好有位置。来吧！

勺子不再客气，架起自行车后坐了下来，在我和老陆之间。老陆顺势给我们作了介绍。这位是南京写小说的。再一指勺子,这位是勺子,外星来的朋友。

此前我听老陆说过朱家角来了两个外星人。乍听这个消息时我与大多数人一样觉得不可思议,感觉这只是某个无聊人编撰的一个玩笑,或者是朱家角的镇政府为发展本地旅游业而制定的某种招徕游客的宣传策略,根本想不到会确有其事,此刻勺子具体的存在便是不争的事实。我看看勺子,勺子朝我笑笑,然后我们一起端起酒杯,嘴里念叨着幸会久仰地一仰头干掉了。

酒桌上的人大都互相认识,开场阶段他们出于礼貌还偶尔关照一下我,跟我举个杯什么的,喝开了之后便捉对拼起酒来,不理我了,只有勺子时不时凑过头问我点什么,作家是干什么的?再问小说是什么东西?我对他的兴趣更大,问他的星球是什么样的?平时他们怎么生活?后来还问到了周小。我说下次有机会希望能见见周小。

本来我们聊得挺投机的,我一说到周小勺子的脸便拉长了。周小这人有问题,你最好离他远一点。

我说你们不都是一个星球的吗?怎么两人之间的关系好像不太融洽?

勺子:一言难尽!

我说那你就跟我说说好了!

勺子:这些跟你们地球人没关系。

我说既然来到了地球你们就是我们中的一员,你们之间的事情自然便与我们产生了关系。

勺子还是摇头,我只能告诉你,周小是一个很危险的家伙,特别坏。你别看他整天笑呵呵的好像挺和善的,其实都是假象,用你们的话来说就是会装逼。你要把我当朋友就听我一句,不要跟他太接近。

捉对厮杀的人一圈战完了,有一个当场吐了,另一个头抵在桌子上抬不起头来。尚有余力的两个家伙重新瞄上了我,频频邀我共饮,说词一套一套的,遇到就是缘分!或者,再不喝我们就老了!话说得极其煽情。我架不住他们的合力,跟他们连灌了几杯后就不行了,最后的一杯,我端起酒杯后头一阵接一阵地眩晕,一头倒在桌子上了……倒下之后尚有一点意识,发现旁边的勺子在隐秘地翻我的衣服口袋。一种厌恶的情绪油然而生,外星人怎么也有小偷?但是已经没有一丝表达的力气,既无力制止也无力避开,然后意识便模糊了……

也不知迷糊了多久,一串电话铃声突兀而起,我挣扎着抬起头想掏手机,勺子说是老陆的电话,轻轻抚着我的后背,不能喝就少喝一点!我朝他笑了笑,身边的老陆已经抓着手机说话了,哪位?周小周夫人,你好!有什么事?勺子在我这儿,我们在"可醉"吃饭。对,对,有朋友过来……那你来吧!挂上电话老陆疑惑地问勺子,周小老婆找你,好像有什么急事。

勺子警惕地说,她找我干什么?歪着脑袋思忖了片刻,肯定是来找我麻烦的!我得避一避。说着话就要起身。

外星人和自行车 | 117

老陆说,你别怕! 有我在她不敢撒野,放心地坐着吧。

不一会儿周小老婆到了,一见到勺子便哇哇大哭,勺子,他跑了! 周小跑了!

勺子呀地一声,迎上前,怎么回事?

周小老婆眼泪一把鼻涕一把地,他跑了! 他抛下我们俩跑了!

老陆跟上去,怎么回事? 你慢点说!

周小老婆还是哭,边哭边说,我下午去市区进货,他留在店里看店。我半个小时前刚回来,人已经不见了,店门上贴着一张纸条——!

纸条呢? 众人异口同声地问。

周小老婆手忙脚乱地从衣服口袋翻出一张揉得皱巴巴的纸条递给了老陆,老陆看了一眼递给了勺子,我凑到勺子跟前跟着看了一眼,纸条上写着一行字:我去成都,不回来了!

老陆问勺子,他怎么会去成都?

勺子一脸茫然地,我不知道啊!

老陆说,我的意思是你们有没有同胞在成都?

勺子:我不知道。我连成都在哪里都不知道。自言自语地,他怎么会去成都? 他干嘛要去成都? 他为什么要抛下我? 说着说着眼泪就下来了。他愤愤地抹了一把眼泪,扭身走到自行车前,推起自行车就走。

我们问你干嘛去?

勺子头也没回地答道,我去成都把他找回来!

……

勺子就这样离开了朱家角。

我是第二天回南京的。回到南京后才发现衣服口袋里多了一张五块钱的纸币,上面写着一行字:我是勺子,认识你很高兴!

创作谈

一直有一个念头,写一篇外星人在地球上生活的小说。

地球上有外星人存在,这在以前是一个不可思议的话题(或许现在也是),但是种种迹象表明,地球并不完全属于人类,以前不,以后也不,它属于适合栖居于此的所有生命。这从另外一个层面变相赋予其他生命物种在地球存在的"合法"属性,其中理所当然地包括"外星人"。如果这种说法成立,接下去的另外一个问题是,外星人在地球上的事实存在对于人类而言究竟意味着什么?他们会对人类既有的生活秩序造成什么样的影响?这个问题短时间内可能唯有病人能回答。

我一个好朋友去年被送进了脑科医院。上个月我去看过他一次。见面后他现场为我做了一道数学题,遇到我不懂的地方还会停下讲解一番;他做题目时很专注,笔在纸上沙沙作响,三五分钟后便做了出来。下例:

求 $\lim\limits_{x\to 0}\left(\dfrac{1}{x^2}-\dfrac{1}{x\,\mathrm{tg}\,x}\right)$

$$\lim_{x\to 0}\left(\dfrac{1}{x^2}-\dfrac{1}{x\tan x}\right)=\lim_{x\to 0}\left(\dfrac{\tan x-x}{x^2\tan x}\right)=\lim_{x\to 0}\left(\dfrac{\tan x-x}{x^3}\right)$$

$$=\lim_{x\to 0}\left(\dfrac{\sec^2 x-1}{3x^2}\right)=\lim_{x\to 0}\left(\dfrac{2\sec^2 x\tan x}{6x}\right)=\dfrac{1}{3}$$

我问他为什么要做数学题给我看？

他说我是向你证明我没有病，精神病人是解不出如此高深的数学题的。这一点你一定要相信！

我"啊"地一声。你什么意思？你是说你没有病却被关进了医院？

他点头。

那你为什么不告诉医生？

他苦笑，我就是被他们关进来的。

我问"他们"是谁？为什么要关你？

因为我发现在人类中隐藏着许多的外星人，他们遍布人类生活的各个层面，并悄无声息改变人类的基因以及生活方式，长此下去，人类将遭致毁灭性的灾难，而这家医院就是外星人办的……

我离开医院时，医院的一位副院长一直把我送到大门口，还笑容可掬地拽着我聊了很久。他征询我对医院的观感以及对我这位朋友病情的看法。

我说据我观察我这位朋友病得不轻，希望你们能好好照顾他，争取让他早日返回正常的社会生活……

副院长紧紧握着我的手，理解万岁！

赵刚,祝你玩得愉快!

三十多年来我的绝大部分生活都是贴着鼓楼展开的。我的家处在鼓楼的中间部位，工作单位在鼓楼广场的东侧，南大在西侧，附近最大的一家超市商场处于东南方位，西边还有一些酒吧、茶馆等娱乐场所。从我家去这些地方步行只需要十分钟左右。我当时的工作单位是一家行业杂志社，我在里面待了一年不到的时间就辞职了，这也是我近四十年的生命中最后一份正式工作。离开单位后鼓楼东侧就很少去了，平时活动区域大多集中在酒吧、茶社、南大校园这一类地方。我后来的作息时间一般是上午写作，晚上去酒吧或者茶社和朋友们一起聊聊天。我的朋友分属不同的生活族类，有上班族、学生族，还有少数民族。我每个星期要去南大球场踢一到两次足球。我的球友大多是南大的学生。球场上大多是男性，偶尔也会出现个把两个女性球员。有一个学期南大球场上出现了一位金发美女。是来自英国的杜丽。与男性相比,球场上的女性无论在技术和身体上都不占优势,我因此总选择与杜丽相对的一方,并愿意打与她场上位置相对的某个位置;譬如我打右前锋,我就希望她打的是左后卫,我打中前场,就希望她打的是后腰。如果她一时失位,我拿球后一路向她所在的方位挺进——无论她在哪里——哪怕在我所在一方的球门里。因为我的刻意选择,球场上我们俩的接触机会就很频繁,有一次我带球突破,她上来封堵,我一晃一扣过了她后,自然挥起的胳膊无意打到她的臀部,打得她一下笑了起来,球也不抢了,站在原地手捂着屁股笑得花枝乱颤……

球场东侧是两幢高楼,一幢是市消防指挥中心大楼,一幢是鼓楼医院住院部。两幢高楼相距不足二十米,一幢是30多层,一幢是26层,是这一带最高的楼房。在鼓楼医院面朝球场的一扇窗户中,我多次看见一个男人朝球场观望,似曾相识的一个人。可实际上从球场到鼓楼医院相隔很远,肉眼几乎看不到一个人的具体面孔,那么我看到的那人究竟是谁呢?

有时我跟朋友开玩笑说,如果有一天敌人要侵略我的生活,他们必先攻陷鼓楼,然后在云南路口设置关卡,阻断从我家到南大以及酒吧茶社的所有通道……

生活中有些话真是不能乱说的,就在我说出这话的两个月后风云突变,一场没有硝烟的侵略战争真的在我的生活中爆发了。

短短一天之中连续收到安东的三个电话和十多条短信,所有的消息透露的只有一件事。她妈妈要来南京。从通话中安东的口吻以及短信中的措词不难看出事态的严重性,但是我却不知道其中的症结所在。

我和安东是在半年前的一次朋友聚会上认识的。那天安东一出现我就知道自己完蛋了。我一个晚上都在积极地寻找机会和她接近。安东在圈子中的人缘不错,不断有人过来和她打招呼,致使我们之间的交流总是断断续续难以深入。安东在本市一家医药公司工作,但是长年驻扎在广州,一年之中大部分时间人是在广州的。聚会结束时我主动要求送她,安东拒绝了,说她的宿舍就在附近,我只好转而求其次,问能给个电话吗?她笑了笑,转脸就要和另外一个人说话。我说要不我们打个赌吧!她好奇地停下招呼,怎么赌?我掏出一枚硬币,正面或反面,你输了就把电话留下。安东再次笑了,说你真有趣!

安东长驻广州,每个月要回一趟公司本部汇报工作,但是时间很紧,我们只能见缝插针地一起吃个饭喝个茶什么的,前后也就一两个小时,根本没有条件涉及感情方面话题,平时只能靠电话维系暧昧的感情,在电话里我们倒是很放松,双方的调情水准都很高。那件事情考虑得怎么样了?她问什么事?我说和我结婚啊!她就笑,说不行啊!老公这一阵看得太紧,再等等吧!我说你再这么推三阻四的我可要移情别恋了!她就会装出一副可怜兮兮的样子,你不是说这辈子只爱我一个人的吗?电话毕竟是电话,再暧昧的关系如果总局限于此也只是望梅止渴。事实上每次放下电话后我总是很失落,依靠电话终究不解决实际问题,可要终止这段感情又舍不得。这么不咸不淡持续了三个多月之后风云突变。一天晚上安东从广州回南京,晚上十点多打了一个电话给我。那天我约了一个女大学生来家里聊天。小女生上个星期刚和男朋友分手,对生活略微感到一丝迷惘。我先跟她灌输了一通天涯何处无芳草的人生道理,接着说我给你看看手相,看看你下一次恋爱是什么时候。小女生说你会看手相?快给我看看!我攥过她的手,连抚带摸地翻来覆去地看了一会儿说,你的下一个男朋友好像年龄比你要大许多。小女生说,我现在就想找一个年龄大的,学校里学生都太幼稚了。我把玩着她的手说,你的手真漂亮!小女生脸红了,手微微挣扎了一下就舒服地躺在了我的手中。这时电话响了。我恼火地腾出一只手抓起电话,哪位?安东说,我。我一愣,安东问在干吗?我看了一下来电显示,是她在广州的手机,以为她还在广州,顺嘴说在家里看书。安东说,我在你门外。我以为她开玩笑,放开小女生的手起身开了门。安东笑吟吟地站在门口,一看到客厅的沙发上坐着一个女孩子脸上神情僵硬了,我更是傻了一圈。

那天的情景注定是尴尬的,三个关系暧昧的男女共处一室,各自心怀鬼胎的同时又要在另外两个人面前佯装无辜,相互间言语夹枪带棒又浅尝即止。接下去两个对手开始秀起各自的演技。先是女大学生故作姿态地看了一下手机,哎呀!不早了,我要回去了。说着话身体却稳当地继续坐着。安东急忙说,我还有工作,要先走一步,你们继续聊吧!拿起包作势离去,小女生则顺手拿起一本杂志翻了起来。安东骑虎难下只得向门口移动。我有点不好意思,说你多玩一会儿吧!安东说我还要去附近一个领导那里汇报工作,下次回来再来看你吧!朝小女生点点头,你好好玩!小女生:谢谢!那一刻我内心愧疚得要命,对安东说,我送送你吧!安东说不用了,你还有客人。拉开门回头一笑,再见!

安东走了,小女生留下了。小女生似乎还在留恋刚才温馨的一幕,说你刚才手相还没看完呢!我说下次吧!见她不大高兴,补充了一句,我习惯把最好的留在最后。这句话给了她些许希望,兴致勃勃地诉说起学校里的事情来。二十分钟后,门铃又响了,我一愣,起身开了门,门口居然还是安东。安东笑吟吟的,刚才去了领导家汇报工作,他竟然不在家,只好到你这里等一下了。看到安东的一刹那小女生也很吃惊,她没想到安东会杀了个回马枪,一时之间不知如何应对了。

再次出现的安东全然变了一种姿态,进门后往沙发上大大咧咧地一坐,问我,拖鞋呢?我问干吗?安东说拿过来呀!我不知道她要拖鞋干吗,疑惑着从鞋柜里拿出一双拖鞋放到她面前。她把脚上的高跟皮鞋脱下穿上拖鞋,将最后一只脚放进拖鞋中之前还抓着脚揉了又揉,嘴里抱怨,这双新鞋买小了,特别挤脚。坐在对面的女大学生脸色愈发地难看了。安东看了一眼女大学生,转脸埋怨我,客人坐了那么久,也不给人家倒茶!站起身进到厨房,不一会儿端着一杯热茶出来,放到女大学生的面前。女大学生终于撑不住了,起身说不早了,我该回去了。安东说再玩一会儿吧!女大学生说晚了宿舍要关门了。安东说,那有时间常来玩!女大学生一笑,反正我在南京,机会应该很多的。安东被她噎得一愣怔,小女生转身就走。

这天晚上安东没走,但是第二天一早两个人却不欢而散。

早晨六点钟安东推醒我问,你跟昨天那个女大学生是怎么回事?我当时睡得正香,不耐烦地说了一句你烦不烦啊!安东没再说话,我继续睡觉,再醒过来已经是十点多了,扭头一看,身边的安东已经不在了。我起来去客厅和卫生间找了一下,没找到,她的鞋子和包也不见。然后我一整天都在拨打她的手机,却始终打不通,直到两天之后我打她的广州电话才找到她。我问,你这人怎么回事?她懒洋洋地问,怎么?我说你走怎么不打个招呼?她说我手上有工作,再见!我火透了,问,你什么意思?她说没什么,以后请别再打电话了。硬生生地挂了电话。我彻底懵了。放下电话好半天都转不过弯,刚刚在床上建立起良好关系的一对男女,怎么一转脸就跟陌生人似的了?如果只想维持浅显的友谊状态,那她就不应该跟我上床。

尽管安东态度冷漠,我后来还是主动给她打过两次电话。我总觉得一个与自己有了肌肤之亲的异性某种程度上就是自己的家人了,她偶尔使点性子也不应该太计较,毕竟自己是男人。可安东对此毫不领情,每次接我的电话时态度都很恶劣,后来连电话都不接了,只要一看到我的电话就掐。努力几次后我就不耐烦了。我自觉没有对不起她的地方,唯一做得不够妥当的就是不应该在和她脉脉含情的同时再试图与另外一个女大学生发展"友好睦邻"关系。但是这么做是在我对她的感情迟迟得不到回应的情况下,如果她能早一点锁定两人之间的关系我又怎么会无事生非地另作他图?况且那个小女生并没有对我和安东之间的关系产生实质性的威胁。说来说去还是安东过于小心眼了。

一段口味生鲜的爱情刚发展到实质性阶段便戛然而止。在数次努力不果之下我只得重拾与女大学生的感情。小女生对此倒是处之泰然,微微扭捏了两下便欣然接受了。随着两个人的关系稳步发展,她甚至考虑起毕业后分配的问题,似有常驻南京的打算。就在我快要忘记安东时,安东突然给我来了电话。

那天下午我在电影院看电影,手机响了,我以为是小女生约我吃晚饭,接通后听到的却是安东的声音。你在干吗?我一愣,是你?她说,怎么?不能给你打电话了吗?我说没有,你的声音总对我具有诱惑力。她没搭这个话茬,问你在干吗?我说在看电影。她戏谑地说,现在谈恋爱还看电影,太老套了吧!我说我是一个人。她哦了一声就没继续。我问,有事吗?她反问,没事就不能给你打电话?我说我不是那个意思。她又不吭声了,我说电影快完了,要不等散场我给你打过去吧!她喔了一声。我以为她同意了就掐了电话。刚几秒钟电话又响了,电话中的安东似乎被激怒了,你干吗挂电话?什么意思?我说没有啊,你不是答应等会我给你打过去的吗?她又不吭声了。我等了约十秒钟见她没反应,问,你怎么了?她放软了口吻说,能请你帮个忙吗?我说你尽管说。她说,今天晚上我妈妈要去南京,我从广州到南京的飞机,晚上八点多才能到,来不及去火车站接她,你能帮忙接一下吗?我心里有点绕不清楚,未及多想,嘴里说可以啊!安东高兴起来,那好!我先跟我妈妈联系一下看看她的班次,等会再给你电话。这时距离电影结束只有半小时,在接下去的半个小时中安东接连给我打了三个电话,先打电话告诉我她妈妈乘坐的车次,再打电话细述她妈妈的长相和衣着特征,最后怕我记不清又给我发了一通短信,将她对她妈妈的描述形成文字并储存在了我的手机内存中。这一通短信嘀嘀嘀地一条接一条响着,致使我在最后半个小时的时间中整个没看明白电影的结尾。我觉得安东今天极其地不对劲,处理事情不像以前那样干练,有点像上了岁数的女人一般婆婆妈妈。

安东妈妈乘坐的是T740车次,是宁波始发的,到南京应该是五点多。从电影院出来已经快四点半,我赶紧往火车站赶。路上我还是不住犯疑惑,不明白安东干吗让我代她接人,而且这个人还是她妈妈。要知道我们已经两个多月没联系了,此前有过的一夜之欢也已成了过去时,某种意义上现在我们之间已没有任何关系,两个人完全有理由老死不相往来,那么她这时突然做出这样的举动又是何种用意?想和我重修旧好还是另有其他目的?无论哪一种对于我现在的生活都已经不太恰当了。首先我现在已经有了固定的女友,我们之间的关系发展良好,我不可能因为另外一个无端的女人中断这一份长期培养的长势还算茁壮的感情,除了感情之外安东如果有另外企图,那就更不合适,连感情都不存在的一对男女也没有理由奢望其他的。

我觉得这其中似有风险,心无端地慌乱起来。

到了火车站已经快五点了,看还有点时间,我给女大学生打了一个电话,告诉她我在火车站接人,晚上不跟她一块吃饭了。她说好的,还说晚上如果有时间我去你那儿。我说好。

T740次列车准时到站。出站的旅客一窝蜂拥出来,脚不点地一溜烟地散去,只留下一个五十来岁的中年妇人站在出口处东张西望。我走过去,请问是安东的妈妈吗?中年妇人:你是小赵吧!我说是。你好阿姨!中年妇人笑吟吟地上下打量着我,像在宠物市场打量一只准备购买的宠物。我有点不好意思,说阿姨你的行李呢?我帮你提吧!安东妈妈说,我没行李,就一个手提包,自己拿着就行了。我心里顿生不快,安东煞有其事地千托万付,我以为会有多少行李,到头来就一个手提包,既然这样非要我跑来接什么?

领着安东妈妈走出站口上了一辆出租车,司机问你们去哪儿?我转脸问安东妈妈,阿姨你订宾馆了吗?安东妈妈:没有啊!安东是怎么安排的?我说那我问一下安东吧!拿出手机给安东打电话,电话通了,安东问我妈妈到了吗?我说到了,你妈妈还没订房,要不要我帮她订个房间?安东说不用。我说那我把她送到哪儿?安东说你先带她去你那儿坐一会儿,等我到了再说。我说这……这……安东:我马上要动身去机场,有什么等见面再说。我还没说话她又说,对了,晚饭你们先吃,别等我,给我留点菜就行了。话越说越不对劲了,此前我以为我只是代安东接她妈妈一下。按我的理解接上人再把她送到指定的地点就没事了。可没料到事态并没有按照我预设的思路发展,现在不仅要把人领到自己家,还要招待她一顿晚饭。我不是心疼这顿饭的花销,而是生性不喜欢吃饭,尤其不喜欢和陌生人一起吃饭,简单地说就是不喜欢看到一个(男)人因为吃饭而变得琐碎起来的状态。但是事情到了这一步也由不得自己了,况且当客人面再不高兴也不能挂在脸上。挂了电话我故作轻松地对安东妈妈说,阿姨你先到我那里坐一会儿,安东八点多到南京。

我的房间很久没打扫了,沙发前的茶几上搁了两桶吃剩下的方便面,汤汤水水的,烟缸里堆满了烟头,长沙发上还有三只不同颜色的脏袜子及两三本翻了一半的书。安东的妈妈进门后坐都没坐一下就开始打扫起卫生来,我说阿姨你放着我来吧!安东妈妈说,你歇着,这点事不算什么的。

安东妈妈做事很利索,只用了半个小时便将整个屋子收拾得井井有条。只是在打扫我的卧室时发生了一点意外。在为我收拾床铺时,她在床上发现了一件女式睡衣,这是小女生落在我这里的。安东妈妈一边叠着睡衣一边对我说,安东这孩子邋遢惯了,以后你要多督促她,要让她养成良好的生活习惯。

她以为睡衣是安东的吗?

打扫完房间已经快六点了,天暗下来。我对安东妈妈说,阿姨我们出去吃饭吧!安东妈妈说出去吃太浪费,我去买点菜,咱们在家做。我说没事的,在外面吃也花不了多少钱。安东妈妈说还是自己做吧!你看呢?见她执意如此我只好顺从,陪她去了附近的菜场买了一些菜,回来后老人家一头扎进厨房忙开了,拣择洗切烹烧煎炒,手段娴熟花样繁多,极其赏心悦目。杭州的女性啊!

饭菜刚上桌,门铃叮咚一响,我走过去开了门,果然是安东。时隔两个多月再见面,我以为我们会很尴尬,但是没有,起码安东没有。她拎着两个大包站在门口,见到我说了一句,快帮我接过去,累死我了。与两个月前相比安东明显胖了,胖得匪夷所思,人因此显得臃肿了些。安东的妈妈迎出来拉着她的手关切地问,累不累啊?安东说没事。安东妈妈说快吃饭吧!小心翼翼地将安东扶到餐桌前,像扶着一个病人。安东有点不好意思,偷看了我一眼说,我来盛饭吧!她妈妈说你坐着。不由分说将她按坐下了。吃饭的时候,她妈妈不停地给安东夹菜,生怕她吃不着似的。安东被照顾得不好意思,说妈你别老给我夹菜,我自己会吃。她妈妈说你现在要多吃一点,要保证营养,妈不是为你,是为……安东说妈——!又看了我一眼,神情少女一般地羞涩起来。她妈妈就笑,夹了一筷子菜给我,小赵你也吃!

这顿饭吃得含义晦涩,我隐约感到其中似有蹊跷,却不知具体出在何处。吃过饭我自告奋勇要去洗碗,安东妈妈说小赵你坐下我有话对你说。我看看安东坐下了。安东从一边伸出一只手将我的手紧紧握住。当着她妈妈的面我不知道这种举动是否合适,下意识地想把手抽出,安东却更紧地攥住了。安东妈妈说,我和安东爸爸 30 多岁才生安东,从小到大都很宠她,养成了她任性的性格……因为情况不明,我不敢随便搭话,但是又不能一句不说,我对安东妈妈说安东人挺好的,朋友们都挺喜欢她。安东妈妈说,前几年我们就催她早点找个男朋友,我和她爸爸年龄都大了,希望她有一个好的归宿。她呢,总是高不成低不就的……我突然感觉到了一丝惶恐,再看一眼安东,她垂着头一声不吭,只紧紧攥着我的手。我咽了一口唾沫,阿姨我和安东……安东用大拇指狠狠掐了我一下,我吃疼之下倒吸了一口凉气。安东妈妈继续说,你们的事安东一直瞒着我们,直到上个星期才和家里说了。我和她爸爸都很传统的,不过对现在年轻人的生活方式能够理解……本来她爸爸这次要和我一块来的,只是工作太忙走不开,就让我先来看看。我们的意思既然有了孩子就早点结婚吧……

再白痴的人这时也听明白了她话的意思。我的脑袋嗡地大了一圈,人不自主地哆嗦了两下,更紧地抓住了安东的手,像失足落水的人抓着的一根稻草。接下去安东妈妈又说了什么我一个字都没听进去,然后手机响了,手机打断了安东妈妈的说话,她说你先接电话吧!

电话是小女生打来的,她说我现在没事了,马上去你那里吧!我起身走到阳台上说,家里来亲戚了,不方便。小女生警觉起来,是什么亲戚?我顺口说是姨妈。小女生撒娇道,你爱我吗?我说当然。小女生:当然什么?我说你知道的呀!小女生:我要你说嘛!安东跟了出来,站在我身边,再次伸手将我多余的一只手抓住了。我对小女生说,明天再联系吧!小女生没多纠缠,腻了两句后就挂了电话。我和安东手牵手地站着,两个人谁都没说话,夜色中微微有些寒意。我问什么时候发现的?安东:半个月前。我说,怎么不早点告诉我?安东:我怕你不喜欢……这个孩子。我没说话,伸出胳膊将她揽在怀中。

安东妈妈在南京待了三天,三天中她和我说得最多的就是安东肚子里的孩子。她说上个星期她专门飞了一趟广州带安东去医院检查过了,胎儿很健康,医院的医生包括她和安东爸爸都希望能生下这个孩子。我想我听懂了她的话,包括她在内的安东一方的所有人已经决定要生下这个孩子了,如此一来,一个硬性条件就是我得先和安东结婚,这一点不言而喻。问题是我对突然发生的这桩生活事故毫无思想准备,同时也对可能意义上的婚姻生活没有把握,不知道自己是不是有能力保证它的安全和长久并赋予其幸福的含义。所以每次一涉及这个话题我就哑口无言了。在多次试探全无结果之后,安东的妈妈干脆直截了当地说,小赵,你们这两天抽个时间先领个证吧!我说领证……是不是挺麻……烦的?安东妈妈说,不麻烦。你先去街道开个证明,然后去民政局登记一下就可以了。我问,安东的证明也在街道上开吗?安东妈妈说,安东是在她的单位开。我说那先等安东开了证明我再去街道吧!安东妈妈说安东的证明已经开好了。从口袋里掏出一张纸摊在我面前。

我当天就去了街道,然后伙同安东一起去了民政局领了结婚证。直到看到了两本结婚证,安东妈妈才放心地离开了。安东则留了下来,因为怀孕,这次公司已经将她调回了南京,她不需要再回广州了。

安东妈妈临走前再三嘱咐我一定要照顾好安东,平时要为她多补充一些营养,不要惹她生气。她说安东现在不是一个人了。我想我懂这话的含意,我如果现在再惹安东生气其实就是惹她肚子里的孩子生气,我现在克扣她的营养,某种意义上就是破坏她肚子的继续壮大,也是阻挠她肚子里的孩子的健康成长。

短短三天的时间,我完成了人生最为重要的一次蜕变,由一个青年迅速蜕变为一个已婚男人。这个事实让我内心沮丧。我知道自己的生活将由此遭遇到一系列的变化,其中绝大多数变化将是有违我内心愿望的。

　　一天中午我出去办事,晚上回家时发现安东指挥着几个工人正在拆我的床。这么多年承担我睡眠的是一张单人床,我从17岁就开始在这张床上做梦了,说句不好听的话我的第一次梦遗和第一次性爱都是在这张床上完成的,这张床上留下了我太多的生活痕迹,它们已经深深植入我的记忆之中了。记得有一年我的初恋情人出嫁,结婚前夜来和我道别。第二天她就要嫁到生活那边去了,从此我们将天各一方,老死不相往来。那天我们俩聊了很多很多,黎明时两个人都困了,我让她上床歇一会儿,她在床前犹豫再三还是含笑拒绝了。我知道她为什么拒绝,她是怕打扰那些与这张小床有关的记忆。这是她对生活以及对我的善良的表示。可是现在安东却要拆了它,她是否知道这张床对我意味着什么?她是否知道自己在做什么?况且这张小床上也同样记载了她与我之间的情感,没有这张小床就没有我们之间的荒唐。从这个意义上,她拆的不是一张床,而是我几十年以来用时光累积建筑起来的生活。所以一见到工人们在拆床我立刻火了,大声训斥,你们干什么?谁让你们干的?安东走过来,我今天下午去家具市场买了一张床,想把这张床换掉。我说为什么要换?这张床很结实,再睡个三五十年都不成问题！安东说你怎么总想着你自己？你现在不是一个人了！这话让我傻了半天。安东说得对,我现在已经不是一个人了,甚至也不是两个人,我现在是三个人了……

小床最终还是被拆了,在它原先的位置,一张庞大的新床取而代之。这是一张四尺五的大床。在生活中我从没见过这么庞大的床,以这么大的面积,完全可以睡下我和安东以及天下所有的孩子——床太大了。

新床架好后安东没有立即住过来。她刚刚被调回南京,一些工作关系和手续要移交,这一段时间一直住在自己的宿舍里,我们偶尔见个面一起吃个饭,每次她都是匆匆忙忙的,有时刚吃了两口,公司来个电话她起身就走,那份紧张让我感觉她还像以前在广州时一样。

我已经两个多星期没见到小女生了。这一阵她一有时间就打电话约我吃饭、看电影或者要求来我这里过夜,每次都被我以各种借口推托掉了。短短的数天时间我的生活已经面目全非,我不知道再见到她时我能说些什么,又如何解释清楚新近发生的一切。我已经无颜面对以往的生活。所以每次她要求见面时我总是推托,一旦哪天不要求见面了我又很想她。事实上当我被生活绑架了之后我唯一想见到的人就是她。

有两天小女生没来电话,这让我很不安。犹豫再三我决定去学校找她。走在路上我就想好了，见到她我要陪她好好吃一顿饭，还要把和安东的事情和盘托出。我能想象出后果，但是已经没办法了，从我答应安东妈妈和安东结婚的那一刻起我就已经失去了她。分手是迟早的事。这一段时间我始终避免和她见面或许就是想尽量拖延时间，拖延注定悲伤的时间和结果。

那天我是走着去他们学校的，快走到他们学校门口时我的手机响了，正是小女生打来的，看到她号码的一刹那我慌张起来。她问你在哪儿呢？我舌头不打转地说我在和几个朋友吃饭。她不无埋怨地，那今天又不能见面了？我说今天不行。她说你这一阵怎么这么忙？究竟在干吗？我说事情很复杂，以后再和你说吧！电话里的声音停顿了一下，那好吧！晚上早点回去休息，别和你的那些朋友瞎玩。我说好的。她挂了电话后我一屁股坐到地上，泪水呼地涌出了眼眶。路上的行人很多，一个个地看着我不明所以。快车道上汽车来回穿梭，而我已经被路程抛弃。

安东一家距离我的生活越来越近了，犹如一群拔营而起的敌人正向我所在的方位夜以继日地狂扑而至，枪口冰冷地指向我的生活，即便在睡梦中我都能听见行军的脚步声，刷刷刷。要不了多久他们就可能赶到，四散开来将我和我的生活团团包围，一面派安东朝我喊话劝我主动投降，一面派出小股部队正面佯攻吸引我的火力，而大部队则强攻一侧。那一刻炮火横飞枪声大作，我和我坚守的阵地在敌人的炮火中可怜地战栗……

安东的肚子像一只充气中的球一样逐渐地壮大,隔个几天再见面,她的肚子便又壮大了一圈。安东的父母出于对安东和她不断凸出的腹部的爱护,多次催促我们尽快把婚礼办了。他们总觉得只有完成了这个仪式才是真正意义上的结婚,可我却不想轻易地陷入其中,我还在负隅顽抗,我还对生活心存幻想……而且我想象不出为了两个男女而把他们周围的一干人集合到一起大吃大喝一通有什么意义?两位新人要挨个地敬酒,满面笑意地向客人频频举杯,顺便将客人预先准备好的红包搜刮一空。我对安东说反正结婚证已经领了,婚礼要不就别办了吧?劳民伤财的!安东说你可是答应爸妈他们要办酒的!我说以后是咱们俩过日子,跟别人没关系的。安东很不高兴我的说法,说我爸妈对咱们挺关心的,你别不知好歹!尽管安东并不赞同我的想法,最后还是出面向她家里请求放弃办酒的打算。安东的爸妈一开始不答应,后来见我们的态度坚决,不得已之下同意了,但是希望我们俩这一阵能抽个时间回杭州一趟和那边的亲戚们一起吃一顿饭。两个星期后正好是"五一"节,我和安东回了一趟杭州。第二天晚上在一家大饭店里我们和安东的亲戚们一起吃了一顿饭。

那天到场的大多是安东家的亲戚。一共有近百人,酒席摆了近十桌。我没料到一次家庭内部的聚会竟然演变成为一场小型婚宴,情绪上有些落寞,不过看在安东的面子上也没太在意。只是没想到他们家的亲戚会有这么多。大部分亲戚是浙江的,一小部分则是从福建、江西甚至北京专门赶过来的。安东也没料到会有这等规模。不过受一个女人的某种虚荣心的驱使,她对此并不排斥,为了迎合这种场面甚至还临时去商店购置了一套婚纱,她的刻意配合愈发加深了婚礼的气氛。酒宴开始后我和安东挨个敬酒,每敬到一位安东便在一旁介绍,这是叔叔,这是姑姑……两桌敬下来我的脑袋已经不作主了,借口上卫生间溜了出来。在卫生间扶着洗手池歇了一会儿,门开了一下一个人跟着进来了。他站在小便池前撒尿,一边撒尿一边跟我打招呼,姐夫!你是不是喝多了?他说的是浙江口音的普通话,舌头硬硬的。我扭头看了他一眼,是一个小个子年轻男人,挺精神的。我说还行。问,你是……?他说,安东是我表姐,我爸是安东的舅舅。我说谢谢你们来参加我们的婚礼!他说别客气!从今天起我们就是亲戚了,以后有机会经常来杭州玩!他的一泡尿很快撒完了,打了一个尿颤后系好了裤子,走到另外一个洗手池前洗了手,关心地问我,你没事吧?我扶你出去吧!我说不用,我没事,歇一会儿就好了。你先去吧!他说我陪你一会儿吧!我有点不好意思,说你去吧,我真的没事。他笑笑,我不大喜欢太热闹的场合。掏出香烟给了我一根,点上。这根香烟味道特别,记忆中我从没抽过这种口味的香烟。我问你这是什么烟?味道挺怪的!他随口说了一个牌子,我没听清,也懒得再问。半截烟抽下去我浑身像长了20公斤劲似的,情绪逐渐地兴奋起来,感觉就要发生一点奇怪事情了。我强压住兴奋的情绪,稳重地问安东的表弟,附近有没有好一点的茶社?我想去喝茶。表弟说,离这里不远有一个"湖畔居",坐在三楼上能看到西湖的景色,要不我们去那儿坐一会儿吧!我说好,扔了烟头,放开水龙头用手接着水喝了两口,跟着他走了。在饭店门口我们要了一辆出租车。上了车司机问去哪里,表弟转脸问我,姐夫!你看是直接去火车站还是回饭店吃点东西再走?我坚决地一挥胳膊,去火车站。问你能再给我一根烟吗?他古怪地笑了笑,掏出一根烟递给我。短短二十分钟的车程我连续抽了他三根香烟。到了火车站时正好赶上有一班去南京方向的车次,表弟主动帮我买了一张车票,又到水果摊前买了一点水果,一直把我送上车。上车前我有点不好意思地问他,能再给我几根烟吗?他掏出烟盒数了一下,说就剩下七根了,我给你三根吧!

凌晨2点多到了南京。表弟给我的三根烟刚上车没多久就抽完了,后来一路上我的头都是晕乎乎的,从车站出来后我勉强支撑着打了一辆的士回到家,进了家门一头栽倒在客厅沙发上沉沉睡去了。

等我醒过来已经是第二天了,我整整睡了20多个小时,如果不是安东及时回来,或许我就此睡过去了。我是被安东吵醒的。我在睡梦中听见一种持续不断的破裂声,砰叭,哗啦……挣扎着睁开眼睛便看见了安东,她像一头愤怒的母狮子在家里乒乒乓乓东冲西掼地砸东西,玻璃杯、烟灰缸、电话机、花瓶……我腾地坐起来,头一阵阵地眩晕,愣怔好半天都没明白究竟发生了什么。你怎么了?我问。安东咆哮,怎么了?你还问我怎么了,你干了什么自己不知道吗?安东突然哭了,双臂掩面呜呜的。我起身走过去伸手扶她的肩膀,被她肩膀一抖撞开了。我说究竟怎么了?她说你滚!我不要再看见你,我们离婚!我陡然想起了杭州,只是思绪还是很乱,我说我喝多了,是你表弟一直陪着我……安东停下哭泣,怀疑地看着我,表弟?哪个表弟?我说就是你舅舅的儿子。安东一愣,勃然大怒,你胡说!我根本没有舅舅,我妈妈也没有兄弟!我一惊,不会吧!那人说是你舅舅的儿子。安东说你就编吧!我说我真的没编,的确有一个自称是你表弟的人把我从饭店带出来送到火车站的,连车票都是他帮我买的。安东愣愣看着我,又哭。你突然没了踪影,爸爸妈妈都急死了,到处找你,连110都来了,我们在杭州找了你一天,打你的手机也没人接……

我能想象出当时的场面,婚礼过半新郎突然不辞而别,任谁也承受不了那一份尴尬的。

这事显然闹大了,安东一家的情绪愤愤难平,尤其是安东妈妈简直把我恨了一个洞,最初一两次通电话时都是咬着后槽牙和我说话的。此事中唯一清醒的人是安东的父亲。他有一次给我打电话时主动说起自己的一件事,那时安东妈妈刚生下安东第一个月,他说那一阵他内心总是有一种恐慌,总是害怕单独面对妻子,总渴望单位能派自己出差……他还说他其实是很爱安东和她妈妈的，但是内心中不知为什么总渴望离家出走。他说你如果有什么难言之隐可以跟我说，我和安东妈妈都是通情达理的人，我们不会勉强你的！他的话让我很感动，我说你们放心，我会好好对安东的！

安东的肚子越来越大了，一个人住在单位宿舍里渐渐不方便起来。她多次流露出要住过来的意向，对此我没有立即给予响应。我已经快三个半月没见到小女生了（其中包括一个暑假）。以前我们几乎每隔两三天就要见一面的，此种状态下任谁也没想过我们之间竟然会如此长时间地不见面。现在她是阻碍安东住过来的唯一的原因。在安东住过来之前，我必须把和小女生的事情做个了断，否则对安东对我包括对小女生本人都可能是一种伤害。可我不知道应该用什么样的方式了结已经持续很久的感情；我无法启齿，就像平时向别人借钱。

一天夜里十二点多，安东忽然打来电话，电话里的安东带着哭腔问，你能过来一下吗？我一惊，怎么了？她说我摔了一跤，肚子有点不舒服。我啊地一声，扔下电话就跑。赶到宿舍时安东脸色苍白地躺在床上。我问怎么样了？她说现在好点了，开始时肚子疼得厉害。我埋怨道，怎么那么不小心！她说我去开水房打开水，没在意地上湿了，脚下一打滑就摔了一跤。我问她要不要去医院？她说看情况再说。

我胆战心惊地守着安东的肚子度过了一夜。

第二天一早我给小女生打了一个电话,我对她说有点事情需要见一下。她问什么事?我说见面再说吧。她问是去你那里吗?我说去"碧云天"吧!

"碧云天"茶社坐落在青岛路上,距小女生所在的学校只有五分钟的路程。我赶到时小女生已经坐在一张桌子前了。她快乐地说我点了红茶,你要什么?我说我不喝茶了,说一点事就走。她嘴里嚼着口香糖问,出了什么事?我沉吟了片刻,咬咬牙把安东的事情从头到尾跟她说了。在我断断续续的叙述中她始终一言不发,轻巧地嚼着口香糖,仿佛在听一个与自己毫不相干的感情故事。我极力保持一种缓慢的叙述语调,但是说着说着语速便急促起来,仿佛稍上一慢就会被后面的话赶上来一拳打倒在地。我越说越快越说越快,最后说,我准备今天就把她接回家住。我的叙述到此戛然而止。小女生面无表情地继续嚼着口香糖,一下一下,一下又一下,间或扭头看一眼窗外。窗外的大街上行人和车辆一如既往地来去过往,已经几千年了吧……!

安东如愿以偿地从单位宿舍搬进了我的生活。住进来的这天正好是她怀中的孩子满六个月。因为此前她的工作繁忙,一些必要的产前检查被延误了。住过来之后正好有心情补上这些工作。随后的一两个星期她拽着我去各类医院、妇保所,建卡或者做各种各样的检查。这是一个琐碎甚至近乎无聊的程序,每个检查项目都被医生渲染得重要至极,仿佛漏掉任何一项都会导致腹中胎儿的弱智、丑陋或者长大后考不上大学。我和安东就像两头愚蠢的牛,被一干医生护士东赶西撵地四处乱窜。我去每一个收费窗口缴费,然后把安东送到相应的科室或者某个医生的手中,让那些医生对藏匿在安东腹中的胎儿的发育状况给出好与坏的评判。几乎所有的检查过程我都是被排除在外的,这我能理解,医生是在给安东腹中的胎儿做检查,不是我,但是那个胎儿是我的另外一部分生命,某种意义上还是属于我的,那么我是否有权力对自己未知的生命部分感到好奇? 有一次在做B超检查时我突发奇想,问负责检查的女医生,能不能让我现场看一下胎儿? 女医生三十多岁,那天的情绪似乎不错,笑着说,孩子现在不会认识他(她)爸爸的。话虽这么说,却没有阻止我的意思,我就跟着安东进了B超室。安东按照吩咐躺在床上,解开衣服露出圆滚滚的肚子,医生一边将映像探头贴在她的腹部缓慢移动,一边盯着电脑屏幕,屏幕上有个图像在动,我不能确定那是不是我的孩子。我对医生说,能帮忙指点一下吗? 我看不大懂。医生耐心地用鼠标点着具体的部位,这是头部,这是身体。顺着医生的指点我稍稍看出了一点端倪,那是一个胎儿影像,面容模糊不清。图像突然动了一下,我的身体紧跟着颤抖了一下,也说不清是害怕或者激动。我咽了一口唾沫问医生,他(她)这会儿能看见我吗? 医生差点没笑起来,说你这当爹的可真有意思！我随即反应过来，不好意思地笑了，为掩饰尴尬又问，孩子是男是女？女医生的脸一下拉长了。都什么年代了？还那么封建！我说不是的，我不是那个意思，是男是女我都会喜欢的。女医生不再理我，严厉地说，请你到外面去等，不要妨碍我的工作！

这期间为孩子准备的各种物品每天都在增加，东一包衣物西一包玩具堆得满房间都是。随着累积的物品增多，我内心也变得惶恐不安起来。感觉这些零零碎碎的婴儿物品就是地雷，是敌人趁着夜色一寸一寸偷偷埋进我的生活之中的，我已经被挤压到了极限而无法动弹，现在我无论朝哪个方向递出哪怕一根脚趾头都可能引发惊天动地的一连串的爆炸……

一天夜里我在睡眠中被越来越充盈的膀胱憋醒，迷迷糊糊地爬起来去卫生间，刚走出两步一脚踢翻了一辆玩具汽车，寂静中当啷一声巨响，地雷一般嘣的一声爆炸了，我的右脚直接被炸飞了出去，我血肉横飞地躺在地上抱着受伤的腿大喊大叫，来人啊！救命啊！灯亮了，熟睡中的安东被惊醒，爬下床来扶我，怎么了？怎么了？我抱着腿闭着眼睛大喊，我受伤了！我的脚被炸断了！安东看了一下我的脚，说你的脚不是好好的嘛！

单位对安东很照顾，从她怀孕的第六个半月起就基本让她享受起产假的待遇，平时并不要求安东每天去上班，只在遇到重大的事情时才让她去单位一下。这样一来安东在家的时间就多起来，看看电视睡睡觉，再不就是抓紧一切时间吃东西。安东后来变得特别能吃了,每天早晨四点多钟人还在床上肚子就饿了,一饿起来便饥心闹肺地立刻要吃到东西,至于吃什么倒是不讲究,有什么吃什么,实在没东西了打两个鸡蛋也能狼吞虎咽地吃上一顿。我没想到生活中的孕妇竟然如此恐怖,她们完全可以通过嘴和食道的过渡再辅以必要咀嚼下咽的动作从而将整个世界填进肚子里去。除了吃之外,安东每天傍晚还要出门散步。这是医生嘱咐的,说每天散步一小时左右有助于胎儿的智力发育。每次出门我都要环伺一侧,为防止安东临时要吃东西,还专门配备了一个手工篮子,每次出门都在篮子里放一些西红柿、苹果、开水、面包、鸡腿以及一两个包子烧卖什么的,我拎着食品篮陪着安东从家里散步到鼓楼广场,在广场上休息一下,安东吃一个西红柿或者啃一只鸡腿,然后回家。

　　安东的预产期是10月16日,想象一下即将来临的那一天吧!那会是一个晴天吗?会下雨吗?会地震吗?会发洪水吗?会暴发禽流感吗?世界又会为此改变些什么?我说不准,我所知道的那天可能会有一个婴儿出生,这个婴儿不是男就是女,一生下来他(她)就会哭,嘴一张就会喝奶,除此之外我不知道其他。为了这一天不出意外地到来,我现在每天都小心翼翼地陪着安东,无论自己内心多苦也要强颜欢笑。

　　那天傍晚在鼓楼广场上,安东津津有味地正啃着一根鸡腿时我的手机响了。是小女生的。安东停下咀嚼扭头问我,是我妈的电话吗?我说不是,是我一个朋友。安东继续啃她的鸡腿,我接了电话,电话里扑面传来的是一片撕心裂肺的哭泣声,小女生在电话里号啕大哭,我问怎么了?你怎么了?小女生不回答,专心致志地哭着,哭着,哭得我的心像被一根螺钉一层一层拧紧,一股流泪的欲望硫酸一般刺激着泪腺,火辣辣酸溜溜的,我觉得自己就要号啕大哭起来了。可是不能,安东肚子里的孩子让我不能对电话里的哭泣予以任何响应。安东对我抱着电话迟迟不出声感到疑惑,放下正啃着的那根鸡腿朝我看,我向她报以一团微笑,她放心了,继续啃起鸡腿。她看不出我的心滴血了,电话中声嘶力竭的恸哭是一根又一根的钢针,它们在哭泣声中起伏上下,一五一十、十五二十地把我的心肺肝这一类的挂件扎成了一面筛子……

尽管我和安东处处谨慎事事小心,后来还是出了问题。孕期快要满七个月时,安东的腹部开始出现阵痛的症状。开始持续的时间较短,隔个十来秒就好了,后来持续的时间长了起来,间隔的时间则越来越短。安东就打电话问她妈妈。自从怀孕后安东在感情上越来越依赖她妈妈了,事无巨细都要请教或请示她妈妈。她妈妈一听就急了,劝她赶紧去医院检查一下,说越是到最后越要小心,还说她的一个同事女儿在怀孕六个月时因为叉竹竿晾衣服而导致了流产。安东吓坏了,当天下午便拽着我去了鼓楼医院。

安东的产前定期检查是在这家医院做的,我们下一次的检查时间应该是在一个星期之后,所以当我们出现时,负责为安东检查的那位医生很诧异,说不是下个星期四才到你们检查的时间吗?安东就把最近的不适说了。医生大致地看了一下,说你的这种情况有点异常,短时间内很难判断,住院观察一阵吧!一听要住院安东紧张起来,问医生,不要紧吧?医生说你不要紧张,以现在的症状看问题不大,住院观察几天,如果没有异常回家静养就可以了。

办完了住院手续后安东顺利住进了产科病房。病房六人一间,其他五个人中有四个都已临近产期住院待产,另外一个小叶则是住院保胎的。她连续两年怀孕却都在五六个月时意外流产。今年怀孕后怕重蹈覆辙,从孕期四个月后就住进医院保胎了。

住进医院后安东稍稍安静了些,我看她没什么事就决定回家取点东西,安东却不肯让我走。我说很多东西都没带,太不方便,你睡一会儿,我拿了东西就回来。安东只好同意了。我刚到家医院的电话就来了,说你爱人不舒服,赶快过来!我立刻又赶回了医院,进病房时看见一个女医生正在床边翻看安东的病情记录,周围还有一圈的护士。床上的安东呼吸急促,脸上全是汗。医生放下病历,手轻轻按了按安东的小腹问什么感觉?安东简短地回答,胀。医生站直身体,冷冷吩咐护士,准备把病人送产房。转脸对我说,你爱人要生了,马上要进产房,你们准备一下吧!我一下急了,说我爱人的预产期是10月16日,还有一个多月的时间呢!医生:是早产。

应该在10月16日出生的孩子就这样在9月11日的一个普

通的黄昏突兀地来临了。

在送安东去产房的途中,她一再叮嘱我要给她妈妈打个电话。安东进了产房后我在产房门口站了很久,脑子里一片空白,整个人都傻了。回过神来后我做的第一件事是给安东的妈妈打了一个电话,告诉她安东快生了,五分钟前已经被送进了产房。她妈妈对这个消息显然缺乏思想准备,在电话那端沉默了三五秒钟,然后语速极快地说,小赵你听着!你要镇定,一定要镇定,无论出现什么情况都不能慌乱,如果有意外情况发生要立刻通知我……我和安东爸爸马上去火车站,尽可能快地赶到南京,你的手机不要关,我们随时保持联系……电话打完,一名护士跑过来通知我转病房,说安东生了之后就要住到楼上的母婴病房了,房间已经定好,让我赶紧搬一下。我于是楼上楼下地一阵乱跑,搬好之后天已经黑了。

本来我以为生孩子过程会很快,一二十分钟或者一两个小时就可以完成。转移好病房后我守在产房门口一步都不敢离开。十分钟很快过去了,很快一个小时也过去了,安东方面迟迟没有动静。产房前有一个休息厅,里面放着一些沙发和桌椅,是院方专门为等候的家属设置的休息区。一些待产的产妇家属都在里面坐着,有的看报纸,有的窃窃私语,休息室还有一些空位,但是我却坐不住,刚坐下就忍不住站起来走动一番,屁股上长了弹簧似的。产房正对着休息室,不时有护士出来叫,谁是某某某家属?休息室中就有人站出来,我是。请问有什么事?护士说某某某已经生了,半个小时后出产房。或者说某某某要吃东西。该家属就会把准备好的饭盒交给护士带进去。有一些性急的家属这时会上前询问护士,请问某某情况怎么样了?护士对此询问一般不多搭理,等着吧!有消息会通知你们的!

一小时过去了,又一个小时过去,时间在分分秒秒地流逝着,安东那边始终没有动静。我守在产房前不敢离开半步,后来尿急了,忍了半个小时后实在忍不住了,对一个五十多岁中年妇女说,阿姨,我爱人在产房生产,我去一下洗手间,如果有护士来叫我,请你跟她说一声我一会儿就回来。中年妇女说,好的,你去吧!中年妇女姓朱,是来陪儿媳生产的。陪同的人中还有她的老伴和他30岁的儿子。她对我挺同情,说怎么就你一个人啊?家里大人呢?我说我爱人家在外地,本来我们的预产期是下个月,没想到早产了,大人们正往南京赶。朱妈妈看我空着两手,你就这么空着两手吗?朱妈妈说你看看你这孩子怎么这么浑呀!要给产妇准备点换的衣服,再买一点卫生纸和吃的东西,最好是连汤带水的。生孩子这么大的事情,你怎么也不问问家里的老人啊!我愣住了,我没想到生个孩子会如此琐碎。我搓着手原地转着圈子,那可怎么办啊?朱妈妈说,你要不抓紧时间回去准备,这边我先帮你盯着。你留个手机号码给我,有事我给你打电话你就赶快回来。

我先回家给安东拿了一点衣服,又去超市买了一些食物以及卫生用品。在超市时我接到安东妈妈的一个电话,她告诉我她和安东爸爸晚上没买到火车票,只好包了一辆出租车,现在正在路上。我也将这边的情况向他们简单介绍了一下。买好东西赶回医院已经是夜里零点了。那一群待产的家属已经消失了一多半,剩下的三三两两地站在电梯口。朱妈妈的儿媳半个小时前生了,产妇和婴儿都已经被转移楼上的母婴病房,朱妈妈和儿子照顾儿媳去了,产房门口留下了她老伴等我。老人告诉我这一阵没有安东的消息,说看来你还要再等一阵了。我向他道谢,老人摆摆手,不客气!有什么事情你尽管找我们。还把他们的病房号告诉了我。

老人上楼去了,我提着东西走到休息室却发现休息室的大门已经被锁上了,里面漆黑一片。我向身边的一个女的打听,大姐,休息室怎么关门了?那位大姐说,休息室每天只开到凌晨12点。我说,那我们这些待产家属连个休息的地方都没有了?大姐说可不是吗,医院也太缺德了。我这才明白家属们都集中到电梯口的原因。电梯口的灯夜里是不关的,周围墙角还有一些塑料椅子,家属们散坐在椅子上,眼神全朝向产房的方向。

我在大姐身旁的一张椅子上坐下。大姐姓李,是陪女儿来生产的。我看她是一个人,不免心生疑惑,问,大姐是一个人来陪产的?大姐说她是和亲家母一起来的,她女儿昨天晚上进的产房,原以为很快会生的,可进了产房后却迟迟没有生出来,她和亲家母在产房外面足足守了十五个小时,最后实在受不住了,她就让亲家先回去休息一下,等会再来换自己。我说生孩子要这么久吗?大姐说有的长有的短,长的一两天,两三天都有,短的刚进产房就生也有。她问:你媳妇是什么时候进去的?我说晚上五点多。我们这么东一嘴西一口地闲聊,在此过程中大姐不时起身到产房门口面朝墙壁张望一下。我好奇地问大姐看什么?大姐说,你不知道?黑板上有产妇的进展情况,产房的护士隔一个小时就要更新一次的。我还不知道有这么回事,起身跑过去,产房门口的墙壁上果然挂着一块小黑板,黑板上列着四五个产妇的名字,安东赫然在列,位次第三。安东:宫口开两公分。黑板上的其他几位产妇宫口开得都比安东要大,最大的已经开了七公分。两公分到七公分还有漫长的五公分,假设那个宫口已经开了七公分的产妇是大姐的女儿,那么由此可以推衍出我在产房门口起码还要待上十到二十个小时。这实在是一件让人沮丧的计算,这种计算甚至都不具难度,让你连算错的机会都没有。

大约过了二十分钟,大姐的女儿生了。大姐像一根被突然启动的马达,嗡地一声转动起来,楼上楼下一阵忙活,又是收拾病房又是送水送食物的,接着便哇啦哇啦给家人亲戚打电话,电话没打完产妇被推出来了。产妇躺在推车上,旁边放着一个枕头大小的婴儿,婴儿被包裹得严严实实的,只露出一个铅球大小的脑袋。大姐赶紧过去抱起婴儿,婴儿哇地哭了起来,大姐就笑了,脸色灿烂。手推车、婴儿、大姐这一干人物走过我身边,我对大姐轻轻说了一句,祝贺你!

产房前短暂的喧闹复归沉寂。那个脑袋犹如铅球的婴儿甫一出生便霸占了我在生活中仅有的一位交谈对象。现在产房门前除了我还剩下两拨人，人数多的一拨有五六个人，起初这拨人一直在说话，声音还大，乱糟糟的。后来累了，东倒西歪靠在椅子上打起盹来，大姐女儿被推出产房那一阵他们被惊醒了一下，又继续睡去了。另一拨是一个中年妇人和一位二十岁左右的女孩子，看起来像母女俩。两个都很漂亮，且分属不同的漂亮类型：女儿脸蛋俏丽长发披肩；母亲则温和沉静神情辽远，有点像年老之后的电影演员秦怡。我总是对具备这种神情的女性情有独钟，只是这种神情在年轻的女性脸上是绝难看到的，也许只有当年轻的女性进入老年之后，我所仰慕着的属于女性的那一丝光辉才得以从容绽放。由此想到自己的婚姻。假如理想的婚姻是由爱催生的，那么我应该等到天下所有的女性都老了之后再结婚的！

靠在椅子上胡乱想着想着就睡着了……

手机响了，我迷迷糊糊摸出手机，是安东妈妈。我以为他们到了，腾地站起来问，你们在哪里？我下去接你们！安东妈妈说我们还没到，汽车抛锚了，司机师傅正在修，安东情况怎么样？生了没有？我说还没，看样子还得一段时间。安东妈妈说那就好，我们保持联系。

挂了电话后我又到小黑板前看了一下，信息已经更新了，黑板上只剩下两个名字。安东的名字后面标注的数字是四公分。回到座位上我才发现那一对母女已经不见了,想必她们等待的那位产妇在我睡着时悄然完成了生产任务,被护士连同新生儿一起转移到楼上去了。另外的那一拨人还在继续打着盹。我扫了他们两眼又迷糊起来。

再次醒来已经是早晨八点半了,此前的半小时或者一小时前我迷迷糊糊地被一个护士推醒过,她说休息室已经开了,你可以进去休息了。我坐直身体朝她喔了一声,她一转身我又睡着了。再醒来时电梯口聚了很多人,乱糟糟全是人声。我摸出手机一看已经八点半了,赶紧到黑板前看了一下,我所关心的那个数字已经悄无声息地涨到六公分了。趆回到座位前将为安东准备的两个大塑料袋提着去了休息室。我把两个大袋子放在一个没人的角落,然后出来,沿着走廊一直走到尽头进了卫生间。我在一个水龙头前用手抄着水洗了一下脸。洗完脸后人稍稍清醒了一些。在窗户前有个胖子正在抽烟,我犹豫了一下走过去,你好!能给我一根烟吗?胖子冷冷地看了我一眼,掏出一根香烟给了我,我接过香烟伸手向他比画了一下打火的姿势,他再掏出打火机为我点上香烟。我舒服地抽了一口烟,感激地想和他聊点什么,胖子却一扭身走了。他难道怕我再跟他要烟吗?

我伏在窗户前默默地抽着香烟。今天的天气不错,阳光灿烂得近乎纯粹,没有一点杂质,贴着地面和墙壁一路铺陈而去,翻过楼顶爬过街道落向了对面一所大学校园中的绿茵场上,那是南大的足球场。球场上有一伙人在踢比赛,他们跑动时阳光也跟着微微晃动了。

对阵的双方一方是留学生队,另一方是中国人。留学生一方中有一个女的,是杜丽,与她打相对位置的那个中国人是个小个子。我很喜欢他。是的,我很喜欢这个小个子。

小个子连续两次带球想从杜丽的位置突破,都被杜丽成功地拦截了。这让他很恼火,接下去动作也大了,竟然对着杜丽就一个飞铲……我看不下去了。一个男人以这种态度对一个友好国家的异性是让人无法接受的……小个子男人又一次带球向杜丽冲过去,杜丽对他的过人动作和意图已经了若指掌,将自己的身体往左一横,准确地阻隔了他的运行线路,眼看着他的球又要被杜丽断下了,我情不自禁地喊了一句,打她屁股!快!小个子男人自然挥起的胳膊顺势打在了杜丽丰满的屁股上。杜丽被打得一愣,扑哧笑了起来,球也不抢了,捂着屁股站在原地笑个不停,其他的球员轰地一声跟着大笑起来,小个子球员乘机将球趟过了杜丽……

这时手机响了,是安东妈妈。我们到医院门口了,你在哪里?

我说你们等着,我马上下来……

我最后扫了一眼那个小个子男人,他也注意到我了,站在球场上愣怔着打量着我。我们的视线在半空相遇,两个人相视一笑。

祝你玩得愉快!赵刚。

我默默说了一句,离开了窗户。

窗 户

16岁那年李卫和他的朋友喜欢到街道边上坐着。那年暑假时大个儿、第一页、毛利已经进工厂工作了。他们每天要在工厂里待足八小时才可以出来,而八小时之后,无论干没干活,他们都觉得心情和身体沉甸甸的,回到家匆匆吃完饭之后,便约了在家等录取通知的李卫去大街上坐一会儿,三个人争先恐后地向李卫介绍着自己白天在工厂里的种种经历,像一阵接一阵的呕吐。在他们聊天时,大街上不停地有汽车呼呼地驶过,偶尔会朝路边的他们揿响喇叭,"嘀嘀——"——反正他们是这么认为的——他们还认为这是司机对他们几人的友好的招呼。只要一听见喇叭声,他们便"嗷——嗷"地叫上两声,起哄;同样的心情和举动有时也会被他们落实到那些身裹长裙,袅袅走过他们身边的青春女子身上,她们逃跑似的飞快穿过。那个夏天,他们的情绪被大街上的灯光和灯光下摇曳的树影以及飞驰而过的汽车和微风吹拂下的长裙撩得恍惚而又热烈。在那期间他们学会了抽烟。

"来,抽根烟。"大个儿掏出半包香烟对他们说。第一页和毛利想都没想便接到手中,李卫犹豫了一下问:"你怎么学会抽烟了?"

嘴还没闭上就被大个儿塞进一根香烟,然后听见大个儿说,"这种事是男人都会。"

点着烟后毛利问大个儿:"你说男人干吗非得抽烟?"

大个儿不屑地看了毛利一眼,"你这问题特蠢!男人要是不抽烟还算男人吗?"

对大个儿的回答大伙都觉得不服气,可也找不出什么理由来反驳,只憋着一股劲默默地抽烟。李卫每吸一口烟就发现鼻子下的烟头异常明亮地一闪,这一点意外的光芒刺激着他一口接一口几乎一刻不停地将一根香烟抽成了一截一截的烟灰,最后剩下了一个烟屁股被他的两个手指轻易玩弄着……

那段日子过得十分缓慢,空气沉重得像一个大胖孩子,刚朝前走上两步就想蹲下来呼呼喘气。李卫总觉得空气和屁股下的地球也正在淌汗。也许这个世界真他妈的快完蛋了,而自己也活不到下一个生日。这一期间市面上流行的是台湾校园歌曲,大街小巷里都是叶佳修、侯德建等人的声音:池塘的水满了雨也停了田边的稀泥里到处是泥鳅南边的香蕉树上结满大香蕉等待着我们踏着夕阳打着一朵细花阳伞走到乡间小路上去小燕飞呀飞天空印着脚印

窗 户 | 159

两对半我从山中来带着兰花草种在校园校园校园校园校园校园中希望花开早早早早早早早……所有的错误——假如能算得上是错误的话——也许就是从那个夏天开始的,然后被大个儿用一根香烟塞进了他的嘴中,而这一切其实都和歌曲无关。

一天晚上四个人坐在街边的栏杆上聊得正欢,一个女人突然出现在李卫的面前。一看见这个女人,正高谈阔论着的李卫顿时哑了。他一脸尴尬地对大个儿他们笑了笑,又扭头朝那个女人笑了笑,一脸的谄媚。女人冷冷地看了李卫一会儿一转身走了。李卫身子一动刚想去追,看见身边三个朋友古怪的笑容又硬生生地忍住了,最后还是毛利一把将他推到地上:"你就回去吧!"

李卫站在地上,打着手势想对朋友们表白几句,嘴唇蠕动了半天却什么也没说出来,一扭身跑走了。

晚上七点钟,被太阳烘烤了一个白天的城市依旧热乎乎的,从地面和墙壁间散发出的热潮被空气驱动着,一浪一浪地卷向人群。在一个老式居民区的一间小屋子的门前,李卫垂头丧气地站着;在屋子中央的一张大床前,女人正在叠一堆衣服,脊背对着李卫,所有的动作都背着李卫。房间里没开灯,屋外逐渐暗淡下去的光线仍然能为房间里的物体分出层次,包括几乎融化进地面的桌子、凳子以及李卫本人的一层淡淡的投影。一回身,只需要轻轻地扭转我们的身体,世界还会是十六岁的天空,即使黑夜也有钻石般的星星闪烁并眨眼……

面对着大床的女人叠完了一堆衣服,机械的动作迟缓下来,刚刚因为动作而柔软和富有弹性的身体此时显得生硬,一寸一寸的。生硬起来的身体在等李卫说话。

"我……我遇到几个多年没见的朋友,所以……"从房间里朝外看,逆光的李卫全身冒着黝黑的汗。

唉——!女人对着床后的墙壁叹了一口气,然后递给李卫两件叠好的背心和短裤说:"洗澡水已经打好了,你快去洗吧。"李卫接过衣裤,出汗的心情顿时一片清爽,兴致勃勃地去了洗澡间"哗啦啦"地弄响了水。

男人们白天出汗晚上洗澡。出汗的男人是伐木工人、士兵、运动员、装卸工、角斗士、胆小鬼,他们捶胸顿足熙熙攘攘一枝独秀漫不经心子虚乌有声色犬马青筋暴突各执己见熠熠生辉稍纵即逝附庸风雅岌岌可危独辟蹊径狐假虎威有恃无恐相映成趣若隐若现兔死狐悲苦思冥想杞人忧天按图索骥刻舟求剑守株待兔叶公好龙花拳绣腿黔驴技穷强颜欢笑敲山震虎杯弓蛇影鸟尽弓藏眉飞色舞眼高手低一掷千金欠债不还聪明一世糊涂一时妙趣横生慷他人之慨下笔千言离题万里闲时不烧香闻鸡起舞临时抱佛脚猝不及防文不加点声名狼藉越俎代庖削足适履色授魂与打草惊蛇杀妻求将拍手称快做贼心虚无孔不入不自量力大同小异……

五千年前——或者更早的一天,当东方的天际泛出火红的颜色,一群伐木工人手提斧头进了树林。他们合伙砍倒一棵大树,然后将这棵大树抬起来,要将它移到很远的地方去。大树沉甸甸地压在十多个工人肩上,压得他们每一步都能在地上踩出一个深深的脚印;与肩上的大树相比他们的腿纤细得犹如一根麻绳,颤悠悠的……终于有一个人被这重量压出了声音,他张嘴喊道:"嗨哟!"其他的工人便随着他的节奏喊着:"嗨哟嗨哟,嗨哟嗨哟……"这样的声音和声调充斥在五千年以前的那个早晨,混合着一阵一阵的树木香气,唤醒了人类一部分隐秘的心绪,同时也似乎减轻了压在人们肩头的那一棵大树的重量,短暂的工夫十多个工人已经扛着树走远了。

世界在歌曲声中变形,斜线的光芒急促扫过我们的头顶,垂直地落向孩子身后的另一个孩子,树木之中的另一种树木,石头紧紧搂着一份重量在土地中下沉,海面上漂浮着海盗们的轮船,富有而且美貌的女人渴望梦见一次奇遇。突如其来的转机是孩子们后来在学校和书本上学到的历史。歌声的历史。因为历史而又有了蔚蓝的天空、燃烧的空气、战火、机器、医院、舞台、梦魇、死亡、老师、电、格子、文字、洞……都是被歌曲长久地突出的１２３４５６７ｉ……

这是一间老式房屋,房间里没有窗户——以前也许是有的——只是在屋顶上方开了一块饭盒大小的天窗,一面天空一样灰白色的玻璃横在那里,将天空浓缩并固定住,其中的一缕光线被玻璃一次性地过滤给了房间,尽管如此采光仍显不足,整个房间显得阴暗潮湿;四面墙壁上贴着那种表面印着简单的花纹图案的墙纸,仅有的七八件家具凌乱地布置在房间里,有方桌、写字桌、床头柜、梳妆柜等等。本来就不大的空间局限住了两位主人的想象力,使得他们在对整个房间的布置规划上煞费脑筋而又效果不大,房间拥挤得似乎连在生活中转个身的空间都没有了。更为糟糕的还是光线问题,因为采光较差,也带动了他们内心中阴暗潮湿的一面,李卫甚至能闻到从两人身体内部渗出的一股霉味。然后两人开始频繁地吵架,激怒时便以"离婚"来进行彼此间的伤害。三番五次之后,李卫终于明白过来,离婚可不像结婚那样简单,随随便便就能离掉的。无可奈何之下他只得寄望于安定了。既然生活还得继续,安定是唯一的保障,其条件是必须具备一扇能够随意打开和关闭的窗户,这也是李卫在短暂的婚姻生活中逐渐摸索出的一条实际经验。

数日后趁着妻子出差的机会,李卫找来一堆木头,用斧头、锯子、钉锤、铁凿和一大把钉子打了一个窗框,然后按照窗框的尺寸在房间的北墙上凿了一个洞,大小正好得以镶嵌进那一副窗框……在一扇窗户还未落实具体的风景之前,李卫的心情已经在可能的景色里荡漾开来。即将开启的窗户应该朝向所有可能的方向,除了东西南北等方向之外,还应该朝向一面大海、一面蓝天或者是一处森林……森林里起码要有一百种鸟儿啁啾,它们每天都在阳光升起时歌唱,在树枝、阳光和树枝、阳光间穿梭、追逐、嬉戏,飞动时扑棱棱地搅乱了一地的树影……最后的工序是油漆窗框和装配玻璃。等一切忙定之后变化随着光照明确下来。那一刻房间里亮堂如镜,以往日子里那些模糊不清的家具什物焕然一新清晰无比,好似经过了一次奇妙的成长;光线下的李卫似乎从桌子的投影中分辨出木纹的纹理及其走向……就这样,李卫从一面结实的墙壁上寻找到了一扇窗户和窗户中丰富的景象以及一份被墙壁长久遮蔽的明亮的心情。

窗户的朝向横在一条纵向延伸的街道上,在紧靠窗户的一侧是一条人行道,过去是慢车道,然后是快车道;慢车道与快车道之间隔着一排半人高的栏杆,栏杆上涂着红白相间的颜色。因为所处的方位和角度的缘故,大街对面呈现给窗户的景色较为丰富一些,在人行道上有一家气派的大商场,数家小时装店以及一个小杂货铺等等。白天时大街上热闹非凡,甚至略嫌嘈杂,一般非要等到傍晚前后街道才能安静下来。每天这个时刻,李卫他们已经吃过晚饭,妻子洗澡,李卫便在窗户前站上一会儿。他一边看看街景一边等着妻子为他腾出澡盆、香皂和水。

傍晚时分的大街上在经历了一阵短暂、剧烈的喧闹后沉寂下来,大街累了,它借助逐渐稀少的行人和车辆的间隙喘息。每天的这一时刻就会有三个十六七岁的半大的孩子来到景色中。他们或坐或倚在街边的栏杆上有说有笑地乘凉。三个人所处的位置极不规则,其中的两个孩子坐在一起,另一个孩子与他们之间则隔着一个空位,当这个孩子与那头的孩子说话时,要微微偏过身子,将脑袋相互勾向对方,十分奇怪的姿势。李卫一边打量着他们三人一边思索着那个空位。而在卫生间里,妻子仍继续着一种单调的水声,并哼起了一首歌曲。李卫突然烦躁起来,蹑手蹑脚地溜出门去了。

从这里去大街要经过一条巷子以及无数扇敞开的门窗。因为天热家家户户的门窗都敞着,男人只穿着一条短裤,女人也只不过比男人多一件汗衫了事。一进巷子,李卫的脖子便僵硬起来。大多数人家里正在收听广播或者放着音响。1995年夏天,李卫踏着歌声前进:寂寞的人在风雨中,好大一棵树,从一扇窗户到另一扇窗户,从相片上的你到1997;再往前走一阵,以上的歌曲便成了记忆,他又经历了一封家书、我是一只小小的爱情鸟、不必在乎许多也不必难过——总有一天你会离开我。前一句歌词是一扇窗户里传出的窦唯的声音,后一句是李卫私自接下去的……而在世界的另外一个地方,肯定也有一群人正在经历另外一些人的声音,就李卫熟悉的而言,应该有埃尔维斯、鲍勃·迪伦、约翰·列侬、迈克尔·杰克逊、比利·乔、肯尼、斯汀、里奇、斯普林斯廷、旺德、西蒙、马克斯以及乔治·迈克尔、迈克·鲍顿等等。许许多多的人在歌声中梳头、沐浴、吃饭、跳舞、恋爱、睡眠、生育、劳动、流汗、战争……而在美国的西部草原上,风和歌声环绕着一处孤寂的小木屋,那是年轻的肯尼·罗杰斯在用歌声与妻子告别。肯尼一遍又一遍地离开,然后一遍又一遍回来,歌声像是诉说,略带嘶哑的歌喉在空气中飘浮,偌大的草原上布满爱情……

"你怎么才来?"

"我下午出去了,刚刚回来。"李卫一边回答一边走到他们三人中间的空位置上一缩腿坐了进去。

"对了,"第一页一拍脑袋对李卫说,"听说我们班的芮晔已经拿到录取通知了,是南大的。你怎么样?有没有消息?"

李卫摇摇头没说话,脸色显得十分难看。第一页还想继续说下去但是被大个儿打断了。他从身后伸出手,轻轻弹了一下第一页的脊背,嘴里说:"什么南大不南大的,我就不信不上大学的人还不活了?"

毛利也插嘴说:"对!我师傅就说过,大学那地方容易把男人变成女人,把女人变成不是人!"

两个人说得豪气冲天,李卫倒没什么,第一页却觉得有点不是味。他从背后伸出手,绕过李卫伸向毛利,在他的脊背上曲指弹了一下。这一指头可能击中了毛利身体上最为脆弱的某个部位,疼得他"嗷"地一声从栏杆上跳到地上,便要对坐在身边的李卫发火,但是一看见李卫双手支头若有所思的样子顿时明白过来。他气呼呼地转向第一页："你弹我干什么？"

第一页一脸无辜地问："你说什么呀？奇怪！"

"刚才孙子弹我的！"毛利气急之下破口大骂。

"我弹他妈孙子的！"第一页也来了火。

两人比比画画地就要动手。正在这时，一辆洒水车悄无声息地开了过来，等到了他们四人的身边才突然响起了音乐，接着一阵急促的水流"哗"地劲射到他们身上，响着音乐得意扬扬地缓缓驶过去了。从驾驶室的玻璃后面，映出司机那张似笑非笑的脸。挂着一身水珠的四个人湿漉漉地相互看看，不约而同地笑了起来。

天渐渐黑下去，街灯适时地亮了。四个朋友重新坐到栏杆上，继续他们的青春时光。背对着大街的四个人，面对着同一条人行道。此刻行人寥寥，一个行人和下一个行人之间隔着好一阵时间。没多久，人行道上出现了一个年轻女子。她走下人行道，朝他们四人径直走了过来。一看见这个女人，正高谈阔论着的李卫顿时哑了。他一脸尴尬地对大个儿他们笑了笑，又扭头朝那个女人笑了笑，一脸的谄媚。女人冷冷地看了李卫一会儿一转身走了。李卫身子一动刚想去追，可看见身边三个朋友古怪的笑容便硬生生地忍住了。最后还是毛利一把将他推到地上说："你就回去吧。"李卫站在地上，打着手势想对朋友们表白几句，嘴唇蠕动了半天却什么也没说出来，一扭身跑走了。

窗　户 | 167

一扇窗户提供的外部世界可能要比实际上的景象加上李卫自己的想象还要丰富：光线来自那里，声音来自那里，经验、回忆、睡眠、饮食、爱情、恐惧——假如有的话，衰老以及可能的内疚和对未来生活的信心全来自那扇窗户。遥远的冬季，纷乱的雪花、坚硬冰冷的节日距离遥远的愿望，一辆满载谷物的马车从一面镜子里找到了一束曲折的光线和一生的颠簸路程，雪地上将留下它向前的蹄印，不间断也不会停顿。整个过程中它绕过了其余的千种命运，拖着满满一车的谷物和车轱辘单调而沉重的响声："吱呀吱呀，吱呀吱呀。"

世界上有无数的房屋，也有无数扇窗户，这些窗户形状各异，有圆形、菱形、长方形、三角形、椭圆形等等；朝向也各不相同，东、西、南、北、天不一而足，但是无论它们朝向哪个方向，其实都是朝向——光明；无论皇帝、百姓、大臣、秀才、和尚、罪犯、警察、经理、歌星、球星、教授、小贩、记者、海员、电工、农民、书记、售货员、打字员、安全员、邮递员、流浪汉、校对员、饲养员……无论他们是名叫张明、李辉、宋世雄、程小东、大卫、米歇尔、多多、海明威、拿破仑还是叫王海苹、金红、吴若男、鞠青青、黛安娜、娜娜、冬妮娅、伊丽莎白，也无论他们正在干活、写作、偷窃、爱恋、伤感、睡眠、撒尿、聊天、沉思、舞蹈、割草、做操、放哨、背书、缝衣、数钱、打嗝、死亡、迷路、等待、呼吸、求医、啃鸡腿，都必然是在一扇窗户的此面或彼面进行着。一架从北京至西藏的飞机在云层中穿行。这是一个晴朗的天气,能见度很高,座位紧靠窗户的乘客目光顺着窗户一泻千里,视野中的人间仿佛天堂里的一处花园,新颖的景致填满了他们整个航程;与此相反,其余的乘客却只能看着机舱打盹,他们的生命因为此次的航程而倍感寂寞,他们想与所有坐在窗户旁的人交换座位;一只手从囚犯期待的小窗户里伸进来,一碗稀饭和两个馒头是这个囚犯今天的最后一次快乐;在医院的挂号窗前,排着队的病人们轮流走到窗户前,递上钱买一张决定他们命运的挂号单;而在3月23日这一天,英国伦敦的20岁的窗户装配工马修·西蒙斯失去了自己的工作,以后他再也不能像一只鸟一样任意飞上高楼去装配窗户了,因为他控告了利兹联队的法国球星坎多纳,并使这位球星遭受到两个星期的监禁,那些热爱坎多纳的球迷们决定要把西蒙斯像一只死鸟一样扔出窗户……

"窗户"一词的英文写法是"Windows"。

我朋友

监控探头

　　我朋友所在的小区翻新时拆了所有的违建，施工方为每一户人家更换了门窗，修缮了破损的墙体和路面，最后还装了几个监控探头。其他的项目小区居民都很配合，但是装监控时有人提出了异议，认为自己的隐私权或受到侵犯。他们找施工方交涉，要求停止安装监控探头。施工方根本不理会，说老旧小区翻新改造是政府工程，装什么不装什么是政府有关部门制定的，自己只是按规定施工，大家有意见可以去找政府……这几户人家找到社区，刚提出自己的担心就被挡了回来。社区工作人员说，监控是市里有关部门统一规划的，市区任何一个死角都必须覆盖到位，这一点没有商量余地。

监控探头就此安装完成。它悬于小区大门的一管灯杆之上，圆鼓鼓像一只大眼珠子（360°的覆盖范围），冷冷地直视人间。接下去一段时间居民们开始不淡定了，进出小区时总觉得有一只贼溜溜的大眼睛在一眨不眨地紧盯着自己，盯得他们全身冒汗内心发毛，忍不住想干点出格的事一般。出于某种自我防护的意识，许多人路过探头时都不自觉地把头扭向一侧，有人还额外为自己增加了一些遮挡物。女的会用一条大围巾把自己整张脸蒙得只剩下两只眼睛，男的或戴上墨镜或戴上口罩……有一个刚搬来不久的中年邻居更是夸张，每次出门前都要乔装打扮一下：戴一顶宽檐礼帽，走过探头前时故意把帽檐拉得很低，让探头找不到自己的脸；或者粘一副假胡须，脸上架一副金丝边眼镜，装扮成了一名学者的模样……有一天他甚至装扮成了一个老太太，戴上一顶白发苍苍的发套，弯腰拄着拐杖颤颤巍巍地从探头前走了过去。以前大部分人都不知道这个邻居是做什么的，见识到这一波骚操作后好奇心骤起，相互一打听才知道他是一个演员……

众人面对监控探头时的心态是复杂的，一方面不确定它会给自己的生活带来什么，另一方面又无力拒绝它事实的存在。他们面对探头所表现出来的种种奇异行为和略显夸张的招数其实都是一种自嘲之下的自嗨；好比一个人给自己讲了一则笑话，原地就把自己逗得乐不可支哈哈大笑起来了。

监控探头出现在小区居民尚未有心理准备之际,很多人躲避它的同时也在不遗余力地挖掘它身上可能的实用功能,然后宾利出现了。

神秘的宾利

宾利是一辆车,它是一天凌晨突然停到我朋友小区里来的。

那天上午我朋友起床后简单吃了一点东西就坐到了电脑前——忘记交代了,我朋友也是一个作家。每天上午是我朋友固定的工作时间,从上午一直要写到午饭时分。至于具体什么时间吃中饭并不以饥饿程度决定,而是以一天工作量是否完成决定;每天一千字是我朋友给自己的工作定量,正常情况下三四个小时即可完成,而只有完成一天的工作量之后他才会吃饭。当然这是在正常的情况下,遇到非正常情况那就说不准了。我朋友曾经有过从上午七点到晚上九点在电脑前坐了十四个小时且一个字没写的经历。那天上午我朋友刚在电脑前坐下来,门铃突然响了。他起身开了门,门口站着的是邻居丁大爷。

在家呢?

大爷有事吗?

丁大爷说,不好意思!我来问一下,院子里的小车是你的吗?

我朋友有点懵圈,问:什么车啊?

你出来看一下吧!

我朋友所在的小区不大,一共就三幢楼,呈U字形排列。我朋友住在U字最底部那幢楼的一楼。那天他跟着丁大爷出了单元门拐过楼道后果真看见一辆小车沿着墙边静静地停着。就是说这辆小车是停在我朋友家的山墙边上的。几个邻居看见他就问,是你们家的车吗?

不是啊。我没有车的。

邻居们就抱怨,这是谁家的?真不像话!把车停到这里我们还晒不晒衣服了?

我朋友所在的小区很小,可利用空地有限,也就U字中间那巴掌大的一点地儿。其中靠近大门位置是小区主要的进出通道,基本没有利用价值,剩下的U字底部的一点空间则被一些大爷大妈拉上了晾衣绳,一没事就把家里的被褥拿出来晒,冬天晒夏天也晒,空地就被被褥、衣服、床单给占据了。当没有邻居晾晒衣服被褥时,偶尔也会有人把车子停在这里,基本都是某一户人家亲戚朋友过来临时停一下,过不了多久就会自行离开。多年来大家相约成规相安无事,所以今天看到有一辆车突兀地出现在小区里都觉得恼火……

邻居们还在叽叽咕咕地对着这辆车发泄着不满。我朋友的注意力却被这辆轿车吸引了。虽然我朋友自己没有车,但是对各种品牌的车子并不陌生。奥迪、讴歌、现代乃至中低配置的宝马、奔驰等等,但是眼前的这辆车却有点特别。首先它是一辆新车,是新得无与伦比的新,几乎是刚从生产线上下来;车身光洁锃亮一尘不染,轮胎上的纹路清晰饱满,看不出有任何磨损的痕迹;车型的设计尤为新颖,线条流畅动感十足,即便静静地停在原地,也像在平稳而快速地前行……车头上的金属标志是一只展翅的雄鹰,中间是一个红色的字母 B 或者是数字 8,做工精致鲜艳夺目,当这辆车向前疾驶,这只鹰就会展翅飞去……

车子前后都没有牌照,不是临时撤下的样子,应该是还没上牌照……

一辆轿车突兀地出现在小区,仿佛一根鱼刺扎进了食道,扎得一众邻居百般不快万般不适。他们楼上楼下挨家挨户地询问,一圈问下来没有一个人承认是自己家的车。大爷大妈就去找社区工作人员反映情况。社区工作人员过来看了一圈也束手无策:车主没有留下任何联系方式,没办法通过有效的渠道联系到车主,同时车子也没有牌照,基本堵死了通过车牌寻找到车主的可能性。就说,什么联系方式都没有,我们也没办法。

邻居们急了,那我们怎么办?

社区工作人员:要不你们报警吧,让派出所查一下监控。

一语惊醒梦中人。有人掏出手机报了警。十多分钟后派出所的管段民警小宋和一个辅警到了。小宋和大家都很熟悉,一见面就大爷大姐地瞎打招呼。他把大爷叫大爷,称大妈们为大姐,你说说这情商！大清早的，晒太阳呢？他笑眯眯地问。

大爷大妈就喊，小宋快来帮帮我们。七嘴八舌地把事情诉说了一遍。

小宋绕着车子观察了一下，摇头，这没法查。

众人七嘴八舌地，不是有监控探头嘛！你们查一下监控不就一清二楚了。

小宋笑眯眯地说，大爷大姐你们也真会开玩笑，这点小事就报警，当我们整天没事做呀？再说了，监控虽然装好了，现在还没正式开通呢。转脸对一旁的中年辅警，老胡，我们走。

说完甩手走了，留下一地懵逼的群众。老半天才有人反应过来，一蹦三丈高地朝小宋的背影喊，没开通怎么不早说！一想到自己跟一个假探头斗智斗勇好几个星期每个人都很愤怒。

这天虽然最终没能解决这辆车的问题，但是缓解了众人对监控探头的紧张情绪。众人不咸不淡地又发了一阵牢骚后便偃旗息鼓了——与大多数时候一样。

饭　局

每天下午两点一过我朋友就烦躁起来，时间越往后这种烦躁感越强烈，直到等来一个邀约饭局的电话——

喂！还在忙吗？

还好。

晚上没事一起坐坐吧!

——只有等来这么一个电话,困扰着我朋友的那种烦躁感才会烟消云散。每天一场的饭局既是他的病也是他的药。这种习惯是从什么时候开始的已经记不清了,却像鸦片一样在时间中延续下来。无论如何,饭局对于每一个城市人都不仅仅是满足口腹之欲的聚会,它是脆弱的生命损耗了一天之后自我充电的机会;一群朋友围坐在饭桌前,喝点酒聊一聊人生苦短儿女情长,间或互开几句无伤大雅的玩笑,再犯个浑抖个机灵啥的。所以饭局从来不是几个熟人聚在一块儿吃一顿饭这般简单,它是人们为自己生命续费或充电的一种方式。

电话一般会在下午四点之前打来,而我朋友的期待从中午之后就会展开。如果电话四点后才打来,即便再想去,自己都会委婉地拒绝的——迟到的邀约基本上属于补缺性质,这对于被邀请的人而言是不可接受的。何况这么大的一个城市不止一个"续费点",除了饭局还有酒吧、KTV、茶馆等等,自己并不是非此不可。

今天的电话四点半才出现,在此之前我朋友暗暗发誓,下面无论谁来电话自己都会一口拒绝的,然后电话就响了。是老陈。

老陈是一个摄影师,他们是在一个摄影展上认识的。

老陈啊!有事吗?

是这样。我有一个亲戚从北京来,晚上一起吃个饭吧!

我朋友一愣,说你和亲戚吃饭是家宴,我一个外人不便叨扰,我们还是另外再找机会聚吧。

老陈说别呀!我这个亲戚也是艺术圈的,跟你还认识。

我朋友好奇起来,他也是写小说的?

不是,她是电影导演。

我朋友快速地在记忆中搜索了一下,说我不认识北京的导演啊!他叫什么名字?

老陈哈哈笑起来,她在我边上,不让我说。你来吧,见了面不就知道了。

我朋友六点准时到达饭店,老陈和北京来的导演已经到了。导演竟然是个四十多岁的中年女性,笑眯眯的一脸福相。看见我朋友进来没等老陈介绍便躬身迎上来,是赵老师吧!我是兰艺。

兰导好!

今天吃饭的人不多,就老陈两口子和这位导演,另一个是一位年轻的女性,我朋友进来后她一直埋头在玩手机,女导演捅了她一下她才放下手机站起身叫了一声赵老师好!看样子是兰导的助理。我朋友注意到她的个子似乎很高。

服务员开始上菜。几个服务员轮番上场,极短时间内一桌菜就上齐了。老陈拿着一瓶白酒要给我朋友倒酒。我朋友伸手捂住杯子,昨天喝多了到现在头还晕,就不喝白的了。

老陈说那不行!你的酒量我还不知道?用瓶口顶着我朋友的

手想把他的手挑开,我朋友死死捂着不肯就范。

在一旁的兰导说要不就给赵老师喝点红的吧。拿起桌上一瓶红酒起身走过来给我朋友倒了小半杯红酒,回到自己位置上却没给自己倒,端起面前的半杯茶水说,我以茶代酒敬敬赵老师!

我朋友说不对啊兰导,酒桌上没有这道理吧?

兰导说不好意思!我有高血压和糖尿病,不能沾酒。我朋友还没说话,身边的老陈端起酒杯说,我代兰导先敬赵老师一杯,一仰头把一杯白酒咕嘟一声灌下去了。我朋友只得喝了这一口。

整个席间兰导有一句没一句地跟我朋友瞎聊,话题宽泛。有一段甚至聊起了中国足球。她问我朋友这次国足冲刺世界杯有戏没有?我朋友还没开口她直接抢答道,我觉得还是不行。中国人这种身体素质就不大适合这项运动,可整个国家就偏偏要在足球上证明一点什么,这不是缺心眼儿吗?

开始我朋友还惦记着要跟导演多聊聊,记得老陈在电话里说她和我朋友以前相互见过,但是兰导始终不提这个话题我朋友也不好硬聊。也许这只是生活中的一例修辞,是别人对你的一种客套,你在乎你就傻了。一念至此我朋友就放开身段专心喝酒了。我朋友后来瞄上了女助理。我朋友一直对她的身高很好奇,借一次敬酒的机会问她有多高?

女助理调皮地说,赵老师愿意猜一下吗?

我朋友那时已经有点晕了,浅薄地问,我猜中了有什么奖励吗?

女助理一歪脑袋想了想。那我们打个赌,如果你猜中了我喝一个满杯,如果你猜错了你喝。

我朋友说行啊!

兰导在一旁笑眯眯地对助理说,别没大没小的!

没事,我们就玩个游戏,不会让他喝多的。

兰导微笑着没再说话。

女助理站起身抓起酒瓶倒了一个满杯,然后把酒杯放在转台上静静地看着我朋友。我朋友有点紧张了,盯着她看了一会儿,说:能请你站起来让我目测一下吗?

女助理大方地站起身,还离开座位走了两步,然后落座。

我朋友思考了一下,脱口道,一米七六。

女助理的脸上显出一丝诡异的笑意,我朋友顿觉不妙,刚要改口,一旁的兰导哈哈大笑起来,边笑边鼓掌,赵老师厉害!赵老师太厉害了!

女助理疑惑地看了兰导一眼,微微一笑站起身,我输了!端起酒杯一饮而尽。

兰导大快,使劲地鼓掌,好!好!端起水杯招呼大家,我们一起喝一口吧!

女助理拿起酒瓶走过来添酒时,悄悄把嘴贴在我朋友的耳边说了一句,我一米八二……

我朋友顿时尴尬不已。兰导似乎察觉到了他的情绪,笑着说道,孩子不懂事,赵老师见笑了!

我朋友说没事,没事。突然反应过来,说她不是你的助理?

兰导说这是我孩子。看了她一眼补充了一句,她是三瓶红酒的量。

这一句话让我朋友顿觉人生无趣,硬着头皮没话找话道,兰导那么年轻孩子都这么大了,好福气啊!

兰导娇笑道,快五十了,不年轻了。赵老师孩子应该也不小了吧?

我朋友说我没孩子,停顿了一下补充了一句,我没结过婚。

兰导:这么些年怎么不找个人呢?

我朋友叹了一口气,说也不是刻意不找,最初觉得还年轻,玩心太重,等反应过来已经晚了,也可能是错过了本该遇到的某个人,然后就一路被时间诅咒了……

这个话题似乎激起了兰导的兴趣,侧身问我朋友,赵老师在南京大学读过作家班是不是?

我朋友说没错。半开玩笑补充了一句,出于某种虚荣,我在公开场合一般只称自己是南京大学毕业。

那2005年4月28日那天下午的事你还记得吗?

我朋友一愣,这我哪能记得呀!问她:那天发生了什么事?

那天是周四。下午你们作家班有两堂计算机课。任课老师叫姚松。你们两点钟上课,四点钟下的课。你大概四点二十分左右出的汉口路校门。你那天上身穿一件黄色长袖T恤,下身穿一条旧牛仔裤,脚上穿一双白色旅游鞋;牛仔裤右边膝盖处已经破了一个窟窿。出了校门后你沿着汉口路向东走,正是夕阳西下的黄昏时分,路上的行人不多,你走得很慢。那时的汉口路两侧有一些旧书摊。你在一个旧书摊前逗留了一会儿,没发现有自己喜欢的书就离开了。刚走出两步,在旁边书摊上看书的一个女学生突然追了上来,说同学你是南大的吗?你停下脚步,说是的,有事吗?女孩儿说我在那边一个书摊上买一本书,差五块钱。我能不能用南大的菜票跟你换五块钱现金?你就给了她五块钱却没要她的菜票;你是走读生,上完课都回家吃饭,所以菜票对于你没有意义。女学生似乎有点过意不去,非要把菜票塞给你……

我朋友惊讶地问,这事你从哪儿听来的呀?

你先说这件事是不是真的。

我朋友挠了挠头,这我真的不能确定,不过有一个点倒是属实——我在校的那几年南大校门口的确有一些旧书摊。我那时穷,买不起新书,所以经常会逛逛旧书摊淘一点自己感兴趣的书。至于你说的那个女生拿菜票换现金的事我记不清了,只依稀有点印象。你既然说得这么具体,应该还是真的吧!可你又是怎么知道的?

兰导:你怎么不关心那个女生究竟是谁呢?

她谁啊?

在地下通道

这顿饭一直吃到快九点半才散。和兰导一行分手后我朋友没有打车,沿着大街向前走着。这天他还是喝多了,这主要是在饭局的后半部分他与兰导的女儿较上劲儿了,他不相信一个娇弱的女孩子会有三瓶红酒的量,跟她连干了三大杯,兰导拦都拦不住……

夜晚的大街上空旷安静,街道比白天显得宽了不少。偶尔有车驶过会在空旷中溅起一阵轰响,汽车过去后又迅速熄灭了。走到一个十字路口时我朋友进了一条地下过街通道,他要到街对面去。沿着阶梯刚下到地下就听见有歌声传来,拐了一个道口后看见了一个卖唱的小伙子;小伙子用一个移动音响放着伴奏,自己举着麦克风卖劲地唱着,周围还围着三五个听众。我朋友本来要拐向另外一个方向的,也不知出于什么一种心理,竟然放弃了计划的路途,循着歌声走了过去。让我朋友感兴趣的一点可能是小伙子唱得实在太差了,要嗓子没嗓子要乐感没乐感。人打扮得倒是挺文艺的,一身的牛仔,一头长发,精瘦精瘦的。如果不唱歌还挺给人好感的,可是一亮出嗓子那一切都不对了。这种水平的歌手也能出来骗钱?着实令我朋友不快。

我朋友走到近前时恰好一首歌曲结束。围观的人纷纷鼓掌,有人还掏钱往他脚下的一个纸盒里扔,唱歌的小伙子礼貌地欠身致谢。一圈互动结束后,小伙子重新举起话筒:为了感谢大家,下面我再演唱一首《掌心》。众人再次鼓掌,前奏响起,小伙子把麦克风移到嘴边,略一运气刚要张嘴,我朋友大叫一声:等等!

所有人都把目光集中到我朋友身上。小伙子错愕地看着他,把话筒放下了。你好这位先生!有什么事?

我朋友说,我能不能点歌?

小伙子迟疑了一下,解释道,我的曲库不是很全,你要点什么歌?

《天堂》。

这歌不太好唱,要不你点一首别的吧。

就这首。我朋友缓了一口气接着说,我点的歌不是要你唱,是我自己唱。

小伙子疑惑地,你想在我这儿唱歌?

是的。

小伙子面露难色,大哥,我是靠这个吃饭的,别挡路好吗?

一股酒劲冲上脑袋,我朋友掏出一张一百的钞票拿在手里啪啪甩着响儿,一百块钱唱一首,你就说干不干吧?

话音未落小伙子一把把钱抓到了手中,快速把话筒塞到我朋友手上了。生怕他不接,话筒塞进手中后还用手包住我朋友的手用力握了一下,另外一只手顺势摁响了前奏……

蓝蓝的天空,清清的湖水(嗯安),碧绿的草原,那是我的家……

我朋友 | 185

一开始我朋友稍显拘谨,还唱错了两个滑音。唱到副歌部分时人已经完全放开了,最后只用了一口呼吸便完成了难度最高的哼唱部分。

一曲歌罢掌声骤起,众人一边鼓掌一边叫好。一对年轻的情侣显得尤为激动,女孩儿站在原地一蹦一跳的,扭头跟身边的男朋友说了一句什么,跑到我朋友身边求合影,男朋友冷冷地举着手机。我朋友就对女孩儿说,要不把你男朋友也叫上吧!

女孩子说别管他。朝男朋友喊,快点拍,多拍几张。

在我朋友和女孩儿摆姿势准备拍照时,卖唱的小伙子乘机把话筒从我朋友手中拿走了。拍完照女孩儿兴高采烈地回到男朋友身边,这边卖唱的小伙子举着话筒说,感谢这位先生为大家演唱,下面我为大家演唱一首爱情歌曲《心雨》……

拍照的女孩儿喊了一声,我们不要听你的,指着我朋友,让那位大叔再唱一首吧。

她的提议引来围观的人一致赞同,对!让他再给我们唱一首。

卖唱的小伙子懵了,站在当场无限尴尬。我朋友顺势剥下他手中的话筒,举着话筒对大家,谢谢你们鼓励和支持!下面我再为大家演唱一首《天路》。

大家热情鼓掌。小伙子脸色不好看了,杵在原地没动弹。我朋友举着话筒准备开唱,等了半天发现没有音乐,转过头对小伙子,麻烦你给一下音乐。

小伙子满心不情愿地打开了音乐,我朋友咬着前奏最后一个音唱起来,清晨我站在高高的山冈……第一句便博得了一个满堂彩,然后越唱越来劲,此前觉得难度较大的段落也能轻巧把握,到最后几近忘我状态,所有的现实困厄、喜悦甜蜜都远去了,只有音乐从灵魂中升腾并弥漫。围观的人群被我朋友的情绪感染,随着节奏齐声高唱,歌声像一只肥胖的野兽在地下通道里四处乱窜,余音四溅。

那天我朋友一连唱了三首歌,感觉像开个人演唱会一般酸爽。围观的人最高峰时有二十多个,黑压压的一片。等唱到第三首时卖唱的小伙子说什么也不让我朋友唱了,给钱也不行。他快速地收拾了一下,提着音箱就走。走出很远了我朋友发现地上收钱的纸盒子没拿就朝他喊,你的盒子没拿,你的钱没拿。

他走得更快了,一溜烟地拐过道口后消失了。

围观的人群还沉浸在美妙的音乐中,鼓励我朋友继续再唱,清唱。我朋友却突然没了兴致,掉头离开了。

论监控的非现实倾向

这天晚上是几点钟到家的我朋友已经记不清了,从地下通道出来后酒劲犯了,刚开始还有点意识,后来就彻底晕了……等他从睡梦中醒过来已经是第二天清晨了。他是被窗外叽叽喳喳的嚷嚷声吵醒的。忍着剧烈的头痛打开窗户,发现一群邻居围着那辆宾利车七嘴八舌地议论着什么。我朋友好奇地问了一句,大家伙儿干吗呢?他的意思是没事别在这儿瞎吵吵,耽误自己睡觉。

邻居七嘴八舌地说起来,说了半天也没说明白。我朋友好奇起来,穿上衣服走了出去。原来那辆崭新的宾利车不知被谁砸了。现场满地的碎玻璃,几乎所有车灯都被砸了,车身更是凹凸不平的,靠外侧的前轮胎也瘪了,下跪一般瘫在地上……

我朋友问谁干的这是?

邻居说不知道谁干的。早上一出门就发现车变成这样了。

虽然没人承认是自己干的,我朋友猜大概率还是小区里的某个(或某几个)邻居所为。原因大概是看着不顺眼。想想也是,自己小区的车都不进来,某个不自觉的家伙招呼不打一个就偷偷把车停在这里来了,的确让人心生不快。还是一辆宾利。不过话又说回来,因为自己不痛快就把别人的车砸成一堆废铁肯定也不厚道。

我朋友说,这车坏成这样车主该心疼坏了。这可怎么是好?

邻居说你是作家,你给大伙儿出个主意吧。

我朋友说依着我还是得报警。

几个邻居一起说,监控还没开通,报警也没用。

我朋友说报警不是要找出肇事者,而是要让警察想办法把车给拖走。总不能永远停在这里吧?

邻居热议起来,有的赞成报警,有的认为反正不是我们的车,被砸活该,管他呢!

看他们样子一时半会也讨论不出什么结果，我朋友就回去继续睡觉了。

也不知道睡了多久，一阵急促的敲门声突然响起，非常急促没礼貌的那种，有仇似的。我朋友没好气地问，谁啊？回答他的是更加激烈的敲门。我朋友气急败坏地起来拉开门张嘴就要骂，一看见门外的人立刻厌了——门口站着三个警察，除了小宋另外两个不认识。三个警察神色凝重，其中一个领头模样的问，你是某某某吧？

我朋友说是。

他看了我朋友一眼，请你把衣服穿好，跟我们走一趟。

我朋友彻底懵了，怎么了？出了什么事？

小宋堆起一脸笑意道，没什么，请你去问个事，一会儿就好。

小宋这一说我朋友稍稍放松下来。返回房间穿好衣服。不过临出门前他还是耍了一下小聪明，装作找不到钥匙的样子对小宋说，我的钥匙找不到了，去你们那时间长不长？时间如果不长门就不锁了。

小宋淡淡说了一句，无所谓。

我朋友就不知道该如何判断了。

那天我朋友进了派出所后三个警察旁敲侧击跟他瞎聊，一副你已经犯了事你自己心里有数的架势，我朋友被唬得呀心里那个十五只吊桶打水……脑子里飞快检讨了一下自己是不是在哪里犯了什么事儿。一点一点地在记忆里抠，把自己从小到大干过的所

我朋友 | 189

有不着调的事情都过滤了一遍，没发现有什么问题。心里一动，忽然想到该不会遇到冤假错案了吧？此前媒体报道过多例这一类的案情，最惨的一个人被关了近二十年。我朋友就怕了，觉得自己坐几年牢倒也罢了，万一被一枪毙了那就太不划算了，自己连婚都没结过……然后各种伤心纷至沓来，最让他担心的是如果真被枪毙了，自己生前常用的QQ、微信、微博、邮箱会落到什么人的手里呢？他们会偷看自己的各种信息吗？会向外散播吗？我朋友就吓坏了，浑身颤抖涕泪横流。就在我朋友即将崩溃之际，警察亮出了底牌。原来他们把我朋友抓来是为那辆被砸的宾利车。简单地说他们认为是我朋友砸了那辆宾利车。证据是监控录下的一段视频。他们后来给我朋友看了那段视频。在视频中我朋友拿着一个榔头对着宾利车一顿猛砸，最后还跳上车顶，用一只脚使劲跺着车顶棚……

看到这个视频我朋友整个傻了。虽然他觉得这事不应该是自己干的，但是监控实实在在放在面前——这显然是自己小区的监控录下的，令他百口莫辩。也许这是自己醉酒之后在无意识状态下做出来的，只是自己记不得了。一想到自己竟然会是这样一个恶棍，他几乎无地自容……

一旁的小宋说，没冤枉你吧？

小宋的话让我朋友浑身一激灵，忽然想到一个问题，说我们小区的监控不是还没开通吗？这个视频是假的，一定是假的。

小宋冷冷地说，你们那片区域的监控昨天晚上六点正式开通的。你撞枪口上了。

我朋友顿时像泄了气的皮球。他开始后悔了,后悔昨天不该去喝那顿酒。管他什么导演不导演的,跟自己有个屁关系。

小宋说现在那辆车的车主是谁尚不明确,我们也不难为你,只要你承诺负责以后一切可能的索赔责任,你就可以回去了。

虽然已经没有掉脑袋的危险,我朋友还是觉得心有不甘——毕竟那也是一辆四五百万的宾利轿车,真要自己赔怎么着也得大几十万上百万的,自己上哪儿弄这笔钱呀!?我朋友搜肠刮肚想啊想啊,脑海中一道电闪,突然意识到一个关键问题。说不对!不对!

小宋不耐烦地,又怎么不对了?

我朋友问,监控上我砸车的时间是几点?

晚上九点四十五分开始的,持续了十分零三十五秒。

我朋友的心鼓一般咚咚咚地急跳起来,颤抖着声问,鼓楼地下通道有没有监控?

小宋被他问愣了,你说什么?

我朋友说我就想问一下,鼓楼广场的地下通道里有没有监控?

小宋:那是公共交通要道,十年前就装了监控。他不无好奇地,你问这个干什么?

我朋友哈哈大笑。他记得昨天晚上自己离开酒店时已经快九点半了,沿着中山北路走到鼓楼少说也要二十分钟,然后在鼓楼地下通道还唱了两首歌,再从鼓楼走回家,无论如何自己也不可能在九点四十五分出现在小区砸车的。一念至此不由得开心大笑起来,且越笑越开心。

三个警察被我朋友笑得面面相觑,不知道他为什么那么开心,那个领头的警察猛一拍桌子,你给我老实一点!

我朋友愈发地大笑不已……

结　尾

最后的结尾很简单。警察们调出了当天晚上鼓楼地下通道的监控录像,看到了当晚九点四十五分时我朋友正在那里纵情歌唱。时间恰巧与砸车时间重叠……

数日后小宋领着一个辅警上门向我朋友致歉,说现在已经查清楚了,小区的监控因为刚开通,系统不稳定出了技术故障,造成一些小误会。现在可以确定宾利车被砸与你无关。

我朋友就问,既然跟我无关,那录像中怎么会有我出现?

小宋说这是机器故障导致的。

如何导致的?

那就是技术问题了,需要找技术人员咨询。

我朋友被气得差点笑起来,说好吧!我再问最后一个问题。宾利车被砸是事实吧?既然不是我砸的,那又是谁砸的?

小宋说这个我们还在排查,有些情况目前不方便对外透露……

魔　方

在这个世界上总有一个人会被你寻找和记忆。他是你的兄弟、妻子、朋友或者仇人。当他出现时你还很小,当他离去后你开始给他写信。

李卫:

现在是上午十点多钟,你起床了吗?你是不是已经从被窝里坐起来,身体斜靠在床头又点起了一根香烟。尽管隔了许多年我仍然能在你的背后闻到一股浓烈呛人的烟味。我能体会到你此刻的心情,你的思维和心情也和你的身体一样斜靠在床头,盛着颜料的小碟子里的各种颜料正在准备汇合,一支搁在碟子边缘的画笔不为人察觉地轻轻地跳了两下。在你从床上坐起来的一刹那,颜色和笔也醒了……

我不知道自己的记忆究竟是在哪一点上出现了偏差。现在我能记起你每天上午起床时的情景,甚至也知道你有不刷牙不洗脸的习惯,可这一切我是怎么知道的?还有那个孩子,他从哪儿来?他叫什么?他利用看小人书的举动掩饰着自己内心中的紧张,并趁你不注意的当儿在你的背后偷偷用鼻子嗅一嗅空气中浓烈呛人的烟味。记忆中的这一幅画面在时间中不断地反复、交错并延续,如果此刻你允许,我想试着追溯一下你们第一次见面时的情景。那是一个深秋的上午,风很大,街道上落满了枯黄干燥的树叶,被风追得四处乱跑,咕吱嘎哑地发出声响。那个孩子为了捉住一次响声,踩着一地的树叶从老远——也许并不很远的地点一直走到你的房间,跑过了一条嘎吱作响的街道或者穿过了一条危险的童年走廊。当时你正在画画,你的思绪还沉浸在一幅刚刚动笔的画上,对这个不速之客的到来没有在意,只是回过头朝他笑了一笑,然后继续着你的画。那个孩子站在一旁好奇地注视着你的一举一动。他奇怪你站在画板前运笔的姿势,也奇怪那些通过你的手之后变幻的颜色以及落在画布上之后所形成的图案。他断定瓷盘子里的颜色和落到画布上去的是绝对不同的两种颜色,那些图案本身就蕴藏在各种颜色之中,而你又将自己的想法藏进了图案。这是渐进的秘密,一束逐渐走远的光。那天你斜站在画架前,在你的身后一步远的墙壁旁搁着一张单人床,床上的被子胡乱地堆在一起,床单上的数道褶皱记载着你夜里的做梦和翻身,那只白色的枕头中央黑乎乎地印着一层头油,此刻直直地靠在床框上方的墙壁上;靠近床头的地上散落着一地的烟头,一束阳光从窗户里照射进来,贴上了另一端的墙壁,为你的色彩增添了一点暖意。房间里散发着一股怪味,那是混合了香烟、色彩、阳光以及臭脚丫的味道,光线灰蒙蒙的,充满了烟雾似的。许多年了,你放在墙角的那些画是否已经陈旧?上面落下的灰尘是否已经改变了当初的颜色?还有那个孩子,他是否已经趁机长大?我有理由相信长大的孩子可以和你成为朋友,与世上所有的成人一样,你们可以通过交谈走上一条用语言架起的桥;他会挣脱小人书、颠来倒去的故事、一两盒粘满各种颜色的蜡笔等等不着边际的虚幻之物为他设置的禁锢,而在一天的清晨突然地长大,成为你的朋友。这个世界上没人能够理解你用颜色讲述的故事,你用线条和色彩掩盖了你要表达的内容,可这一切却在一点一点流逝着的时间里被那个孩子轻易识破。他在你的色彩和图案里自由地进出,衣服上不会粘上半点颜色。以后的日子里你们将长久地在一起,像一个人和他的影子,绘画、诗歌、女人将构成你们永远的话题……那是另一个世界,没有乞丐、医生、警察、罪犯、领导、父母、朋友以及工作、爱情、避孕药、阿拉伯数字等等乱七八糟的东西,那些拖着货物行驶的汽车、大饭店门前游逛着的同性恋者、每天的 8 小时工作都已经被你们用自己的语言和颜色隔离。是的是的,你多次谈到"巴黎"。那是一个欧洲的城市,距离我们遥远异常,我们唯有通过自己的颜色和语言之路才可能顺利地抵达其中。生活在巴黎的你们有权力挑选自己的邻居:尼姆斯基·科萨科夫、庞德、卡拉扬、高更、马蒂斯、凡高、巴塞尔姆、格诺、洛尔迦、品钦、黑勒、多克特罗、卓别林、卡斯特罗、马拉多纳、福尔曼、韦赫、卡布兰、贾秀全、荆轲、秦始皇、保尔·西蒙、斯巴达克思、燕妮、杨振宁、费孝通、关羽、托马斯·沃尔夫、川岛芳子、罗大佑、魏晨泓、贝尔纳·塔皮和皮尔·卡丹等等;你要向他们灌输"邻居好,赛金宝"的道理,要和他们和睦相处,不要为争楼道里的一点地盘或因为每月多交一两块钱的水电费而与他们产生矛盾,也不要轻易打他们女人和女儿的主意,一定要记住"兔子不吃窝边草"的国训,并且要使他们相信;平时有空要多和他们聊聊家常,遇到逢年过节时要和他们做到礼尚往来投桃报李滴水之恩当涌泉相报一家有难大家支援。在和所有的邻居们友好相处的同时,你们也应提防邻居中间的另一小部分人,他们是周建明、加西亚·马尔克斯、海明威、孟秋、梅里美、李霞、莱因克尔、羊脂球、托尼·莫尼森……这些人要么是浪得虚名之徒,要么就是自卑到了自命不凡地步的蠢家伙,他们不仅令人恶心之外且一无是处。所以对这些人要提高警惕,与他们交往时要做到敬而远之、小心谨慎、不卑不亢、君子之交淡如水,平时没事不要去他们那儿串门,也不要跟他们借钱更不能借钱给他们……

你去过巴黎吗？

我没去过。你去过吗？

巴黎是一个城市,在欧洲,二战时曾经是一个战场,距离美国和美国的得克萨斯非常之远。我没去过法国,从没去过,但是我一直想去来着。我一直感觉自己能够为巴黎做点什么,具体什么可能要等到了巴黎才能知道,要等到那时我才能告诉你们这一切。就我知道的而言,曾经有过那么一些家伙年轻的时候都去过巴黎,其中有海明威、李卫等等。他们都是在傍晚时分到达巴黎的。海明威在巴黎东游西荡,整天都想写一部震惊世界的小说,想累了便将自己的脑袋靠在巴黎的肩膀上休息上一会,像一个依偎着丈夫的小妻子;而李卫一下火车便朝着巴黎跪下了,然后伸出他那被中国产的劣质颜料浸染了多年的手,顺着巴黎的脚一直摸到了她的大腿根……他们俩当时都是 25 岁左右的年纪,现在我离 25 岁的生日还有十天,十天之后的那个傍晚我应该在巴黎用晚餐,然后再去酒吧或咖啡馆坐上一会,与每一个陌生人都聊上一会儿,就当他们是我的中国哥们。假如时间允许,我还可以选几首诗读给他们听,然后让他们替我付账,在这帮家伙腻味之前我便要打住并立即离开。

  巴黎的夜灰蒙蒙的,街道宽敞空气暧昧,光明在有灯火的地点闪烁,从灯光下面经过的人拖着自己一百多斤的影子,而那些个模样酷似本地人的家伙则霸占着除了路灯之外的所有亮着灯的地方:酒吧、广场、饭店以及各式各样的商品广告牌。他们在上面一律用法语作了标记,这是为了不想让别人——譬如说我用南京话读出其中的秘密。从酒吧溜出来后,我沿着街道朝第九区走去,屁股后面的裤兜儿里揣着十多首诗稿。刚才在酒吧里,我用自己最熟悉的南京方言为那一帮法国佬朗诵了其中的一首诗。在朗诵的过程中有一个膀大腰圆的黑哥们不停地对我嚷嚷着,天知道他想干什么。不过看他那样不像有好事,本来接下去我打算再朗诵一首的,但是因为那个黑家伙最终还是忍住了。我怕因为第二首诗而使自己的下巴遭受到重重的一拳,更怕自己被某一个失去理智的家伙用一把明晃晃的刀子给逼到卫生间里并被他从后面褪下裤子……李卫让我九点钟给他打个电话,现在北京时间是七点半,巴黎时间是中午12点多钟,无论是按北京时间还是按巴黎时间计算都没到打电话的时候,因此我还得在大街上溜达一会儿。这会儿正是巴黎城最热闹的时刻,街道两旁的树木相拥着渐次沉入夜色之中,它们在灯光之外朝着人们叫喊。在树梢的顶端,一轮弯月斜挂在巴黎夜空的左上方,冷静的光线驱动着大街上的汽车一刻不停向前奔驰,带着汽车的声音,天知道它们要去哪儿!玛丽昂电影

魔 方 | 199

院前矗立着一面电动广告牌，画面里的一个手执弓箭的法国小人儿正朝着屏幕的上方射击，一支接一支地射向空气上方的那一轮月亮。当我经过电影院门口时，我嗅到了一缕爱情的味道，犹豫了一下，最后还是买了一张电影票进去了。

在我爱上巴黎城中的某一位姑娘之前，我先爱上了电影中的一只小动物。它瘦小得跟一只老鼠差不多，有一张酷似鸟一般的长而尖的嘴，我进去的时候它正躺在一堆沙子里思考着有关爱情、理想等一些严肃的问题并为此悲苦不堪。这时一只穿着靴子的右脚踩中了它，它随即抛下爱情和理想，一口咬住了这只充满恶意的靴子就不再松开了……后来整个电影的情节发展始终都围绕着小动物和那一只靴子进行着，靴子走到那里，小动物就跟到那里。穿靴子的男演员被它缠得六神无主焦头烂额，最后只好把靴子脱下来，光着一只右脚找电影里的女演员去了……

这天我最终没给李卫打成电话，而是在警察局待了一夜。电影散场后我倒是想到要给他打电话来着，当时我随着人群向出口方向缓缓移动着，满心想着只要一出门就给他打个电话。我大概有四五年没见这家伙了，听张东说这小子最近发了，正忙着四处联系买房子，真没想到像这么一个经常连一包香烟都买不起的家伙现在居然要买房子了，我真的很怀疑他是不是最近抢了哪家银行或者灭了哪个来旅游的有钱人……不过这些跟我都没什么关系，只要他确实有钱就行了。我得赶紧找到他跟他借一笔钱，而且一定要抢在别的朋友跟他张嘴之前借到钱。我们周围的朋友太多，而且一个比一个气质好，因此也就一个比一个穷，只要知道谁有点钱了，那肯定跟苍蝇嗅到臭蛋似的一瞬间就会落满他的一身，并且无论他有二十万还是二百万或是两千万，保证在一个星期之内将他榨干取净，无论他是否愿意。所以我绝对不能再耽搁了。

走出电影院下了阶梯正要加快步伐，突然看见前面有个穿裙子的女人的背影似乎很像一个人，连走路的姿势都很眼熟。她的身边还有一个西装革履的家伙，两个人状极亲密，男的用手挽着女的腰，女的则半倚在男的胸前，不时地将自己的脸暗暗凑向男的，男的走不了两步便歪斜过脸用他那张猪嘴去吻那张主动凑近的脸，一下接一下跟鸡啄米似的。他每往那张脸上啄一下，我的心便疼一下。我加快步伐抢上前去走到他们的身后轻轻咳嗽了一声。可能是我的声音太过轻微，抑或是眼前这两个狗男女太过投入，两个人根本没回头，只是向旁边移动了一下，为我让出了一条路。他们不回头我也不能肯定自己的猜测，只好像一个受气的小媳妇似的搅动着心思跟在他们身后，舌头上一阵阵地发苦，最后当那一张猪嘴和脸又一次接触到一起时，我再也忍不住了，大叫了一声："嗨——！"两个人身体一哆嗦，一齐回过头来，那张一直被我怀疑着的青春娇好的面容终于被证实，我像被人从后面猛砸了一闷棍，眼前一黑，只觉得一阵天旋地转，差点儿没就地蹲下去。眼前的那两个狗男女还在看着我，由于意外的惊恐，四只眼睛睁得贼大，从里往外直冒寒气。那个男的色厉内荏喝道:"你想干什么?"我没理他,而是看着那个女的,只是看着她。渐渐地一层泪水涌上鼻腔,随即又呛上了眼睛。我故作傲慢地微微朝着天空仰起脖子,用眼角瞟着女的说:"胥蝉,你还……好吧?"尽管我竭力控制着自己的情绪,但是声调里依然起了一丝颤音。胥蝉一脸惊恐地往那个男的身后躲,嘴里叫着:"我不是胥蝉!我不认识你!"

女人真会做戏,无论是否经过专业训练,技巧都是如此娴熟。我被她的这一番装腔作势刺激得怒极反笑:"哈哈哈——哈!"我指着她一字一字地说:"说得好!说得好极了!可是两年的时间就凭你这一句话难道就全部能抹掉了吗?"

胥蝉不再理我,拽着那个男的就要走。我大叫一声:"今天不把话说清楚谁也别走!"

那个男的看出了一点什么,他拨开胥蝉的手,走上前来对我说:"哥们,能借一步说话吗?"

我奇怪地看了他一眼,朝后退了一步。男的凑上来压低了声音说:"哥们,我想我知道你们之间是什么关系了。实话跟你说吧,这个女人是个'鸡',我包了她三天,钱都付了,你总不至于让我亏吧!再说即使我不上也会有别的男的上,你根本没必要为这么一个人过于伤感。"

一直在我们周围转悠着的上帝被眼前这个满嘴喷粪的家伙给惹急了,他抓住我的手——像1986年在墨西哥世界杯赛场上抓着马纳多拉和1995年乌拉圭美洲杯赛场上抓住图利奥的手一样抓住我的手,朝着那张正往外说着话的嘴砸了下去。我的手先触到他唇边的一层软硬不均的胡须,扎得手上的皮肤痒痒的,差点没咯咯地笑出声来,然后拳头便准确地砸在了他的嘴上,堵住了他下面的话。那男的头向后漂亮地一甩,脚步踉跄了一下随即站住了,一拧身子蹿上来回敬了我一拳,我们瞬间干到了一起……

后来的情节大概你们也能猜到,我们三个人最后被闻讯赶到的警察带到了警察局。负责审讯的是一个小警察,一脸的稚气。他让我们三个人挤在一条长木椅子上,自己坐在一张办公桌的后面,模样神气。他先让胥蝉说了一下情况,然后又让那个男的说了一遍。小警察听了之后对我说:"这可就是你的不对了,人家正常谈恋爱碍你什么事了?"

我说:"根本就不是这么回事!"

"那你说是怎么回事?"小警察有点恼火。

我扭头看看胥蝉,她用鼻子哼了一个响儿便将脸扭向了一边。这个动作我十分熟悉,她一生气就会做出这个动作,所以一看见这个动作我的泪水瞬间涌上眼眶。我强压着情绪对小警察说:"我今年25岁,四年前21岁……"

小警察又气又恼地抢白道:"这种算术一年级的小学生都会做!"

我没理他,"我21岁那年认识了一个女孩子,她很漂亮而且纯

魔 方 | 203

洁善良甚至还才情过人……"

小警察再次打断我："你别乱扯好不好？与本案无关的事我们不想听。"

"好好,我不扯,我不扯。"我一连声地应着,"当时我们俩都没有工作,也没有任何的经济来源,但是我们在一起却很愉快,非常非常愉快。我们在一起吵架、看电影、散步、买书……她又馋又懒,早晨起来后经常不刷牙就去厨房找东西吃,吃完后才去刷牙洗脸……后来我们有了一个孩子,这对我们俩都是第一次,得知这个消息后我很紧张,一连好几个星期都吃不下东西,晚上睡觉也尽做噩梦,老是梦见自己在四处逃跑,却怎么也跑不快,有时候跑了半天,一回头发现自己其实还在原来的地方,醒来后已是大汗淋漓筋疲力尽了。那个即将来到的孩子彻底打乱了我的生活节奏,并妄想改变我,这尤其令我害怕。当然,后来他并没有来到这个世上,他只在这个世界的大门前转了一圈探了探脑袋后就回去了,离开时还轻轻地叩了叩我的门。这个结果让她很伤心。她一天天地消瘦下去,满是光泽的眼睛也犹如暗淡下来的灯火一般,失去了以往的生气与活力,乌黑的头发中也突然生出了丝丝白发。那段时间的空气似乎也显得沉重,沉甸甸地压迫着我们的呼吸,视线中的一切都是灰蒙蒙的,简直让人难以忍受。终于有一天,她突然说要离开这个城市了,就是说她要将本来放置在我身边的一份睡眠、饮食、梦想、爱情全搬到另一个城市里去进行,远远地离开我和南京。

她对我说她无法忘记最近发生的一切,每天只要一闭上眼睛就能看见那个孩子在哭,在叫她。她说要换一个地方重新开始自己的生活。对此我又能说什么呢?我和她对最近发生的一切都无能为力。我们都太年轻……"

我停下来,因为觉得嗓子眼哽得难受。小警察这回没说话,隔着桌子扔给我一根香烟,我点上烟吸了两口继续往下说:"……本来说好我不送她的,可后来我还是去了。那天等我骑着自行车赶到她家时,她已经走了,房子空当当的,我扒在窗户上向里看啊看啊……后来我一有时间就去她原来住的房子前待上一会儿,我总觉得她并没有离开,只是藏起来了,想突然从哪儿跳出来吓我一跳。她临走时没给我地址,后来也没有来信,我们之间所有的一切都被斩断了,我到这时才知道失去一个人也包括失去她的地址和消息。我本来以为自己这辈子再也见不到她了,可没想到今天晚上却在电影院前见到了她。当时我简直不敢相信自己的眼睛,因为她这时候应该在另一个城市里,即使是看电影也应该是在上海的某个电影院,譬如大光明、大世界等等……"

这时坐在另一头的胥蝉对小警察说:"警察同志,我根本不认识这个人。"

我一听就火了,腾地站起身想要说话,小警察大喝一声:"坐下!"我只好满心不情愿地又坐了下来。小警察指着胥蝉问我,"你肯定她是你过去的女朋友?"

魔 方 | 205

我点点头。

"她叫什么名字?"

"胥蝉。"

"今年多大?"

"23。"

"她家里有几口人?"

"连她爸爸在内五个人。"

小警察奇怪地瞪了我一眼,"你不是说她爸爸死了吗?"

"那就四口。"我说。

小警察转脸要对胥蝉说话,我见状急忙加速地说:"我还知道她妈在江南光学仪器厂工作,她还有两个弟弟,大弟叫大明小弟叫毛头……"

小警察回头怒气横溢地呵斥道:"你给我闭嘴!"我一惊急忙收住了嘴。他朝胥蝉点头示意,"现在你说吧。"

胥蝉说:"我不叫许什么产,我爸爸没死,我也没弟弟,我妈在新街口百货商店工作。"

"那你有什么可以证明的?"

胥蝉打开那只小包,翻出了一张身份证走上前递给了小警察。小警察看了一眼还给她说:"好了,对不起,你们可以先走了。"

我大叫道:"她撒谎,她就是胥蝉!烧成灰我也认识她!"

小警察操起一根警棍走过来抡起胳膊给了我一下,一棍子就把我揍到凳子下面去了。

胥蝉和那个男的走了,我倒在冰凉的地上,大睁着眼睛看着他们的四只脚错落有致地走过去。胥蝉脚上穿的是一双黄色软皮鞋,鞋帮子上还缀着一个小绒球,色彩鲜艳弹性良好,走动时宛如一杯晃动中的鸡尾酒。他们走出去之后,小警察走过来用脚尖踢了踢我说:"睡在地上很舒服是不是?怎么说你也是个男人,这样算什么呀?"停顿了一下,放软了口气,"再说那个女的确实不是你的女朋友,她叫胡娟。不过就算是你的女朋友,人家也有重新选择的权利嘛。好了,好了,你起来吧。怎么?想要赖呀!你到底起不起来?"

等我从警察局出来,已经是第二天上午7点多钟了。巴黎的街道上冷冷清清的,一夜的喧嚣都已散去,星形广场上的无名战士墓碑前,长明火一如既往地燃烧着;在周围,十二条大道如一朵莲花的十二瓣花瓣,围绕着一盏灯火展开,广场、广场,星一样闪烁。被黑夜收藏了一夜的建筑和树木,因为一盏逐渐暗淡下来的灯又回到了原来的地方;因为夜晚失去的一切,又被黎明恢复,除了爱情,一切都未曾改变。

我在广场上转悠了一会儿,然后拐上香榭丽舍大街朝家中走去。这条大街最近刚刚翻修完毕,现在的双向行车道均可供四辆汽车并排行驶,拓宽后的人行道上全部铺上浅色的花岗石,四排高大的梧桐树组成了一道绿色的走廊,古铜色的雕花灯挂上的灯还未熄灭,翠绿色的灯光正被日光逐渐地减弱。在路边的一张靠背长椅上,有一个流浪汉正睡得香甜,我走过他身边时,听见他在梦中轻声嘟哝了一句什么。我尽量走得很慢,不是因为累,而是为了能迟一点到家。老爷子每天上午8点钟才离开家去上班,这也决定了我每天上午必须在8点钟以后才能回家。我沿着大街向前走着,同时在心中盘算着借钱的事。昨晚上因为一场电影而耽误了给李卫打电话,今天无论如何不能再拖了,我必须尽快跟李卫借到钱。在走到前面一个公共电话亭时,我进去给李卫拨了一个电话,转脸一想他这会儿肯定还在睡梦之中,如果这时吵醒他跟他谈借钱的事准不会有好结果,只好硬生生地挂上了话筒。

八点一刻我到了家。刚一打开门一股生石灰的霉烂气味迎面扑来,呛得我忍不住张嘴打了一个喷嚏。据此判断老爷子肯定不在家。我进了房间后将四个房间的窗户逐一打开,流通起来的空气夹着一股微风顿时吹散了房间里的气味,我的情绪为之一振。这时肚子咕咕一阵叫唤,我饿了。跑到厨房打开碗柜想找点吃的东西,但是没有,最后只在冰箱里找到了一根生黄瓜,我抓起来先啃了一口,然后去水龙头前放水洗了洗。我此时的精神极其亢奋,没有丝毫困倦。我坐在客厅的大沙发上一边啃着黄瓜一边抓起茶几上的遥控器打开电视,调到12上。这个频道最近正在播放一部台湾电视连续剧,说的是一个女孩子同时爱上兄弟俩的故事,特别地滑稽,我几乎一集不落。电视剧还没开始,电视上正在连续不断地播着广告,什么治脚气的、治阳痿的以及雨水润肤露、旁氏化妆品等等,其中还有"马家军"做的中华鳖精。

"每天这么练累不累呀?"

"能不累吗!"

我嚼着黄瓜问张林丽她们:"那怎么办呢?"

这时马俊仁出现。他手举着一支针剂一般形状的黄色瓶子憋着一口东北的方言说:"我们大伙都爱喝中华鳖精。"每当放到这个镜头,我便乐不可支。今天也是一样,马俊仁刚一露头我便学着他说道:"我们都爱喝中华鳖精。"等我说完之后马俊仁才说出这句话,这一刻时间的差距更显效果,我含糊着满嘴的黄瓜一头笑倒在沙发上,瘫成了一堆烂泥。

等看完电视已经快11点钟了。这时候我也困了,关了电视进了自己的房间一头倒在床上。正迷糊着,突然想起借钱的事,浑身一激灵,翻身跳下床跑进客厅去抓电话,电话却先响了,吓了我一跳。我抓起话筒,听到一个声音怒气冲冲地朝我问道:"你这一段时间到底在干什么?怎么老是往外跑,整夜地不回家?"我没说话,电话那头又说,"你今天给我在家待着,下班后我要和你谈谈。"说完"啪"地挂了电话,震得我的耳朵嗡嗡地一阵乱响。我短暂犯了一会儿傻,然后开始给李卫拨电话:3613268。话筒里是一阵忙音,我继续拨,又是忙音,再拨,还是忙音。第四次电话拨通了,嘟——

魔 方 | 209

地一声响过之后,话筒那头有个声音轻柔地说:"你好,大渊。"

我说:"请找一下李卫。"

"对不起先生,请问你要什么单位?"

我说:"我不要什么单位,我要找李卫。"

"对不起我们是大渊公司,你打错了。"话音一落电话就挂上了。

我又重拨,一个数字一个数字地拨。先拨 3 然后拨 6 再拨 1 接下去是 3、2、6、8,电话通了,"你好,大渊。"还是刚才的那个女声。

我有点懵了,说:"对不起小姐,我要找一个朋友,他是一个青年画家,叫李卫。"

"非常抱歉!我们这里没有这么个人。"

"那……那……你们的电话是多少?"

"你的朋友的电话号码是多少?"电话里的声音反问道。

"3613268。"

"先生你恐怕记错了,3613268 是大渊公司的电话号码。"

"不可能,这不可能呀!我一直打的是这个号码,就在半个月前我还和我的朋友通过电话呢!"

"这我就不知道了,反正我们大渊公司的电话号码从没更改过。"电话又挂断了,嘟、嘟、嘟的忙音急促地响起来,像嘲笑我似的一声接一声的。

我放下电话,一时没了主张。李卫怎么突然不见了呢?他不可能因为预先知道我要跟他借钱而故意躲起来吧?我重新回到房间里,躺在床上大睁着眼睛也想不明白其中的原因。墙壁上的一张镶着黑边的相片上的年轻女人一动不动地打量着我,从我的角度看她是倒着的,即使如此她注视我的目光里仍然含着一丝笑意,慈爱的笑意,隐约于眉眼嘴角之处。我看着想着然后就睡着了,还做了一个梦。我的梦首先出现在一处布满阳光的大草坪上,一个女人在绿草茵茵的草坪上朝我招手,脸上一层微微的笑意,阳光一般的明媚。感觉中我当时是在某一高处,通过从上往下的角度看见她的,但是我究竟处在哪一个具体的位置——是某一幢高楼或者是其他什么高大的建筑物上却说不清楚;那一刻我失去了自己的位置,也找不到自己所处的方向,当时的感觉也没有为我提供任何一条通向她的道路;阳光和笑意围裹着她,形成了一种自上而下的视角,安静……

一觉睡醒已经快4点了,我迅速起床简单收拾了一些换洗的衣服。在收拾衣服的过程中我无意中发现大橱抽屉里有五百块钱,看样子是老爷子这个月的工资,我毫不犹豫将钱尽数揣进口袋。离开家时是4点半,离老爷子的下班时间还有半个小时。我先去了不远处的一家银行,将刚到手的五百块钱存起来。从银行出来时,我的存折上的数目已经达到三万七千九百五十元了,这使我很高兴,走到大街上时信口吹起了一支美国歌曲,《扬鸡嘟达

魔 方 | 211

尔》。我一边吹着口哨一边朝前走,不一会儿就到了梁姨的家。

梁姨家住在底楼,我进门时她正在厨房里择着菜。看见我进来梁姨很高兴,对我说:"小杜,你都快一个星期没来梁姨这儿了,最近忙什么呢?"

我说:"我正在写一部长诗,我准备写五万行。"

"现在写多少了?"

我不好意思地挠挠头,"已经写了七行了。"

梁姨顿时大笑起来,说:"哪要写多久才能写完呀?"

我没说话。跑进厨房掀了掀锅盖,发现全是空的。我说:"梁姨,我饿了!"

梁姨笑着说:"你呀!房间里有点心,你先吃一点,饭一会儿就好!"

我跑到房间里,翻出饼干罐,然后捧着饼干罐站在一边愣愣地看着梁姨不吱声了。我的神情让梁姨觉得奇怪,她抬脸问:"你怎么了?"

我说:"梁姨,我发现你像一个人。"

"我像谁呀?"梁姨神色一缓,一股隐约的笑意立即浮上了眉眼。

"像我妈妈。"我脱口说道。

梁姨叹了一口气问:"你对你妈妈有印象吗?"

我摇摇头。

梁姨接着说:"也是,那时你才两岁,太小了。"一转话题,"对了,你爸最近好吗?"

我说:"梁姨这怎么问我呀?你们在一个单位还不比我清楚!"

梁姨又叹了一口气:"唉——!要说你爸爸把你拉扯大也不容易,现在他也老了。你知道吗?到年底他就要退休了。他最近心事不是心事的,在医院里老爱挑别人的毛病,医生和护士都挺烦他的。你这段时间有什么事顺着他点,别惹他生气。另外听医院里的人说,你最近跟不少人都借了钱是不是?"

我一惊矢口否认:"怎么会?我怎么会和别人借钱?再说我借钱干什么?我借钱有什么用?我……"

梁姨说:"我也不相信。昨天你爸爸还问我是不是也借钱给你了。看他的样子好像非常生气。"

"不会的,我不会跟别人借钱的。"我再次否认。

梁姨说:"没借就好,没借就好。你回家跟你爸把这事说清楚,免得他操心。"

我点了点头,突然想起一件事,于是又问:"梁姨,我以前是不是有过一个名叫李卫的朋友?"

梁姨又笑了,说:"你的朋友我怎么知道,你真是越过越糊涂了!"

这个世界就像一只大魔方,一个被人们扭乱了颜色的大魔方。

如果我的记忆没出错的话原先绿色是在树木草丛那一面,蓝色在天空海洋和爱情的那一面,红色是花朵(当然是红花)、血液、夕阳以及热情,黑色代表着夜晚、死亡和文字,白色则应该属于日光、石灰、粉笔、皮肤、纸和冷静等等,等等。记忆中的魔方只有六面,每一面都有着相同的颜色,无论你怎么生活,无论你拥有怎样一个姓名,魔方的六面颜色足以照耀你一生。当那一只魔方传到我手上时已经是经过千抹万转了。六面的颜色被人们抹得杂乱无章,红色夹在黄色和黑色之中,西瓜夹在煤炭和太阳之间,血液和香烟则与爱情混为一谈,周伯通则和杨过结拜兄弟……从此世界就乱套了,不对劲了:人开口说话,猴子开始上树,猫捉起了耗子,老虎可以吃人,人却不许反抗更不能打虎,人也不能随地吐痰和大小便,上树更是被严令禁止。我则和倪宁宁、李力去挨家挨户地推销挂历,卖一本赚30块钱,一天可以卖50多本,而所有的人都想让我们开发票……魔方是进口的,总务处的老杨从一家商店里买来交给护士长,护士长交给护士,护士们玩腻了才交给我们……

离开梁姨家时已经快八点了。晚上的天气突然冷了下来,小刀子一般凉飕飕的风一个劲地往脸上刮,犹如性情古怪的老爹那冷酷无情的巴掌,直打得皮肤生疼生疼的,心中一片绝望。大街上没有多少人,来往的车辆也较平常稀少,驶过大街时仿佛是在一块光滑的玻璃上划下一道声音般的轻捷;超级市场的玻璃橱窗里的商品琳琅满目,几个顾客模样的男女在商品中间走来走去,表情呆板得让人不相信他们今天真会买走什么。一个裹着大衣戴着帽子的女人迎面走来,她的帽子上插着一根微微弯曲的羽毛——也许是风或者光线的作用吧。我指的是弯曲而非羽毛。这个女的从容不迫地走过来,两眼好奇地朝我打量着,帽子上的那根羽毛生长似的微微动弹着,像一棵植物。

我不由得对她来了兴趣,堆起一脸的笑容叫住她:"对不起小姐!跟你打听一件事。"

她停下来。我从裤兜里掏出一本通讯录当着她的面哗哗地翻了一遍,然后问:"奥沃勒大街怎么走?"

"对不起我不懂你的话!"她的语调平稳沉着,脸上甚至还显出了一泓笑意。

"不懂就好办了。"我把通讯录揣进口袋,然后继续着一副迷路的神情,嘴里说道,"奥沃勒大街在巴黎城的东部,位于克利大街与吾东街之间,站在大街上的任何一个位置你都能看见高高的埃菲尔铁塔,大街的左侧是王子体育场,右边是一条小巷子,穿出这条巷子再走上一个小时可以到巴黎歌剧院,顺着歌剧院前的一条柏油马路一直向前走可以去英国、德国、特立尼达和多巴哥等等所有的国家……"

"对不起我要走了,再见!"她朝我点点头,侧着身子从我身边走了过去。

我随即掉转身体,傍着她一起向前走,勾着脑袋继续说:"看样子你好像真有什么事,你能告诉我你是哪个国家的吗?"她看看我没说话,逐渐地加快了步伐,准备甩掉我似的,一阵急促的脚步声沙沙沙地在我们俩之间持续着。我对她说:"你实际上没必要走这么快,假如我真是你认为的那种人,这种速度极容易使我兴奋和激动起来……"她仍然没说话,脚下更加快了。我说:"你能不能慢点儿?这又不是百米赛跑,我们谁都不可能领到金牌的。认识一下,我叫杜小杜,是一个青年诗人。我最近在写一部长诗,准备写五万行,到目前为止已经写了七行了。我是中国人,来巴黎刚两天,来到世上已经 25 年了,至今未婚。你是整个巴黎最让我动心的姑娘,我们交个朋友吧,我想咱们俩可以在一起好好活个几年,你如果嫌几年的时间太长,那就几个月甚至几天也成……"

我傍着她向前走了不多远到了一个巷口,她顺势一拐进了巷子。我则因为走得过于急促且无思想准备,她拐进巷子里后我被惯性驱使着又向前走了两步才收住脚。等我转身追进小巷已经失去了她的踪影。巷子里空荡荡的,没有人,没有任何一个姑娘,也没有任何一根弯曲的羽毛插在任何一顶奇怪的帽子上。

这是一条老式的巷子,路面是用大小不一的鹅卵石铺垫而成的,巷子的两边是低矮的木制平房,间或有一两处院落,其结构布局多采用天井式,有的院子的大门前的门槛是用一整块青石做成的,模样沉重的极易使人联想起历史——"秦淮八艳"的明末清初时期或法国大革命时期。也许就是在这里,公社的社员们用毛瑟枪、长矛甚至是石块击退敌人的一次又一次进攻,或者是董小宛、李香君等人为达官富贾轻吟曼舞之所在。

这一夜我在一个朋友的床上睡了一夜。我的这个朋友个子挺大但是床却挺小,而且大冷天的只有一床被子,他伸直身体之后,两只脚整个抵在了我的脸上,其中还夹杂着一股辛辣的臭味,熏得我只有侧身向着床外弓腰抱膝蜷缩一团,两只膝盖便长久地裸露在被子之外悬在床沿上,时间一长就冰凉冰凉的了,偶尔伸手搭上去就会产生出灼烫的感觉。这一夜我睡得极不踏实,刚一迷糊起来,我的朋友便翻个身或吧唧两下嘴又将我惊醒。我知道这狗娘养的心里恨我恨得要命,他怎么也没想到今天晚上我会来与他分享一张本属于他一人的小床。平常我们这些朋友当中相互借点钱、香烟、自行车等等事情也是经常发生的,但是借宿却从没有过。稍稍有点头脑的人都明白一个人单独睡在一张床上的美妙感觉。如果非要与一个什么人同卧一床的话,那也只能是自己的女朋友或者是某个能给自己以美好感觉的女性,至于男性之间似乎总隔着一层什么,使得他们难以正确地睡在一起,即使白天两人亲如手足也无法坦然。我在寒冷和内疚中紧张地度过了一夜。第二天天一亮我的朋友便伸脚踹醒了我,说他上夜班的护士女朋友7点钟下夜班,一会儿就要来了,让我赶快离开。我那时困得不行,好像一夜应该的困倦全部集中给了这一刻,眼睛干涩沉重得要瞎了一般。我嘟嘟囔囔地说:"让我睡一会儿,等她来了再说。"

魔 方 | 217

我的朋友呼地坐了起来将被子全揭了。最后我是被寒冷给刺激醒的,满心不情愿地起床穿衣打哈欠,还跟他要了五十块钱"打的费",即使如此我依然觉得挺亏的。大概稍稍正常一点的人遇到被另一个人逼着从刚刚焐热的被窝里钻出来时都会觉得挺亏的吧!尽管跟他要了五十块钱,我仍不愿就此罢休,磨磨蹭蹭地梳头、系鞋带,急得他在床上抓耳挠腮的,最后终于憋不住了,吭哧吭哧地说:"冰箱里有一袋克力架,要不你带着路上吃吧。"

他这么一说我反倒有点不好意思起来。我说:"我这会儿不饿。"抬眼一看桌子上摊着一本书,随手拿起来边翻边说,"要不你把这本书借我看一段时间吧!"

我话音一落,他迫不及待地连连答应:"行行行,你拿去看吧。这本书绝对地棒!"

我翻到扉页,看见上面有一行手写的字迹:孟秋,1995年3月21日购于山西路新华书店。我有点疑惑地问他:"孟秋这个名字好像挺熟的,我是不是认识?"

他的脸上显出一丝疑惑:"开什么玩笑?孟秋不就是我吗?"

他这么一说我就不敢再继续问下去了。假如他知道这一夜我一直把他当成是罗鸣的话心里肯定不舒服。我没再耽搁,跟他打了个招呼就要离开,突然想起了李卫的事,又转身向他打听是不是知道一个叫李卫的朋友。他抬脸朝天想了一会儿说:"我们中间好像没有这个人。"

我说:"有,肯定有!你再仔细想想。"

他锁起眉头又思考了半天,十分肯定地说:"没有。起码我不认识他。"问我,"他是干什么的?"

我说:"画画的,油画。"

他一拍脑袋,"是不是有一次我们在南大操场上遇到的那个骑车的女孩?"

那是许多年以前的一件事。有一天我和几个朋友去一个大学的操场上教一个女孩儿骑自行车。那个女孩可能是一个大学生或者是某个公司的职员,年岁不大,长得不算好看,现在我已经记不起她和我们究竟是怎么认识的了。反正她和我们所有人都不熟,唯一能记起的是她那天背着一个画夹,草绿色的。她告诉我们说以前她学过骑车,如果坐到坐垫上也能将自行车骑跑起来,她只是不会上车和下车。我们就七嘴八舌地教她,有的说骑车首先要胆大,不能怕摔跤,有的说要先学会摔跤而后才可能学会骑车。最后我们决定让她上车试试。我们在后面稳稳扶住车子,等她扭扭捏捏地坐上去之后就推着车子慢慢向前跑起来。她一边顺势踩动车轮一边胆怯地哇哇尖叫着。我们跟着跑了一截儿便陆续地放开了手,而她以为我们仍旧跟在后面为她扶着车子呢,骑得十分稳当。等发现我们都已经放开手且已经停下脚步之后就慌了,脚下一使劲,身下的自行车犹如一颗出膛的子弹快速地射了出去。我们跟在后面咋咋呼呼地紧追了几步,然后就停了下来,站在一边看着她滑稽的样子乐个不停。

　　从朋友房间里出来之后我一路上都在想着那个骑在一辆自行车上哇哇叫唤的女孩。那天她随身带着的草绿色的画夹应该和李卫有着某种联系，目前也是我寻找李卫的唯一线索。但是随着对她记忆的复活也使我产生了某些疑惑。在此之前我一直认为李卫是一个男的，现在看来一直被我想象成一个男人的李卫实际上也有可能是个女的，而且长得不一定很漂亮。在我认识他之前，他应该上过大学、谈过恋爱、生过病、没准还有一定的性经验，或者那个骑车的女孩就是李卫也说不定。可惜的是我现在也无法找到那个女孩子。那天因为我们没为她扶车，让她骑着车子在操场上无辜地转了好几个小时。一开始我们还颇有兴致地站在一边取乐，到最后腻了就坐在草地上玩起扑克牌，任由她蹬着自行车绕着跑道一圈一圈地骑着，怎么也停不下来。临近黄昏时，她终于稳稳当当地从车上下来了。双脚一落地便哇地一声哭将起来，同时将自行车"哐当"往地上一扔，拎起地上的画夹走了，从此我们再没见过她。

　　我印象中的李卫是一个不太走运的画家。他每天都把自己关在一间不足7平方米的小屋子里画画。一两块蒙着画布的画板，七八支粗细不一的画笔以及十几二十多种颜色的颜料组成了他整个的家当。他每天的工作就是用那些画笔逐一地揉上颜料再抹到画板上去，红黄蓝绿橙青紫……他还善于将其中的一两种颜色混合起来,使之成为两种颜色之外的另一种颜色,因此他拥有的颜色远远超过了他花钱买来的那十几二十多种颜色。他赋予这些颜色各不相同的使命:绿色分配给树木、草地、春天,红色是血液,黑色是夜晚,蓝色已经被他抹上了晴朗的天空,一两朵白云在向前的态势中挣扎,距离人们如此遥远。总体来看,李卫画的内容都是经过他的一番思想过滤后的产物,反映到画面上的基本上是一些诸如时间、风、光线、呼吸等等较为抽象的概念或是感觉,他习惯通过一两道线条来表达自己对以上事物的种种感受,因此画面上不轻易显示可供经验辨认的具体事物,看他的画犹如是20世纪70年代的革命干部读一首北岛的诗——我站在这里,代替另一个人⋯⋯

他每天上午9点左右才醒,醒后并不急着起床,坐在床上一根接一根地抽烟。一边抽烟一边打量着那些挂在墙上的、靠在地上的画。整个房间里烟雾缭绕光线迷蒙,一双惺忪的睡眼迷迷瞪瞪地在烟雾中沉浮,散淡的视线中空无一物,房间里的任何一件东西似乎都难以支撑起他的视线⋯⋯要等到阳光从窗户射进房间之后才能使他稍稍清醒一点。那一刻房间里金碧辉煌,强烈的光线刺穿了一屋子的烟雾和笼罩在他脸上的迷雾一般的表情,他的眼睛随即有了光彩。他先扔掉烟头,再一掀被子,一挪腿便站到了地上。他离开床边,披着一身的阳光走到画架前,随便用一种姿势站着,操起一根画笔在画布涂抹开来。画架旁边有一张方凳子,凳子上有一只盛有各种颜色颜料的小瓷盘,他不停地用笔伸到盘子里搽一搽颜料,有时是黄色有时是绿色有时是别的什么颜色。他熟练运用着这些颜色,将它们抹到画布上去,形成痕迹,感觉不满意时再换一种。每当他用手中的画笔去瓷盘里搽颜料时,执笔的手总是习惯性地急促地抖动数下,像一种痉挛或者是一种交谈——笔和颜料的交谈。他画画时始终有一个孩子坐在他的身后的某个地方。我现在已经记不清那个孩子的名字,也说不准那个孩子究竟是他的什么人,更无从知道他为什么会留在这间屋子里,与一屋子的画和一个画画的人作伴。那个孩子不说话,甚至不大声地喘气,默默地看着连环画……在我的印象中,小房间、阳光和一个翻着连环画的孩子是一幅不能分割的画面。我无力改变这一切,也无法为记忆中的这一场景增添或减少任何一件物品,甚至不能将每天十点钟之后开始照射进来的阳光从记忆中减弱几分……

画画的李卫是个瘦子,看小人书的孩子坐在靠床的一张小方凳上。那几本连环画已经被他翻得卷起了边角,李卫轻松地用笔运动着颜色,在画布上布置着一些奇怪的线条并使之构成某种图案,犹如荒野里一棵大树对远处一条曲里拐弯的河水流动着的古怪念头。阳光下颜色正朝着虚构的方向倾斜,连环画上的英雄骑在会说话的黑马上,翻过这一页便进入平原;黑暗出自最后一笔带过的黄昏,寂静被一阵梆子的节奏敲出声响,卖酒酿的老人长着大耳朵,八分钱一两粮票再饶一勺酒汁;用一杆枪压上星星的子弹立即枪毙白天。这是一个画家给一个孩子的第二道密令。

巴黎的地铁线路犹如一张庞大的蜘蛛网纵横交错四通八达，你只要买一张票便可以永远地坐下去。这一天我没回家，因为我怕被老爷子给逮住。虽然照理说这时候他应该在单位里抱着一杯热茶有眼无心地翻着报纸，或者找上一两个倒霉蛋的医生护士训训话，可我就是不敢回家，我总觉得他今天会守在家中，屏住呼吸躲在门后等着我一头撞进房间。我从空气中嗅到了这一分危险。我哈欠连天地在大街上走了一会儿，最后实在因为没什么地方可去，只好在法比昂附近的地铁站买了一张票上了一列不知开向哪儿的地铁。但愿它能开到火星上去。

地铁里没多少乘客，我找了一个空位将自己的身体放倒下来，然后双手将书抱在胸前合上了眼睛。地铁在我的身下前进，声音则在车厢以外滚动，追逐着那一股向前的速度。不知是因为这种速度还是因为声音抑或因为困倦本身，我始终无法按照自己的愿望真实地睡着。我使用人们常说的数数的法子努力使自己睡着，先数一然后二、三、四……一直数到一千八百五十六还是没能如愿；又试了试其他办法，依然没有效果，最后我干脆坐了起来，将两腿架在座位上，身体靠在车厢壁板上看起书来。从孟秋那里带出的这本书是二十年代的美国文学史论，作者名叫马尔科姆·考利。他在书的开头这样写道——转过一条肮脏的小路或突然出现的山顶，你的童年就显示在眼前：你一度赤脚玩耍过的田野，亲切的树木,你用以品评其他景色的美景……很显然这个叫考利的家伙并不是针对我在说话,我真实的童年并不在他的这一番描写之中。我此刻记忆中的童年景色全部都来自一幅幅抹着各种颜色的画面,颜色中泛着油彩。那是李卫的作品。那些树木、山峦、云朵、风、黄昏占据了我的整个记忆,它们在所有别的景色之外生长,在所有的时间之中长久地保持着自己的本质和色彩,同时也拒绝被李卫之外的任何一个人描写和描绘……

一想到李卫我就看不下去了。我将视线从文字上挪向窗外。地铁此时正经过安维尔广场,随着一道异乎寻常的光芒一闪,整个车厢里的灯突然间熄灭一般暗淡下来。原来地铁已经窜出了地面,像被巴黎的一个响屁排出了体外。在远处楼房和商店较为集中的街区,脸色暗淡的人们还在坚持着各自的命运:看自行车的胖老太太坐在一家商场门前,面前停着一长溜的自行车。在商场橱窗前,修鞋的哑巴一手转着锈迹斑斑的缝鞋机器,一手从机器的针眼里扯出一根线头;离他们两步开外的人行道的边上,一个衣着褴褛的小流浪汉倚着一个一人多高的绿色信筒发呆,守着火炉卖烧烤食物的小摊贩们任由从炉中窜出的黑烟熏着四周的行人、建筑以及相互间的语言。这一街区的景色因为陈旧的建筑物、遍地的粗话、破旧且并不合身的服装而显得丑陋肮脏。这是巴黎的心脏中最为脆弱的部位,在此之前没人会相信光明的另外一面有时比黑暗更为破败不堪。地铁重新进入地下之后,丑陋的景色被灯光删除,地铁向前的速度将车窗外的灯飞速地过滤着,沙粒一般从阔大的筛眼中漏过。这时候我开始给李卫写信。我把书摊开支在高高的膝盖上,利用文字之间的空隙朝着李卫写字,流动着的笔墨拖着一个人的姓名。

李卫:

早晨8点钟未必是一个适合写信的时间,这时候你肯定还在床上一边抽烟一边等着一缕从窗户里照射进来的阳光来为昨晚一幅被你存放在黑夜里的画面注色。这是一个严肃的时刻,不应该遭受任何原因的打扰,可我此时按捺不住地要给你写信。很久以来我一直想告诉你一个16或者17岁的孩子为你及其你的朋友们而在内心中升腾的一份感动,这一份感动是针对"巴黎"的。当然,在这之前那条街道有另外一个名称,好像叫"金银街"或者是"大石桥"什么的。这是一条普通的街道,青石路、红砖墙、老式的院落和陈旧的本地方言;整个一条街上只有一个公共厕所,另外在某个拐角处还修着三两个小便池。在给这条街定名之前,我们这个城市的人习惯将它称为"艺术村"。来此租借房屋的大都是外地来的艺术青年,有吹小号的、弹吉他搞摇滚的以及写诗写小说和画画的。你们有一个共同的特征:年轻、骄傲、才华横溢而不修边幅;从装束看男人和女人们之间没多少区别,或留着长发或剃成个光头;男人穿着花衬衫,女人则蹬着又厚又沉的高帮皮靴。除此之外你们的另一个共同的特征就是贫穷,许多人吃了上顿没下顿,还经常"断烟"。你们少吃几顿饭没什么,可一没烟就不行了:写诗的找不到灵感,画画的调不准颜色,写歌的总是哼着别人的曲子,怎么绕也绕不出来;断了烟的朋友们犹如没头苍蝇似的四处敲门寻找香烟。那天隔壁新搬来的瘦子跑来敲门要和你借一根烟。他站在门口,一边吞吐着来意一边紧张地搓着手。明白了他的来意你笑了,将仅剩的两根香烟分了一根给他。瘦子颤抖着手接过来往嘴里一衔,急促地划了两下火柴点燃了香烟,噘起嘴唇一口便将香烟吸下去了大半截,一截浅色的烟灰悬在火红的烟头前微微弯曲着,似乎随时都会掉下去。一口烟下肚之后他才缓过劲头,朝你点点头,嘴里喷着烟,说了一句谢谢,又回去写诗去了。有关香烟起码还能引出我两丈长的回忆和五百万字的叙述。我清楚地记得那时候只要谁一有香烟,立刻就会围上来一群人,刚吸上一口立即就会被其他人摘下来放到自己的嘴上,有时候一根香烟同时能被七八个人轮流抽一遍,直到剩下沾满口水的烟屁股。

有一天你们突发奇想,兴致勃勃地要为这条街道更名。大家分头行动,很快找来了一些标牌,由你和另外几个画画的人执笔,分别用笔在上面写下了"巴黎××号"的字样。这项工作是在你的房间里进行的。那天你的房间里挤满了人,你和另外两个画画的人被围在中间,一笔一笔地认真写着,其他人站在周围一边等待着一边开着玩笑,门牌很快写好了,大家拿出早已准备好的锤子和铁钉,扛着木梯前呼后拥地挨家挨户换门牌。你们用螺丝刀撬下原先的门牌,再在原来的位置钉上自制的门牌。你们的举动惊动了这条街上的居民,纷纷要求你们停下来,有人还上来抢梯子,你们手挽着手在梯子前布置起一道坚固的人墙,嘴里还唱起了一首节奏强劲的歌曲。整个场面极其地壮怀激烈。居民们一遍遍冲上来,然后又在岩石一般牢固的防御下退却,犹如潮起潮落一般地富有规律……当你们钉完最后一张门牌时,所有的冲突突然间停了下来,周围一片沉寂。人们相互看看,又将眼光扫向四周,原先陈旧、简陋的街道仿佛是被你们高涨的情绪清洗了一遍,霎时间一片光明。短暂的沉默之后,你们哇哇地喊出了声音,站在梯子上的那个人脱下上衣使劲地挥舞着挥舞着……有人搬来了一箱啤酒,你们抓着酒瓶边喝边嚷嚷:"为了巴黎——干杯!""为了艺术——干杯!""为了女人——干杯!"女人则奋起反击道:"为了男人——干杯!""为了人类的母亲——干杯!""为了巴黎——为了巴黎——干杯干杯!"那个下午,"巴黎"街头喊声四起,朋友们吹着酒瓶东倒西歪地在"巴黎"城中走来走去,有许多人当场就哭了,为了3点01分的巴黎、艺术、女人和啤酒,他们边喝边哭……

许多年后我才理解了这一天,理解了当时你们的喊叫和哭泣。直到这时我才发现在你们轻松的外表下掩藏着的那一份沉重和尴尬。你们抛下家庭、孩子、领导、父母和自己的城市来到这里,犹如孩子们为够到一个梦想而踮起了脚尖,可高悬着的梦想却并没有落下,你们喊出过声音但是没人听见,画出来的画堆在房间的某个角落也已经落满了灰尘。你们累了,长时间踮着的脚让你们累了,但是此时此刻却已经无力再将自己的脚和身体落实到地上了,因为这需要更大的勇气和力量,这恰恰是你们缺乏的。你们为了光明而来,最后却在光明中迷路。

李卫,还记得搞摇滚的王炬吗?那个留着一头长发的小伙子来自河南,他一路弹着吉他来到我们的身边,唱着青春的歌谣。有一个高鼻子美国记者在听了他的一首歌之后曾预言,他今后完全有可能取代崔健在中国新音乐史上的地位。王炬白天一般都关在房间里练琴。从他房间里每天都有叮叮咚咚的琴声传出。谁也没想到就是这么一个人,一天上午却被一辆"呜呜"叫唤着的警车给拖走了,不久之后就被枪毙了,罪名是抢劫杀人。令人们难以想象的是,他作案的工具竟然是一根琴弦——吉他上最粗的那根E弦。平时白天他关门弹琴,到了晚上便将E弦从吉他上抽下来出门寻找袭击的目标。他活动的范围基本上是一些偏僻的地区,譬如郊外的公路、行人稀少的街巷等等地方,袭击的目标一般多为单身的路人。他先躲在某个角落,一旦发现目标就悄悄跟上去,双手扯紧琴弦从后面猛地勒住对方的脖子,逼着对方交钱。大多数被袭击的对象都会乖乖地掏钱。可有一次当他将 E 弦从后面勒到一个老农民的脖子上时,意想不到地遭到了激烈的抵抗。老农民拼命挣扎,因为惊恐或者仇恨而充满力量的指甲抠抓着王炬紧握琴弦的手。王炬的手背被抓得鲜血淋漓钻心地疼。这份疼痛激怒了他,他用双肘死死抵住老农民的后背,握着琴弦的双手往后使劲一拽,琴弦像刀一样切断了老农民的喉咙和挣扎……整个的搏斗过程犹如一曲激烈的快板,在同一种速度下贯彻始终……

唉——!那根粘满音符的 E 弦过于激烈和冲动,即使是吉他上最粗的那一根琴弦也还是显得细了,太细了!

林叶是另一个悲剧。她是一个诗人。一年前从北方来到这个城市求学。她上的是自费班,两年的学费一共是八千块钱,而她当时一分钱都没有。为了筹足学费她拼命地和男人们睡觉,无论老少俊丑,只要愿意出钱谁都可以跟她上床,有时一天中有七八个各种各样的男人在她的房间里进进出出。她的行为惹恼了房东,房东决定收回房子,她居然略施小计又把房东拖下了水……大概所有的人都没料到,就是这么一个放荡的女人竟然会成为一个少年暗中倾慕的对象。有一天,当一个屠夫一样的家伙从她的房间里走出来后,少年一头闯进她的房间。当时她正坐在桌子前对着一面小镜子化妆,床上被褥凌乱不堪难以入目。她缓缓抬起头看了少年一眼,说:"你是李卫的那个小朋友吧!你有事吗?"少年没回答。一种突如其来的激动使他的手脚发冷,全身一阵阵地颤抖,整个身体都在呼呼地喘气。隔了一两秒钟的工夫,他开始掏钱,他翻遍所有的口袋,将块票、毛票、包括仅有的两个贰分的硬币全都掏出来放到她的面前。

"你干什么?"她抓着眉笔的手悬在半空中,神色诧异地问道。

少年没吭声,因为激动而显得怪异的神情让她产生了误解。她看着他不屑地一撇嘴说:"你太小了,拿起你的钱出去吧。"

少年还是没说话,因为被误解脸涨得通红。

她沉吟了一会儿,把手中的眉笔往桌子上一放,"那好吧。你现在就要吗?"说着便动手解衣服。少年"哇"地尖叫一声逃出了房间……

你可能已经感觉到了,那个少年其实就是我。多少年来,我的心中一直藏着林叶的身影,即使后来我成了一个诗人也与此有关。在我的内心中她是诗的化身,是美和理想的结合。对她的回忆仿佛是在阅读一本好书,亲切而生动。但是令人遗憾的是,她在无意中成全了一个少年的梦想之后,自己却放弃了诗歌,成了一名畅销书作家。她出版的第一本书是《一个少女和一百个男人的故事》,写的就是她自己在"巴黎"时的那段经历。即使在书中她也没忘记涂脂抹粉地打扮一下自己。她把所有的男人(其中有一些也是我们的朋友,书中用的全是真名实姓)都写成是心怀鬼胎猥琐卑鄙的家伙,而将自己刻画成一个不谙世事天真纯洁充满理想才华横溢极具个性的完美的少女形象。我始终认为,她的悲剧是从这本书之后才真正开始的……前一阵我意外地在大街上遇到过她一次。那是一个晚上,她穿着一件深色风衣,头上戴着一顶帽子,帽子上插着一根微微弯曲的羽毛……

从地铁里出来是因为饥饿。我是被饥饿逼得收起笔合上了书本,当地铁再次停下后出了站台。我在地铁站旁边的饮食店里买了一个面包,一边吃着一边向前走去,走一步咬一口面包,咬一口面包便打一个嗝儿。走不多远遇到了一个公用电话厅。我走上前去拎起话筒拨了一串号码,随着嘟——嘟——的两声后,话筒里传来一声询问:"喂?"

我说:"梁姨,我是小杜。"

话筒里的声音顿时提高了八度,急切地问:"小杜,你现在在哪里?"

我没接她的话茬,对着话筒说:"梁姨,我遇到一点事儿,你能借我三百块钱吗?"

话筒里的声音丝毫没有犹豫地回答:"行,行。"问,"我怎么给你呢?"

我说:"等晚上你下班后我去你那儿吧。"

话筒里的声音沉吟了片刻,说:"要不这样吧,我今天没什么事可以早点下班,过半小时你去家里好了。"

"那好吧。"我说。

挂上电话后我忽然觉得有点不对劲,假如我顺着这种感觉再多想一想,也许能察觉出其中的症结所在,可我最终还是被即将到手的三百元钱轻易地冲昏了大脑,将这种担心暂时搁向一旁,驱动双脚径直地朝着三百块钱走去。

半小时后我准时地来到梁姨家附近。这一片是新建的住宅小区,楼房是点式结构;楼群之间相应地留着空地,所以并不显得拥挤;在楼群的前面还有一个草坪,草坪里面有一个年轻的母亲正弯腰扶着一个周岁模样的孩子学步。孩子身上穿得花花绿绿的,充满了颜色。他每走两步便停下来对着自己的母亲呵呵地笑上一阵,满脸的灿烂,阳光似的温暖着这个下午。草坪的后面是一个简易的自行车棚,车棚前一个老太太正坐在一张椅子上朝着温暖的阳光打盹。当我绕过草坪从车棚前走过去时,老太太突然睁开眼睛警惕地打量了我两眼,直到我拐上了另一条路后她才放心地重新合上了眼睛。住在附近的大多数人此刻还在单位里挣着工资,孩子们也在各自的学校里读着乏味的课本,四周静悄悄的,除了寂静本身再无任何声响。走到梁姨所在的那幢楼前时,我意外地发现了一辆救护车停在那里……后来的一段时间我多次想到,其实从一开始,冥冥之中有一种力量便已经通过各种途径多次地向我昭示了即将到来的一份危险,只是我被那三百块钱蒙蔽了心智,任由自己一步步地走向危险的中央。当最后的一次机会出现时,我依然未予深入思想便绕过车头走进楼栋,"嘣嘣嘣"敲响了房门。

来开门的不是梁姨,而是我一直躲着的老爷子。一看见他,我的头脑里"嗡"地一声顿时一片空白。老爷子朝着我"哼"了一声,说:"进来!"那一刻我仿佛被一股巨大的力量摧毁了最后一点信心,乖乖地跟着他走进了房间。房间里除了梁姨还有另外两个人,一个是医院里的司机小王,另一个是护士大黄。这两个人都是医院里响当当的人物。小王机灵、乖巧,一肚子花花肠,尤其是他的一张嘴更是神奇,任何一件乏味、无聊的事情只要经过他的两片嘴唇吧唧两下立刻就会变得生动有趣起来,只要他乐意甚至能将天上的飞机说掉下来。关于他的这张嘴医院里流传着这样一个笑话,说是有一个当初被小王用车拖到医院里的精神病人总觉得自己是被小王给坑的,整天要找小王报仇。有一天小王在病区被那个病人堵在了一个僻静的角落。当时周围没有人,那个病人一手执着一根棍子,一手抓着半截红砖,怒气冲冲杀气腾腾,小王无可奈何之下只好对着这个病人开始说话。这一说可了不得，直将那个病人说得满目含泪爱意横生，当即抛下手中的棍子和砖头落荒而去。随后一段时间，那个病人四处追着小王要和他拜把子，没有小王在场便不肯打针吃药，这一点连大黄都拿他毫无办法。大黄是一个家在农村的退伍军人，在部队时练就了一身不凡的身手，平时三五个人根本近不了他的身。据说大黄退伍时应该是回农村老家的，老爷子考虑到医院工作的需要将他硬要了过来。大黄本人对此极其地感恩戴德，使出浑身解数整治病人以博得老爷子的欢心。他在部队上练就的钢筋铁骨和制敌于死地的那些歹毒的招数顿时冠冕堂皇地派上了用场。平时只要他的手脚一痒痒，某个病人便要吃苦头了。因为有了大黄，医院里隔三岔五地便会有个病人鼻青脸肿一番，而老爷子对此却充耳不闻视而不见，任由他胡作非为。深受老爷子恩惠的大黄于是愈发地地忠心耿耿起来，如果不是因为穿着裤子，他甚至可以狗一般当众摇起自己的尾巴。我刚刚进了房间，他便迅速地站在了我的身后，一副随时准备动手的架势。

老爷子走到沙发前坐了下来，呼地一声喘了一口长气，尽量平缓着声调朝我问道："你说说究竟是怎么回事？"

我将视线抬向了天花板，没吭声。

老爷子一拍扶手，厉声喝道："浑账！我是少你吃了还是少你穿了？"

他这一番动作倒没吓着我,反倒是将一边坐着的梁姨给拍得一下站了起来。梁姨走上前来对我说:"哎呀!小杜你有什么事说出来,要是正当的事情你爸爸是会支持的!"

我还是没吭声,双手插进裤子口袋里,暗中将身体的重量移到左腿上,运起右脚在地上胡乱地涂画着。一想起今天自己是被自己一直敬重的梁姨出卖的,我就觉得心里泛酸。

我这副样子肯定让老爷子觉得很不舒服了,他呼地从沙发上站起身,也不知是准备疾步上前抽我两巴掌,还是为了能够重新坐下来。见他一站起来梁姨也急了,她一把抓住我的胳膊着急地说:"小杜,你说呀!"循循善诱地启发道,"你是不是想炒股票或者做做生意?要不就是被社会上的恶势力敲诈了?如果真是这样也别怕,我们可以去报告公安局或者让大黄去帮你了结一下,实在不行我们还可以让小王出面去说说……"

老爷子这时候说话了:"算了,什么也别跟他说了",朝我身后的大黄抬了抬下巴,"把他带回医院检查一下吧。"

话音一落,大黄便伸手搭上了我的肩膀。我往旁边一挪身子,闪开了他的手,说:"你他妈别动!老子没病!"

大黄缩回手,傻傻地对老爷子说:"院长!他说他没病。"

老爷子怒骂道:"你蠢!我们的病人有哪一个是承认自己有病的?给我把他捆起来带走!"

大黄嘟囔了一句,从身上抽出一卷绳子就要过来捆我。他一边理着绳子一边对我说:"小杜,你别怨俺,这可是杜院长让俺干的。"说着话一把把我抓了过去。我一边叫着一边挣扎着,对他又咬又抓毫不留情。本来以大黄的身手,我三个也不是他对手,只是因为考虑到我的身份他才没有使出全力。最后老爷子看不下去了,他朝站在一旁看笑话的小王说:"你去帮帮忙!"小王忍住笑走上前来小声对我说了一句话,我听了后想了一下,觉得他说得很有道理,便停止了反抗,任由大黄将我五花大绑地捆了起来。

接下去的一个星期是充满了恐惧和梦魇的一个星期。我在一个用砖头和怀疑砌起来的高墙里成了一帮身穿白大褂的人滥施同情和爱的对象。他们先为我换上了一身蓝白相间的条纹病服,将我关进一间低矮潮湿的小房间里,然后为我准备下了皮带、带夹头的电线和一张跳舞的床——当他们用皮带将我绑在一张小床上,再将那几根带夹子的电线固定在我的身上,我的身体便被一股来历不明的力量激荡得在皮带下剧烈颤抖起来,我大声地叫喊着、挣扎着,想挣脱这一股力量束缚,或者借助这一股力道,将自己从床上弹出人间;身体下的床在我的挣扎和叫喊下嗒嗒嗒地跳着奇怪的舞,我不知道自己究竟是因为皮带里的力量还是因为跳舞的床而不住地颤抖颤抖和颤抖……白大褂、白色的床单以及苍白的死人似的僵硬面容和冷冰冰的眼神……

后来我在给李卫的信中向他描述过这种感觉。是的,在医院的那段日子里唯一能使自己情绪稳定下来的方式就是给李卫写

信。每天早晨一起床,只要不去电疗室我就拿出纸和笔给李卫写信。信的开头依然因循着一贯的格式:

李卫:

我来这儿已经有一个多星期了,每天都要被医生或护士们折磨个半死,除了电疗、打针、吃药等等必需的医疗手段之外,他们还拼命地通过交谈想方设法地使我相信自己是一个某种意义上的病人,而他们现在所做的一切就是要帮我把病治好,好让我能以一副健康的身体和心理去迎接新生活的挑战。这是老爷子昨天下班后来我这里说的。实际上我敢肯定这并不是他真实的目的,他关心的还是那笔钱的下落。在谈话中他多次拐弯抹角地跟我打听那笔钱的去向,可没能如愿,因为我也忘记了自己是不是确实拥有过这么一笔钱,同样也记不起这笔钱是否正如老爷子所说的那样是和别人借的,同样也无法肯定绝大多数借钱给我的人就是现在每天为我打针、治疗的医院的医生、护士们。最近一个星期总有一些医生护士偷偷摸摸地来找我讨论钱的问题,他们无一例外地总是做出一脸的苦相,有的说老家最近被大水淹了,有的说他们的孩子病了,有的说最近要结婚,有的说老婆过两天要生产等等等等,归结到最后一句话就是希望我赶紧把钱还给他们。令人奇怪的是,他们都能变戏法似的从身上掏出一张手写的借条,借条下面统一地签着我的名字。我得承认借条上的字迹的确是我的,可问题是我一点都记不起什么时候跟他们借过钱,我一不买汽车二不置房产更不想做生意、炒股票、打苹果机,我要借那么些钱干什么?难道说我妄图颠覆国家银行?你说这是不是挺奇怪的!

好了,不扯这些了。阁楼上那个写小说的欧·亨利又开始咳嗽了。他现在已经停止了写作,每天都躺在床上算计着自己最后的时间。那天你去看他,刚登上楼梯便听见那撕心裂肺般的咳嗽。他躺在床上,身上盖着一床破旧的被子,洞眼里露出黑乎乎的棉絮,枕头上的一张脸灰灰的。听见有人上来他也没抬头,两眼依然看着前方的某个地方,嘴中喃喃有声:"12,11,10……"接下去又是一阵剧烈的咳嗽。

你顺着他的视线看见一扇窗户,窗户外面是一个空落的院子和20公尺外的一栋红砖墙,一根又粗又老的藤爬在墙壁上,靠近根部的地方已经开始枯萎,不多的几枚藤叶散落在藤间,在寒风中瑟瑟发抖。

"怎么啦?"你问他。

"6。"他声音低得几乎听不清,"这会儿落得快了。两天前还有近100片叶子,让我数得头疼。现在容易了。又掉了一片,只剩下5片了。"

"5片什么?"你着急地问。

"藤叶,5片藤叶。"他抬起一只手,虚弱地指窗外说,"等最后一片掉下来时我就完了……"

"别胡思乱想了!"你一边说一边将他的胳膊放进被子里,"一根老藤上的叶子跟你的病有什么关系?好了,现在你闭上眼睛别再看窗外,要不我就把窗帘放下来!"

这一天你没有画画,一整天都在寻思着能为欧·亨利做点什么。天黑之后,你抓着画笔颜料盒出去了,又找来一架木梯,将它搬到红墙下,爬上梯子,借助暗淡的路灯开始在墙壁上画起来。藤子间的叶子只剩下一片,在你爬上梯子后,最后的这一片叶子也掉了。一阵风裹着它,旋转着往下飘落,老半天才到达地面。你面对着这一片叶子发了会儿呆,继续画起来……

第二天一早你去了欧·亨利的房间,他正目不转睛地看着窗户对面的红墙。见到你后他说:"嘿!这可真奇怪!那一片叶子怎么会变成灰色?"

你朝窗外看了一眼,回过头奇怪地说:"这不明明是绿色吗?"

"开什么玩笑!灰的绿的你都分不清?"他甚至笑了,"亏你还是画画的!"

一星期后欧·亨利从床上下来了,他精神抖擞的,像美美睡了一大觉。他痊愈了,而你却陷入厄运的旋涡。这份厄运来自红墙上的最后一片叶子,来自叶子上的颜色。接下去的数天中你一有时间便站在红墙下,久久凝望着那片藤叶。几天来,这片叶子始终没掉,起风的时候,它也不飘不动,在你的眼中它流青滴翠犹如一面绿色的旗,但是你不明白为什么所有的人——包括因为这片绿叶而活下来的欧·亨利都说它是灰的?

一连数天你没有再握过画笔,画布上刚抹了一层的颜色已被时间晾得失去了光泽。颜色生病了。你整日坐在自己的小屋子里苦思冥想着什么,寂寞得令人害怕。那几天刚从死亡的威胁中脱身的欧·亨利到处找人喝酒,许多次他拎着酒来敲你的门,站在门外大声叫你的名字,你不答应也不开门。有一天你突然问我:"小杜,你认识医生吗?"

我说:"我爸爸就是精神病医院的院长,医院的医生和护士我差不多都认识。"

"除了精神病院以外的医生有认识的吗?譬如说眼科什么的。"

我挠挠头想了一会儿后说:"有一个。他是我爸爸留学时的同学,在人民医院。"

你略一思索说:"明天你陪我去一趟吧。"

第二天一早我们赶到医院,候诊大厅里已经挤满了各种各样的病人,有感冒发烧的腰酸腿疼的,咳嗽声呻吟声此起彼伏,大厅里乱糟糟的全是声音。这种氛围下,病人显得古怪异常,他们阴沉着脸既不离开也不打算互相认识,他们除了呻吟再不说话。我们穿过人群径直上了楼,在一间诊室里找到了毛叔叔。当时他正为一个戴着墨镜的女人看病,他一边向病人询问着病情一边在病历上记着。在桌子上有一瓶墨水,瓶口中插着一支蘸水笔,但是他握在手中写字的却是一支圆珠笔。桌子的里边还有一摞书本,最上面的是一本用以测试色盲的图谱,里面有一些鱼、鸟、花、虫、数字等隐秘的图案,它们隐藏在另一些相近的颜色和图案之中。毛叔叔经常翻开这本图谱要求他的病人们对其中的一些图案进行辨认,许多病人在这本图谱上栽了跟头,他们不是把鱼说成鸟,就是把一朵花说成了兔子,让人痛惜。我上小学四年级时莫名其妙地热衷起这种辨认的游戏,只要一有时间就跑到医院来翻看这本图谱,一遍遍地将其中的鱼、鸟、花、虫挑出来指给他看,到最后我甚至能背出每一页上的各种的颜色和图案。

我走过去叫了他一声:"毛叔叔!"

他一抬头:"哟,是小杜!怎么?又来混病假啦!"

我说:"这回可真是来找你看病的。"

"你能有什么病!"他笑着说,那支笔在他手中舒服地躺了下来。

"我没说是我呀。"我一伸手将你拽到前面,对他说,"这是我的一个朋友,是他要看病。"

你在那一刻却扭捏起来,小声分辩说:"我不是来看病的,我只是想问问……"

毛叔叔和蔼地问:"你要打听什么?"

你说:"我……"眼睛盯着他不说了。

毛叔叔点点头,埋下脑袋重新竖起笔杆,在那一本病历上飞快地写了两行字后便将病历合起来递给了那个戴墨镜的女人,对她说:"你是眼肌疲劳,要注意自我调节,平时要尽可能地朝远处看,多去有绿色的地方走走。"

墨镜拿起病历,又问了一个问题后离开了。毛叔叔将眼光再次转向你,眼神里满是询问。你坐下来,眼睛看着他依然没说话。毛叔叔便转过头对我说:"小杜,你帮我到楼下去挂个号。"

我觉得奇怪,但还是下楼排队挂号去了。等我捏着挂号单再回来时,你们仍然各自坐在原来的地方,所不同的是双方的表情似乎有点异样。你垂头丧气地坐着,面前摊着那本图谱。见我进来,你下意识地将它合上,往边上推了推,然后问毛叔叔:"那就真的没希望了?"

毛叔叔点点头:"依照目前的情况看是这样。不过据说在法国有人进行过视神经的移植实验,并且已经取得了成功……"

你点点头随即站起身说："谢谢你！"

从医院回来后的第二天，你不知从哪儿弄来了一只魔方。这是许多年以前流行的一种玩具，是一个立体正方形的物体，一共有六面，每一面各有一种颜色，分别是红黄蓝绿白黑；每一面中分有九个小方块，可以三个一组地上下左右地转动。这种玩具唯一吸引人的地方就在于经过一番转动之后，可以将散落四处的颜色收集起来还原为六个方面。在魔方极其风靡的那年，我有一天晚上在中央电视台的《新闻联播》节目里看见过一个英国或者美国的少年的表演。那天他将一只被预先打乱了颜色的魔方抓在手中掂了两下，接到一声"开始"的命令后，他的十个手指像一台机器似的飞快而轻捷地转动起来。落在他手中的魔方仿佛是一个原地旋转的陀螺，随着他手指熟练的捻动而不停地旋转着，六种颜色在旋转中分离聚合一刻不停地变化着。还没等我有所反应，他突然停下了，再一看魔方，每面的颜色只剩下了一种，已经无法再继续变化。从开始到结束，仅有十多秒的时间。短短的时间里他已经历了魔方上所有的颜色和变化，速度之快令人惊叹。没想到的是，隔了许多年之后你突然毫无预兆地对魔方产生了强烈的兴趣。那几天你像着了魔似的转动着上面的颜色，偶尔停下来，呆呆想一会儿心事，然后愈加疯狂地转动起来。这期间你谁也不理，有时一整天也顾不上和我说一句话，堆在墙角的画也任由一层一层落下的灰尘轻易改变了本来颜色,有时你轻轻地叹一口气也能将上面的灰尘吹得弥漫开来。谁也不知道你究竟想干什么,也不知道你对那六种颜色的具体企图和欲望。

有一天你突然停下来,握着魔方毫无表情地问我,"嘿,能借一点钱给我吗?"

我说:"没问题,你要多少?"

你想了想说:"一两万就行。"

你说得极为轻松,像在跟人借一两块钱似的。我吓了一跳连忙说:"我可没这么多钱。"

你听我这么一说就不吱声了,重新低下头转动起手中的魔方。我突然有点难过,为自己不能拿出这一两万块钱而内疚不已。尽管我不知道你有什么用,但是能肯定这笔钱对于你一定很重要。等第二天我再来时,只见你孤零零地躺在地上,魔方已被摔得粉碎,涂满各种颜色的小塑料方块散落一地,你躺在粉碎了的颜色旁边,浑身冰凉,像冬天的地面一样,一把锋利的水果刀被压在身下,刀尖的部位生锈一般粘着血迹,因为干涸而变成了暗褐色;地上也有一摊同样颜色的血迹,就在你一只赤裸着的胳膊伸出的地方,确切地说是在手腕的周围。你就是用这把刀子割断了自己的手腕,也割断了自己与所有颜色的联系……

等我从每天都黑暗着的小屋走出来的时候已经差不多到了夏天。这天是我出院的日子。临近中午时小王来接我，一看见我他就招呼道："嘿小杜，一段日子不见你倒长胖了嗬！"他走过来拍拍我，"怎么样，还行吧？"我朝他嘿嘿笑着没告诉他实话。他也没再问，又拍拍我的肩膀说："走吧，我送你回去。"

今天早上刚刚下了一场雨，空气中湿漉漉的，地面和墙壁上还残存着一丝潮湿的痕迹。院子里的人不多，只有几个护士和医生来来往往地穿梭着；此时天刚刚放晴，阳光犹如被雨水清洗一般的明朗，一道七色的彩虹在阔大无边的天上腾空而出，像一座彩色的桥梁，每一个人都可以通过这座桥去自己想去的地方。我站在走廊上眯起眼看了一会儿天空便随着小王上了车。

车子出了医院大门，拐上了街道。被删除了许久的繁华都市景象，好像被一个什么人为我重新打了一道 undelete 的命令，突然间又恢复过来。我在车子里不断地转动脑袋贪婪地四处窥视，像要将整个城市的景象全部装进记忆，带走。小王误以为我是在欣赏大街上的姑娘，自作聪明地说："小杜，最近医院里新来了一批小护士，个个都活鲜透嫩的，肯定对你的胃口。怎么样，要不要我给介绍一个？"

我笑着说了一句："你猜！"

小王顿时乐起来，"嘿！小杜，你现在可越来越有意思了嗬！"

小王把我送到家门口后就回去了，临走时说隔两天一定给我带个小护士来。

  家里还是以前的样子,甚至比以前更加凌乱,那一股刺鼻的霉味愈发重了。我先将所有的窗户打开,然后坐在客厅的沙发上看起电视。我将频道打到 12 上,想看看"马家军"和他们的"中华鳖精",但是没有。12 频道正放着一部枪战片,里面的人物混在一起也分不清谁是好人谁是坏蛋。他们东躲西藏四面开枪,不一会儿战斗结束,电视上又播起一首 MTV,一个小白脸的男人使劲地唱着软绵绵的忧伤和心痛,唱到高音部时腰也弯了,即将折断一般,好在高音过后他便直起了身子,一场虚惊。在为他担心的同时,我简短地接了一个电话。电话是梁姨打来的,她告诉我说老爷子今天晚上要晚点回来,等一会儿她来给我们烧饭。刚搁下话筒,电话又响了,我抓起话筒就听见一个声音说:"请找杜小杜!"

  我说:"我就是。"

  电话那头的声音顿时提高了八度,"嘿!哥们你这几个月跑哪儿去了?"

  我说:"你是谁呀?"

  "我的声音你都听不出来了?我是李卫呀!"

  "是你呀!有事吗?"

  "没事就不能找你了?"我被他噎得"咯"地一笑,他立即说,"又下蛋了是不是?"

  我说:"你就别磨牙了。说吧,什么事?"

他在话筒里轻轻一笑:"算了,不逗你了!"

我说:"还不定谁逗谁呢!"

他有点着急说:"你别捣乱好不好?"

我说:"好好,你说。"

"是这样,朋友们挺长时间没见了,今晚大家想聚一聚。你没问题吧?"

"都有谁?"

"有罗盘、马达、欧·亨利、宋涛、高翔、梁天、葛优、谢园、王干、苏丹、小顾、成龙、张伟弟、杨过、令狐冲、林青霞、娃娃、大佑、吴子彪、老五、张国焘、迈克尔·鲍顿、韩二、刘立杆,还有王朔哥哥和晓庆阿姨……"

"就这么多吗?"我问。

"基本上就这么些。"

我笑着说:"不会吧!是不是还有一个你没报?"

李卫在电话里尴尬地嘿嘿笑着说:"你心中有数就行了嘛!"

我说:"不行!你们少跟我来这套,今天他要去我就不去!"

"别!你这样何必呢?大家都是朋友,没什么大不了的恩怨对不对?更何况他跟你之间又没什么过节。"

"这话你跟他说去!他把谁当朋友了?就为一个'鸡'把小顾揍得半个月没下床,是朋友能下这么重的手吗?欺负一个老实人算什么,有种的干吗不跟韩二去比画比画?"

"你就别较真了,现在小顾自己都跟他和好了。别人自己都不在乎你又何必呢!"

"小顾跟他和好了?"

"骗你是孙子!"

我不吱声了,隔了一会儿我说:"那好吧,晚上我去。"

"这就对了!"他最后补充道,"别忘了晚上7点在'飞音大酒店',你尽量早点来,半年多没见,大家都挺念叨你的!"

"行,我5点准到。"

"那你就在门口站岗吧。"

我们俩都笑了。

"没事我挂了!"他说。

我说:"那就晚上见。"刚从耳朵上摘下电话,突然想到一个极其关键的问题,心中咚地一跳,急忙又将话筒拎起来哇哇一通大叫:"喂——喂喂!"

话筒里说:"又怎么了?"

我说:"不对不对,你说你是谁的?"

"你毛病呀!"他笑骂了一句,"我是李卫。到底怎么了?"

"谁?"

"李卫!木子李,保卫的卫……"

K 煮出姓名的大米或熊猫的饲养

20 岁　音乐会

　　音乐会开始时让-雅克·米尔多还比较卖力。也许是前面两首曲子难度较高的缘故,让他起码在态度上还不至于太过松懈,尤其第二首曲子的节奏变化较大,节拍的快慢转换频繁,其中还掺杂了音调及音色的变化,演奏到这一小节时,光是口琴便换了三种,有一只口琴仅一根手指粗细,是我见过的所有口琴中最迷你的一种。让-雅克·米尔多在演奏这支曲子时极其投入,口琴在嘴中来回地游走,身体朝着节拍或者音色的方向激烈而夸张地扭动。最后一个节拍被拉得很长,音乐在此时表现的是一份暮色在时光流逝中的无奈与伤感,一种伤感的思绪在音乐中渐行渐远了。他几乎是用满满一口呼吸完成了这一段的演奏，一曲结束，整个人已经大汗淋漓，内心被掏空了一般。接下去的演奏中他开始频繁地偷工减料起来，每支曲子开始时他先吹上一小段，引出主音吉他或者键盘的一大段SOLO，在某个中途他再接着吹上一小段，然后又是鼓手或者贝司的一大段的表演，他站在舞台的中央随着节拍轻轻扭动一下身体……

让-雅克·米尔多六十岁左右，头发花白，衣着休闲，给人感觉不是在演出而是在家门口逛超市。

这场音乐会由法国驻中国的某机构承办，现场观众近四分之一是法国人（其中或许包括一些其他国家的老外）。或许是因为来自同一个语境，老外们与台上的让-雅克·米尔多的交流较之台下的中国观众更顺畅一些，每到音乐的关节处，总是由老外们展开掌声，由此带动起中国人的掌声，如果老外们不鼓掌，中国观众把双手举起来了也不会拍的。无论如何台下这些掌声会给让-雅克·米尔多以刺激，刺激得他更加地卖力。我想让-雅克·米尔多的音乐是用法语的外壳编织的，所以台下的中国人对他奉献出来的音乐反应才会慢半拍，我只能这么想，否则我又能怎么说呢？在舞台一侧的一面电子大屏幕上滚动着一条文字提示：请中国观众注意礼貌，不要在一首曲子未完时随便鼓掌！这句话是用中文写的。可能是这条提示局限了中国观众对音乐本身的认知力，中国观众非要等到老外们掌声响起才敢跟上。他们的手是长在那些法国佬的胳膊上的吗?

K就是在这样一种时刻出现的。

当时我已经后悔来看这场演出了。后悔的原因并非因为音乐本身,事实上我对让-雅克·米尔多的音乐感觉挺好,那是一种混杂了古典爵士和乡村音乐等诸多元素的音乐,爵士乐那种特有的连续切分节奏以及乡村音乐中的怀旧和伤感的情绪让我忍不住想合着节拍鼓掌,但是这一点愿望却难以达成,我只有在法国人鼓掌时才能跟着拍两下巴掌,他们的掌声一停我就不能再继续了。一个人如果不能根据自己的意愿自由地表达感情,那么他所处在的时间对于他本人而言就是一种煎熬。这就好比你跟一个女人做爱,却被严禁在高潮时自由地射精。

不咸不淡又看了两首曲子后我决定退场了,我不想再继续这种折磨了。于是K出现了。当时演出已经过半,任何一个迟到的观众这时进场应尽量减少出声避免打扰别人,K却不然,一进场便打了一个巨大的喷嚏,一声"啊切"将全场的人都惊动了,一起扭头朝门口看。一个工作人员迎上去小声地让他就近找一个座位,K不买账,说我是有票的,为什么不让我坐自己的位子?他的嗓门很高,有故意引起瞩目的嫌疑。工作人员没办法,只好将他领到第二排正中的位置上。在他走过我身边时(我的座位在过道口),我闻到一股浓烈的酒味。

接下去的就是K的表演了。不管台上的乐手是否有精彩的演出,K随时随地地都会给出鼓掌,给出掌声前没有丝毫预兆,掌声停下也很突兀,一点都不顾及周围的气氛;他的鼓掌恰到好处的时候很少,更多的时候纯属胡闹的性质。开始时他的掌声还能带动起台下一部分观众的掌声,后来观众发现情形不对就没人跟随了,全场经常只有一两声巴掌零碎地响着。这人显然是个醉鬼。一场音乐会闯入了一个醉鬼,这就好比是一场音乐会闯入一头疯狗。嘿嘿!这倒是有点意思。醉鬼的掌声仍然不合时宜地出现,零零碎碎的。或许是为了发泄自己压抑已久的情绪,或许觉得胡闹本身也是一种快乐,我随之加入了其中。只要K一鼓掌我就跟着鼓掌,他停下我也停下。我们就像两个朋友在用掌声交谈,啪啪,啪啪啪。两次之后他注意到我了,扭头朝着我所在的方位看了两眼。他的眼睛在黑暗中有意外的闪光。在接下去的演出中,对我和K而言,让-雅克·米尔多和他的音乐都不重要了,只有我们俩制造出来的鼓掌才是人生中最意味深长的。台上的让-雅克·米尔多很快发现了台下的这个不速之客,隐忍了两首曲子之后他停下了,找来主持人在她的耳边说了两句什么。主持人点点头退下。让-雅克·米尔多乘机用简单的中国话和观众逗乐。他先说了一句,你吃了吗?然后指着自己,我很牛逼!惹得观众傻瓜似的哈哈大笑。在台下,两个戴着大盖帽的保安气势汹汹冲到那个K的座位前,先是弯腰和他说话,似乎是要请他出去,遭到了K的拒绝,他说我是买票进来的,凭什么让我出去!两个保安也不多话,一边一个将怪人强行架起来向外走去。这一行为惹得观众不满，许多人窃窃私语起来。两个保安却不在乎，K在挣扎中被强行架了出来，走过我身边时他挣扎着停下来，伸出手掌要和我握手，但是被保安阻止了。在两个保安的力量作用下他快速走过我的身边，他频频回头，似对我无限留恋。在即将被架出大门的一刹那他再次挣脱了保安，转过身握着拳头朝我大喊：自——由！这一声暴喊将演出会场震得嗡嗡作响，台上正说着中国话的让-雅克·米尔多也被这一声呼喊打断了，全场一片沉寂。K微微一笑，顽皮地朝我眨了眨眼。

事情过去二十年后的今天，我的记忆中依然清晰储存着K的那一声摧金碎石般的高呼。半年之后的某一天深夜，我躲在女朋友的房间和她鬼混。为了不让她在客厅里的父母亲察觉，我们装着在看影碟。DVD机里放的是一部《勇敢的心》，是英雄华莱士的故事。但是我们的心思却不在这上面。我和女朋友已经认识快一个月了，因为她父母看管较严，我们始终没有机会成那好事。这天晚上他家里来了一位外地亲戚，晚饭后她的父母陪亲戚在客厅里聊天，我们吃过饭后心照不宣地溜进房间。为掩人耳目先装模作样地看了一会儿影碟。其间，女朋友的妈妈装着找东西进来过两次，看没什么可疑的迹象便放心地回到客厅继续陪亲戚聊天去了。我们的爱情由此得以从容展开。我们迅速地翻滚到一起。女朋友穿的是裙子,这为我的行动增加了便利,在一阵娇喘吁吁中我迅速将她的短裤褪下了,就在即将进入的一刹那,电影也到了结尾,英雄华莱士躺在断头台上,面对着宽阔的蓝天,用尽毕生的气力呼喊了一声,自——由!

这一声呼喊让我一下从女朋友的身上坐了起来。当时我身下的女友满脸晕红,她没料到我会在这时突然停下并离开了她的身体。吃惊地睁开眼睛问,怎么了?我傻傻地看着屏幕,屏幕上铡刀落下,华莱士的脑袋滚向一侧,那一声长啸在天空久久回响……

那天晚上我搂着女朋友向她讲起我的那位朋友。

我相信人与人之间是有缘分牵连的。我与K非亲非故,此前从未见过,那天演出会场的台下光线暗淡,我甚至都没看清他的长相,但是在相互遭遇的一刹那我依然相信我和他已经相识多年。对于我而言,那个怪人就是K。一直到生命结束我都不知道K的真实姓名,只能以K冠之。那一年我20岁,已经有了女朋友。我喜欢自己的女朋友,从确定恋爱关系时我就在琢磨和她做爱了,本来那天在她家完全可以成就夙愿的,但是这个机会后来被我自己放弃了。那天我和她说起了K,向她讲起与K相识的那场音乐会,说起他在音乐会现场的胡闹,以及被保安押出会场时他紧握双拳的那一声高呼。女朋友问他喊的那一声是什么意思?我说我当时也很疑惑,现在才知道他是在模仿华莱士。女朋友又问,他为什么要模仿华莱士?我说我不知道,也许就是搞笑吧!女朋友说你很喜欢你的这个朋友吗？我说是的。她噘嘴撒娇道，那你是喜欢他还是喜欢我？

那天我们节约化了做爱，将其耗时用在对 K 的谈论或曰讨论上。我们猜测着 K 在现实中的身份，虚构着他的过往经历并对他的将来想入非非。我猜 K 是某个企业的中层干部。对此女友并不认同，她觉得 K 应该是一个艺术家，是那种才华横溢但是在生活中却穷困潦倒的艺术家（女性似乎总爱在感情上将某个成年男人虚构成自己的孩子）。除此之外我们还为 K 罗列了其他众多的职业和身份，工人、私营业主、屠夫（杀猪的）、流行歌手、中学老师（教历史的）、网络写手、漫画作家、卖酒酿的、海员、花匠、小偷、品酒师、电台 DJ，最后我的女朋友哦地一声说，我知道了，他是一个有钱人。我问，你说他是做生意的？女友：是有钱人。看了我一眼，有钱人并不都是做生意的，有许多生意人未必有钱。然后依偎在我的胸口说，等结婚了就请 K 来我们家做客，我要做很多好吃的菜，再买一瓶很贵的酒。她的话让我很感动（20 岁的男人总是会被某个异性轻易地感动的），将她更紧地抱了一下。

25 岁　在女人的身体里游泳

每天早晨 8 点一到，K 在隔壁就折腾起来。他先会打开收音机。清晨八点钟收音机的各个波段大多被新闻类节目占据，都是一些恶狗伤人交通肇事逃逸之类的烂事。你们租住的房子是老式的木质结构,墙壁是木板做的隔挡,两个房间之间的隔音仅有理论上的可能,K那边一打开收音机你的耳朵就会被各种各样的新闻塞满,清晰度似乎胜过K在自己房间的感觉。新闻大概持续十分钟左右,这十分钟的时间是K为你提供的自然苏醒的时间,如果在这期间你不能适时清醒过来,K就会用拳头使劲地擂墙,那时整个房子会像一面闷鼓似的嘭嘭作响,你像一枚睡在响鼓里的跳蚤,绝望得直想一头撞死。到了这种程度你也无法继续自己的睡眠,只得爬起来去厨房为K烧早饭。

你其实并没有出来租房子的必要。你们家住的是一幢跃层公寓,自己一个人占了几乎整整一层。尽管和父母住一块儿稍稍显得压抑,但是起码一天三顿饭是不用自己动手的。之所以愿意掏钱出来租房子另住,完全是出于友情的力量。那天K给你打电话,说自己在研究开发一种新的产品,现在已经到了关键阶段,但是原先租住的房子的环境太差,门前是一个农贸市场,早晨四五点钟开始就喧闹起来,这种喧闹一直要持续中午前后,严重影响自己的睡眠和工作。为免受打扰只得重新租了一间两居室的房子,他自己住一间,另外一间空着。他在电话里问你愿不愿意把另外一间租下来?说这样可以为他承担一点租房的费用。你二话没说就答应了。对K的任何要求你从不二话的。

K这一阵正在进行着一项别致的发明研究。他想在大米上生出字来。对此你很怀疑，问大米上能生字？你准备让它生什么字？一说到自己的试验K的两眼就放光，理论上你想让它生什么字都可以。你再问，可这有什么意义呢？K一撇嘴，意义大了去了。你想啊，大米本来功能只是解决人的饥饿问题，我的研究则在不破坏它本来功能的前提下为它增加了一项新的附加功能。这项研究一旦成功大米就可能成为继电视、广播、报刊、网络之后的一个新型的媒体，可以为一些企业和产品做广告或者做市场推广。停顿了一下继续道，你看你写诗歌那么多年，也没几个人知道你，说句不好听的话，现在连个超女都比你的名气大，可如果你在媒体上做了广告，譬如哪天大米上出现了你的名字，以后每个人一吃饭就能看到"诗人赵刚"，这样一来你想不出名都不可能。你觉得这话似有道理，嘴里却反驳，大家现在都习惯在传统媒体上发布广告，谁会愿意在大米上做广告？K不屑地喊地一声，你真是没文化。你想啊，大米可是每个人每天都要接触的食物，一个人可能一天或者一两个月不看电视报纸不听广播甚至不上网，可饭却是一顿都不能少的，就受众面而言，大米肯定比传统媒体的覆盖面要广，因此就发展的眼光衡量，它肯定会超过电视、报纸等传统媒体而占据媒体种类中的强势地位，甚至可能由此改造当今的生活结构，促进人们习惯的生活方式乃至思维方式的转变。

K的房间里堆了各种各样的盆，有塑料制品，也有搪瓷或者老式木制品，大大小小的有七八个之多，每个盆中都栽种着几株水稻秧苗。桌子上还放着一些瓶瓶罐罐,里面盛的是泥土。K说这些泥土是从各个水稻种植地区收集来的,有福建的、江苏的,还有浙江的,这是为了在种植的过程中减少错误率的一种措施。

你没料到K摇身一变成了一名农技专家。你开玩笑地对他说,你的研究成功后能不能先帮我的诗歌做做宣传?K斜了你一眼,你出多少钱?你伸出一根手指,十块。K摇头,那不行,起码得二毛。

两个人都笑了。

你住进来后,K提出每人值勤一个月,内容包括烧饭、打扫卫生等一应事务。K当时这样解释自己的建议,自己烧饭可以节约开支,轮流值日则是为节约时间。你想想也有道理便同意了。只是你点背,抽签时抽到了第一位,从此便成了保姆一般,一天三顿饭都要按时按顿地供上,稍有怠慢K就发火。而你散漫惯了,平时一般要睡到中午,根本没有吃早饭的习惯,但是K却有晚睡早起的好习惯,干起活来特别玩命,吃起饭来则比干活更玩命。有一天出于偷懒的考虑,你把两天的菜合在一天做了,两条鲫鱼红烧,一个青椒炒鸡蛋,一个炒青菜,一个凉拌黄瓜。之前你跟K打了招呼,告知说这是两天的菜,让他悠着点儿,谁知K只一顿便把菜全给干光了。下一顿还没到点又饿了,先在隔壁房间叫你赶紧做饭,见没反应就跑过来叽呱叽呱地一顿乱叫,质问你为什么还不做饭?那天你真的生气了,任他怎么折腾就是不理,埋头伏案写着一首可写可不写的诗。最后K气急败坏之下一屁股坐在地上哭了起来，哭到伤心处两条腿还不停地在地上蹬踢，像顽童撒泼。

除了在烧饭这件事上引发的种种不快，另外一个让你厌恶的是K在私生活上的不检点。

K不知从哪里勾搭上了一个小女生。小女生个子挺高，文文静静的，眉间有一颗红痣，外表比实际年龄显得要成熟。只要小女生一来两个人就关起门来鬼混。本来K和小女生之间相互干点什么并不奇怪，问题是K在行事时动静折腾得挺大，轰隆轰隆的，像一头公牛撒野。那位小女生也不是等闲之辈，平时看着挺文静的，一上了床全然没了一丝淑女的风范，嘴里一阵接一阵地大呼小叫，哎——呀——哎——嗯呀——喔——也……你有时听不下去了会朝他们喊上一嗓子，轻点成不？喊声一起隔壁房间的两个狗男女会暂时收敛一些，传出的是一阵压抑着的呼哧呼哧的喘气声，但是隔了不多久又是啊地一声尖叫炸响，炸得你头皮都麻。你找K谈过一次，委婉地表达了对他们的不满，希望他们能适当地照顾一下世界上光棍们的情绪。K满口答应，但是战事一拉开依然激情四溢的，锅盖都闷不住。这事让你倍感头疼，在与K多次交涉无果后，你甚至产生搬家的念头——走自己的路，让这两个狗男女折腾去吧！就在这时K那边却出事了——爱叫床的女生怀孕了。

本来小女生怀孕和你没任何关系。首先小女生并不是你女儿或者妹妹，其次事情也不是你干的，但是因为K你最终还是卷了进去——被卷入到她的怀中去了。

一天早晨K一反常态没来催你做饭,早晨7点钟不到便在房间咚咚哐哐地折腾起来。你被吵醒了,躺在床上问,干吗呢?K回答,没事,睡你的。你翻身继续睡,合上眼还是觉得不对,隔壁的动静太过异样了。你翻身下床来到K的房门前,砰砰敲了两下。K在房间里喊,门没锁。你推开门,房间里一片狼藉,床已经掀了,被子和床褥也已捆扎停当,床上现在放着一口大箱子,箱盖被高高打开,K正在把一些衣服和零散物件往箱子里塞。K扭头问了一句,你怎么起来了?你反问,你这是干吗?K头也没抬地回答,我要搬家。你问为什么?K停下手,我遇到麻烦了。你问怎么了?发生了什么事?K直起身子犹豫了片刻还是说了,她怀孕了。你一愣,笑了。说这事不新鲜,你们俩跟逮不着似的整天滚一块儿,怀孕还不是迟早的事。K说你就别再热嘲冷讽的了,我都快疯了。看到K如此紧张你似乎很开心,慢条斯理地说这有什么,不就是怀孕吗,这事处理起来很简单,想要孩子就生下来,不想要就去医院打了。K哭丧着脸,你说得倒轻巧,事情已经让他们家知道了,现在不是我想干嘛就能干嘛的。他们家要见我。你哈哈大笑说这是好事啊,那就顺势结了这门亲呗!K说开什么玩笑!K直起身子环顾了一下四周,惹不起就躲。你一愣,你想溜?K似乎不大满意他的说法,说这是战略性撤退。你说那不行,我是因为你才出来住的,你不能把我一个人抛在这儿。K说来不及了。我再不走一准

K煮出姓名的大米或熊猫的饲养 | 261

被活捉。那我呢？K说你在这儿坚持几天，等我在外面找到房子后你再搬。

上午10点钟左右，一辆搬家公司的大卡车把K和他的七八盆水稻及一应行李被褥搬走了。搬家工人在搬那几盆水稻时K跟前跑后地大呼小叫，轻点，轻点。那七八盆水稻长势不错，有两盆水稻的秸秆已经泛黄，再过一个星期或许就该结穗了。

站在门前看着搬家公司的大卡车将K拖出你的视线，你陡然有了一种极不好的预感，你怀疑K是不是在外面预先找好了房子，否则满满一卡车的东西又往哪个方向去呢？卡车总不能在大街上无休止地行驶下去吧！如果真是这样，那他为什么要向自己隐瞒呢？他隐瞒的目的又是什么？

一个上午你都心神不宁的，K的突然离去让你心生不安，仿佛身体中的某种平衡被打破了。K是10点钟离开的，大约离开半个小时后你开始给K打电话。K当时可能还在大街上，背景声嘈杂。K声音急迫地接了电话，干吗？你说没事。K说没事打什么电话啊？我忙着呢！你问找到房子了吗？K说哪有那么快？我不和你多聊了，马上去银行取点钱。你说找到房子就和我说一声，别忘了！K连连答应，忘不了放心吧！突然说，我马上要换手机号码了，过一会儿这个号码就不能用了。你说那你把新号码给我吧。K的声音停顿了一下，过了五六秒才说，要等一会儿我才能去换卡。到时我给你电话吧!

你不明白K干吗要换手机号码。

下午四点半左右小女生来了。她在门外嘣嘣嘣地敲门。你开了门对她说,K不在。小女生问人呢?你说他搬家了。小女生问,搬家?为什么?什么时候?我怎么不知道?你吞吞吐吐地说,上午刚搬的。是临时决定。小女生说他什么意思,为什么突然要搬家?我打他的手机也停机了,他究竟想干吗?你说我不知道。小女生的脸色阴沉了。他有没有丢下什么话?你:K说……让你别找……他了。小女生的脸色顿时一片苍白,嘴唇急促地翕动了两下,扭头走了。脚步的频率很快,瘦弱的背影拖在身后,行走中的脚步似乎被呼吸绊了一下,一个趔趄之后重新稳当下来。你突然为这道背影难过起来。

K的手机果然停了,你后来再打K的手机听到都是语音提示:"你拨打的号码已停机。""你拨打的号码已停机。"

那个小女生后来频繁地来你这里。一开始你以为小女生是怀念与K的一段恋情才频繁地光顾的,后来发现情况似乎不对。小女生似有把此地当自己家的意思,下午一放学就过来,几乎每天都来,偶尔还从菜场买点菜什么的。问题是买了菜之后接下去就必然要进入到做饭这一程序,而两个男女一起做饭这事本身又含义暧昧,特别容易模糊两个人之间的界限,而且饭做好之后小女生就得以从容留下来与你共同进餐——总不能饭做好了之后就撵她走吧！说起来菜还是人家买的。

每次见到小女生你总是偷偷关注她的腹部。你清楚记得 K 说小女生怀孕了的,所以你总是害怕她的腹部在你面前突然凸起,更怕凸起的腹部突然爆裂,从中蹦出一个哇哇大哭的婴儿。你在想小女生如此讨好你是不是为了跟你借钱打胎呀？有一天主动问：你需要钱吗？小女生说不需要啊。她忽然反应过来,说,你是不是没钱用了？我可以给你一点。

有一天小女生忽然帮你叠起被子来了。

你平时从不叠被子,这一点小女生也知道,此前她来你这里也没有过类似的举动。一个星期天下午你刚起床,小女生来了,你随口招呼说,随便坐吧！小女生东瞧西看了一会儿,突然走到床前弯腰叠起了被子。你被吓坏了,赶紧阻止。小女生却不肯停下,嘴里还抱怨,你看你都懒成什么样了？被子也不叠……！那种腔调仿佛是一个女主人在埋怨懒惰的丈夫。你愣在当场无言以对。你发现自己正被一种奇怪的力量诱入另外一个方向,前方不是沼泽就是泥潭……

可能正是叠被子这一事件让你警醒了。这天小女生临走时你跟她说希望她以后不要再来了。正要出门的小女生闻听此言身体一激灵,转过身看着你,慢慢地眼圈红了……你说我和 K 是……朋友,那个……那个……

从这天起小女生没再出现。你以为事情就这样过去了。有时静下来还无端想起小女生,你不知道她后来怎么样了,腹中的胎儿处理了吗?由此又想到K。

你后来一直在试图和K联系,但是始终未能联系上。K原先的手机停了之后就没再开通,你后来再打K的手机听到的语音提示也变成了"你拨打的号码目前暂未使用"。K后来也没给你打电话,你不明白K为什么不给你打电话了,你与K在生活中就此失散。

一天起床后你正在刷牙,有人嘣嘣嘣地敲门。你咬着一口牙膏沫走过去开了门。站在门口的是两位中年男女。男的偏瘦,女的偏胖。中年男人礼貌地问,请问是赵刚先生吧?你点头。中年男人微笑着,能让我们进去坐一会儿吗?你将他们让进了房间。屋里只有一张凳子一张椅子,你请中年男女各坐了一张。中年男人客气地,打扰你了,你先洗漱吧!你问,请问你们是……?中年男人说我们是柯可的父母……柯可?你稍一疑惑立刻反应过来。柯可就是那个小女生。中年男人:……我们有点事情想跟你聊聊。你先洗漱吧!你没理会,有什么事情请说吧!中年男人说,听说你是一个作家?你谨慎地回答,我喜欢写东西。中年男人:发表过吗?你迟疑了一下点点头。中年男人说以后有机会希望能拜读你的作品……一直沉默的中年妇女突然发作了,朝男人喊,你唠叨这些个干什么?拉家常吗?男人皱起眉,依你能怎么样?中年妇女脸色铁青,操起桌子上的你漱口用的半杯水,一仰头咕咚咕咚咕咚一气灌了下去。你想阻止的,想想又放弃了。一杯水下肚之后中年妇女的脸色缓和了一些,她放下杯子看着你,知道今天为什么找你吗?你摇头。中年妇女:我也不怕丢人了……一旁的中年男人干咳了两声。中年妇女扭头看看他,他则扭头打量起房间,似乎什么也没发生。中年妇女转过脸继续说,我们家出了一件丑事……中年男人更加大声地咳嗽起来。这显然是刻意的。中年妇女忍无可忍了,朝他喊道,你干什么!中年男人抬头征询道,你这样说话妥当吗?中年妇女:有什么妥当不妥当的,他们俩连那种事情都做出来的,还有必要藏着掖着吗?转过脸眼睛直视着你,你们谈恋爱多长时间了?你有点转不过弯了,谈恋爱?我?突然明白过来,这和我并……没有……中年妇人:现在柯可怀孕了,你准备怎么办?一股牙膏泡沫顺势流下嘴角,你伸手连擦了两下,虚弱地问,是柯可说的……?中年妇人暴躁地,你什么意思?她如果不说我们怎么会知道是你!你的头大了,你不明白那个小女生为什么要这么说,她究竟是什么意思?多么奇怪的生活,一个人还没播种,一棵树已经结果,而且是一棵桃树上结出的一枚枇杷果……那一瞬间你的全身上下像发疟疾似的一阵阵地哆嗦,冷汗迭出,一头栽倒不省人事了……嘴里含着满满一口牙膏泡沫……

你后来做了一个梦。在一家医院的某间病房里,一缕阳光从一面窗户中直射而入,灯光一般静静打在你脸上。阳光下的眼睑急促地颤动了两下后眼睛慢慢睁开了,随即一张熟悉的脸映入视线——你看见了K。K坐在病床边的一张凳子上一声不吭,你躺在床上也不知是否应该说点什么,场面极度尴尬。K摸索着口袋,掏出香烟,是"万宝路"。

你和K都喜欢这种牌子的香烟。

K把仅有的一根香烟向你举了举。你点头。K将香烟塞进自己嘴中,掏出打火机啪哒一声打着了火,火苗在烟头前晃动,K连吸了两口,将烟点着,再将香烟从嘴唇上摘下塞进你的嘴里。两个人默默地抽着烟,你一口他一口,烟头的火光在忽明忽暗中跳跃一般地闪烁。烟很快抽完了。K掐灭烟头。站起身替你掖了一下被子,顺势拍了拍,走了。在K出门的一刹那,你抬手轻拍了两下,啪啪。K回过头,就笑了……

30岁,或熊猫的饲养

30岁一开始,两种不同种类的动物几乎同时闯进他的生活。一种是女人,一种是熊猫。先说女人。

那天下午他先踢了一场球,回到家后冲了个澡,赶到茶社时已经是晚上八点多了。老林他们已经到了。一张长桌子前围坐着七八个各种颜色的男女,花花绿绿的。其中有一多半与他认识,有几个是新面孔。老林逐一介绍。两个男的当中一个叫贾佳,另外一个是某中学老师,第三个是个女的,外表看不出准确的年龄,可能20岁出头,也可能二十四五了。她穿着一件带有一丝绿意的鹅黄色毛衣开衫,身材修长面容清丽,眉目间有一颗红痣,红痣形象饱满色彩鲜艳,如宝石一般醒目。这个女人无疑属于女性中较为漂亮的类型。她的名字很拗口,老林介绍时他没听清,追问了一句,她大方地自己回答,你就叫我K吧!他一愣,她迅速转过脸与身边的那位中学老师聊了起来。一个晚上这个女人都没和他说上几句话。中途他找了一个机会向老林打听这个女的来历,老林伏在他的耳朵上轻声说了一句,别琢磨了,你没戏。看看她的表现也的确如老林所言,她与在座的每一个人都有说有笑的,唯独将自己晾在一旁,这的确不像是有戏的样子。不咸不淡地坐到十点钟他感觉累了。下午踢球踢了一个整场,体力消耗太大,身体有点乏。于是起身对大家说,我要早点回去,你们玩吧!老林他们聊兴正浓,纷纷说那好,下次再约。这时K突然说,时间不早了,要不我们就散了吧!大家情绪急转直下,附和道:那就散吧。

结账买单,一群人在茶社门口作鸟兽散,骑车的骑车,打车的打车。他住得比较近,安步当车向前走了。

夜晚的大街上没什么车,街道安静宽敞,不时有阵阵微风吹拂而过。向前走了没多久,一辆小车缓缓靠了上来,一个女声问,作家,要不要捎你一段?他扭头一看原来是K。本能地说了一句不用了,我就住前面不远。她说这么晚了,还是上车吧!他说真的不用,我喜欢散散步。她笑着说,这么晚了让一个作家单独走路,人民不放心啊!

他只好上了车。

我看过你的作品。她一边开着着车子一边随口说了一句。他问是吗?她说是。我很喜欢带着一条小狗出门旅行的那篇小说。他一直不习惯别人当面探讨自己的小说,说好说坏都不习惯。这时正巧经过一个十字路口,随着前方闪烁而起的红色信号灯,她一脚踩下了刹车。他开玩笑地问,敢闯红灯吗?K扭头看了他一眼,呼地一轰油门驾车驶了出去。没多远又遇到一个红灯,她吭都没吭一声又闯了过去。接连闯了三个红灯后他撑不住了,说好了,好了。我服你了!

没一会儿到了家。他下车和K告别,K摇下车窗看着他说,能满足一个女人的好奇心吗?他问什么?K说,让我参观一下作家的生活。他有点拿不准K的意思,犹豫了一下。她咯咯一笑,是不是家里有人不方便?他说没什么不方便的。欢迎参观!

K这天晚上没走。

他后来得知。半年前K就已经结婚了。据她自己介绍结婚两个月后她和丈夫就分居了。这一事实让他心里有点不舒服。他并不是一个墨守成规的人,但并不表明他在生活中没有顾忌,此前他也没想过自己有一天会和一个有夫之妇勾搭成奸。他当时问K,你们什么时候离婚?他的本意是想为自己在道德层面上占得一丝先机，如果她能给出一个期限，那么他就便于为自己找到如此这般的道德依据。但是 K 的回答让他绝望。我们没想过离婚，也不会离婚的。永远！

大概是在 K 介入到他的生活半个月后，他又无端地拥有了一头熊猫。不是玩具，是一头真正的熊猫。最初的几天他一直很恍惚，常识告诉他，熊猫不像狗啊猫的这一类宠物可以随便家养的。熊猫是什么？熊猫是国家一级保护动物，关于熊猫的任何权利都与国家权力相连。因此一头熊猫属于个人这一事实在中国肯定是不被允许的。就这一点看，这事本身就具有一种凶险性质；但是从另外一些渠道得到的信息获悉，熊猫作为一种紧俏商品在地下市场中享有极高市场行情，一头熊猫能卖到五十万到一百万甚至数千万，这么一大笔钱对一个普通人而言无疑也是有着极端的诱惑力的。想想也是，一个普通人劳作一辈子也未必能挣到这么一笔巨款，如果这头熊猫真的能为他带来一笔巨大财富，那么为此冒上一番风险想必也是值得的吧！

熊猫是被一条编织袋拎进家门的。那天 K 坐在客厅的沙发上看电视，他拎着熊猫一进门她就伸手捂住了鼻子，什么东西啊那么臭！从此便和熊猫成了冤家对头，一瞧见熊猫就心情不好，嫌它脏、臭，还浅薄地说熊猫像一条小狗。其实以他对 K 的了解，她并不是一个爱清洁的人，尽管每天出门时衣着光鲜时尚整洁得像个时尚的职场女性，可一回到家便无所顾忌了，衣服东脱西扔的，鞋子有时都不穿,光着脚在房间里乱走,累了就往床上一躺,或者往沙发上盘腿一坐。这种人凭什么嫌弃熊猫?不过话说回来,这只熊猫的确是够脏的,他怀疑它从生下来到现在都没洗过一次澡,身上恶臭扑鼻,身体上那一片白色的毛也已经发黑发黄了,若不是因为有黑色的毛衬托,都看不出是白色的。

这头熊猫出生才四个多月,圆头圆脑的,毛色也是刚刚发生变化。本来他想挑一头大一点的熊猫的,但是熊猫的主人劝他说,成年的熊猫对于你不大方便,不好养也不利于出手。他想想也是这个道理,就挑了这头小的。

除了K的态度,熊猫的喂养也成了一大问题。此前他只知道熊猫吃竹子,除此之外并不知道它是否还能吃点别的什么。说起来竹子并不是什么贵重物品,真正要买价钱肯定也贵不到哪儿去,问题是城市里面哪有竹子呢?城市的柏油马路上是长不出竹子的,商场超市的货柜上也没有陈列出这样的商品,家里倒是有一根晾衣服用的竹竿,可递到熊猫面前时它理都不理。他后来又用青菜、大白菜包括青椒大蒜洋葱一一递到它嘴边诱惑它,全告失败。小家伙对这些东西一概拒绝,有一次甚至挥起前爪将一棵大白菜打出老远。最初的两天小家伙被饿得哦哦直叫唤,他只能搓着手干着急。每当这时K就在一边说风凉话,人都养不活还养熊猫!或者说,没金刚钻别揽瓷器活儿,我看你非把它活活饿死才开心!他想想自己的确是伺候不了它了。那天晚上九点多,他对K说,算了,还是把它送走吧。K当时正在沙发上翻着一本时尚杂志,熊猫就趴在沙发边上哦哦地叫着。听了他的话,K瞟了熊猫一眼继续看杂志,没有发表意见。他于是跑到厨房从垃圾桶里翻出那个编织袋,出来后用双手拉开袋口对K说,你帮忙把它放进来吧!K满心不情愿地起身弯腰抱起了它,就在她直起身子的一瞬间,一件意想不到事情发生了,小东西伸直脖子隔着衣服一口含住K的乳头,吧唧吧唧迅速吮吸了两下。K一声尖叫双手一抖把它扔到沙发上去了,双手紧紧按住自己遭袭的乳房,脸上又惊又羞,像刚被一个流氓袭击似的。他也没料到熊猫会如此流氓,心里也上了火,走到沙发前一手掐住熊猫的脖子拎起来就往袋子里摁。小东西四只腿胡蹬乱踢地拼命挣扎不肯就范。他只好对K说,你帮忙撑一下口袋吧。K却没动。他扭头问,怎么了?K看着熊猫说,我知道了,它可以吃奶……他不明所以地看K。K连说带比画的,我们可以用牛奶……试一下!

　　K当即去超市买了两大罐牛奶,用一个脸盆盛了,小心翼翼端到小家伙面前。小家伙漫不经心地伸出鼻子嗅了嗅,一头扎到脸盆里咕噜咕噜地饮将起来,一边喝还一边高兴得直哼哼,一激动一脚把脸盆给踩翻了,牛奶泼了一地,它埋头在地板上追舔着牛奶,像一个面对赤裸着的女人的色狼似的急不可耐,看得他和K哈哈大笑。

　　食物的问题就这样解决了。小家伙看来很喜欢牛奶,每顿一口气能喝下小半脸盆的牛奶,完了还把盆舔得比脸还要干净。与此同时K对小家伙的态度发生了奇怪的转变,每天下班回家的第一件事情就是把它抱在怀里又亲又吻的,还自告奋勇地承担起带它洗澡的任务,每隔个两三天就带它洗一次澡,没事的时候就抱着它,连吃饭都舍不得放下,他想这种感情即使对自己儿子也应该够了。他私下分析是不是每个女人的乳房被某个东西碰了之后就会激起她不负责任的爱恋与亲情?也不管对方究竟是个流氓还是一头畜生,否则日常生活中的女人干嘛总是护着自己乳房呢?

他觉得肯定是这样。

尽管他和K都没对外人说起过,但是他们拥有一头熊猫的消息还是走漏了。一天下午,一个同是写小说的朋友给他打电话,两句话没说便直言相询,听说你最近养了一头熊猫?他矢口否认,谁说的?我现在连自己都快养不活了,还养什么熊猫!那个朋友笑着说,我没别的意思。我最近正在写一篇关于熊猫的小说,但是对熊猫的习性和生活习惯不太了解,写作之中障碍重重,所以希望能亲眼看一眼熊猫,实地观察了解一下。他说我真的没有熊猫,你还是去动物园试试吧!那个朋友叹了一口气,老赵啊!我写了二十多年的小说了,也出了十多本书,可却没真正地在文坛上火过。你也知道,我们写小说的一生之中难得抓到一两个好题材,我今天丢个狂言,如果这部小说能顺利出来,一不留神拿个诺贝尔奖也不是没有可能的,所以请你无论如何帮帮忙!他说我真的没有熊猫,如果有给你看一下也没什么的,没准我还是为中国文学冲出亚洲走向世界做了贡献……这个朋友生气了,求你一点事情就这么难吗?叭地挂了电话。

自这个电话起麻烦真正开始了。后来的数天中电话不断,大多是一些亲戚朋友希望能让他们或者让他们带自己的孩子来家里看一眼熊猫,还有一些则是陌生的买主来电话询问价格,天知道他们是如何知道的。这时候他隐隐感觉到了一丝凶险,他担心这么下去会出大麻烦。有一天打电话向一个律师朋友咨询,法律对私人拥有熊猫有没有做过明确惩处规定。律师犹豫了一下说,好像没有。还问你问这干什么?他说我有个好朋友私自养了一头熊猫,最近要出国,想暂时把熊猫寄存在我这里。律师一听就急了,说你千万别答应。他问为什么?你不是说法律并没有明确规定禁止私人养熊猫的吗?律师说没有明确的惩处条例并不等于不惩处,你听我一句,尽量离那头熊猫远一点!

事情发展证明这位律师的话是对的。

一天晚上从外面回来。刚要进小区大门,一辆小车缓缓靠了过来,车门一开跳下两个彪形大汉,他还没反应过来就被两个人塞进车子里去了。

车子一路飞奔。他左侧的彪形大汉似有狐臭,刺鼻的臭味熏得他总想关掉自己的呼吸,右边的家伙是个大胡子,一脸的凶相。他在车内如坐针毡。试着对大胡子说(与之说话时可以暂时避开狐臭的熏陶),有什么事咱们好商量!你们这是干什么?大胡子扭头朝向窗外。他又对前面的司机说,驾驶员兄弟请你停一下车!你们肯定认错人了。司机从反光镜中扫了他一眼,继续开车。他最后急了,说你们究竟想干什么?我是个作家,你们别乱来哟!有狐臭的家伙转过脑袋,你是作家?他的呼吸再次被一股恶臭熏中。他说是的,我是写小说的。有狐臭味的家伙再问,你叫什么?他说,我叫赵刚。赵刚?有狐臭味的家伙轻轻念叨一声,摇头,没听说过。他赶紧说,我和琼瑶、王朔、苏童、金庸都是好朋友……右边的大胡子极不耐烦地一声暴喝,你给我闭嘴!

十多分钟后车子到了一处似乎是被废弃了的建筑工地上,工地上已经停着一辆车了。他们的车子朝着那辆车径直开过去,隔着七八米停下来。有狐臭的家伙和大胡子分别下车,大胡子下了车之后一伸手把他拽了下来。推着他走到那辆车前。车子后座紧闭着的车窗缓缓落下,一个肥肥的光头和一副墨镜伸出车窗,盯着他看了一会儿,墨镜下的一张嘴突然张开说了一句,你好!他稍一恍惚才发现那光头和一副墨镜原来是一个光头的男人脸上戴着一副墨镜。他回答了一句,你好!光头问,知道为什么请你来吗?他说不知道。光头说咱们就别兜弯子了。听说你有一头熊猫?他说没……光头伸出一根手指摇了摇。你千万别说你没有。我们既然找你来肯定是掌握你情况的,你也别自作聪明好不好?他暗暗回味了一下这话,泄气地问,你们要干吗?光头说没别的意思,就是想和你做一笔生意。我们想买这头熊猫。他小心翼翼地问,你们是什么人？光头一笑,这对于你不重要,我们只是买你的熊猫,并不想和你交朋友。他左右看看,大胡子两手抱着小腹,有狐臭的家伙在掏耳朵,他问光头,我有选择吗？光头笑眯眯地回答,恐怕没有。他说我如果答应把熊猫卖给你们,我是不是就可以回去？光头点了点头。他说那好吧,我答应你。光头的脸上顿时一片灿烂,这时大胡子上前二步,附在光头耳边说了一句什么。光头听了后好奇地打量了他两眼,问,你是作家？他赶紧说是的,是的,我和琼瑶、王朔、苏童、金庸都是好朋友……光头伸手挠了挠头,看来这次我得多给点了。我还是第一次和一个作家做生意,哈哈哈！

接下去的过程有点简单,他在大胡子和有狐臭的家伙押解下回家拿出了熊猫再回来交给光头,光头当场付了五百块钱。拿到钱他愣住了。他没想到光头只给了这么一点。卖一头好狗还不止这么多呢！他对光头说,你给得也太少了！光头则说,看着你是一个作家的份上已经多给了。他说你们这不是讹诈吗？光头生气了,对那两个彪形大汉说,作家不高兴了,你们安慰安慰他。自己抱着熊猫转身上车,车子一溜烟地开跑了……

那天夜里他鼻青脸肿地回到家时鼻孔中还残留着两条血迹,K一见就哭了,抓起电话就要报警。被他制止了,他说算了吧,这伙人是黑社会的,咱们惹不起。

那天K伤心地哭了一夜,不是为他,是为熊猫。

熊猫就这样离开了,他的生活重新恢复到以往的秩序中。每天一早K出门上班,他就在电脑前敲字写小说。一直写到中午时分。完事后小睡一会儿,然后出门吃饭,下午或者去茶馆喝茶,或者踢一场球,心情好的时候就去看一场电影,晚上回家与K一起吃晚饭。日子在平淡中持续,他以为一段曲折已经结束,生活从此安顿下来,

一天晚上吃过饭后他和K出去散步,八点半左右回来,走到楼梯口时突然从暗处闪出一个黑影,怯怯地叫了一声,作家!他一看居然是大胡子,大胡子手里还拎着一只鼓鼓囊囊的编织袋,不用猜他也知道里面是什么。袋子里的东西仿佛嗅到他和K的气味,在袋子里哦哦地叫起来。K一下就受不住了,腾身就要过去抱它,被他一把拽住了。眼前的大胡子形象怪异,让他不得不谨慎。大胡子似乎受了伤,脑袋上绑了一圈纱布,一只胳膊也用绷带吊在脖子上。他问大胡子,你这是怎么了?大胡子答非所问地说,我想把熊猫还给你。他问,你什么意思?大胡子说这头熊猫我们不要了,交易取消。他说那不行,既然已经交易了就没有反悔的道理。大胡子脸上呈现出一种可怜的表情,几乎快哭了,带着哭腔说道,求你帮我这一次吧,以后我一定报答你们。熊猫还在袋子里哼哼叽叽的,K的身体一次次地作势欲扑,只是被他死死地拽住。K的身体在一阵一阵地颤抖,颤抖通过他与K紧握的手上传递过来。他知道K坚持不了多久的。于是对大胡子说,你要我帮忙就得跟我

说实话,这到底是怎么一回事?大胡子还在犹豫。他说,你如果不愿意说就算了,转身欲走。大胡子连忙说,我说我说。大胡子咽了一口唾沫说,我大哥买下这头熊猫本来是想转手卖个大价钱的,可还没来得及出手就被一伙浙江人知道了。前两天这伙浙江人假装买主把我们骗到一个地方,然后动手硬抢,他们人多,事先也做了准备,我们几个兄弟都伤了,大哥硬生生地被砍死了,我好不容易护着熊猫冲了出来。现在那伙浙江人在到处找我,南京我不能再待了,我要去外地躲一阵,但是身上一分钱都没有了,所以找你想让你把熊猫收回去,把那五百块钱还给我,我现在很需要这笔钱。他说熊猫是你们强买过去的,要反悔也行,钱我不退。大胡子又快哭了,这时K突然说,这钱我出了。

就这样。一头熊猫在外面浪迹了数天之后重新回到了他的生活之中,像小时候玩的飞去来器。刚刚平静下来的生活因为这头熊猫的回归又动荡颠簸起来。在熊猫归来后的第二天,那个律师朋友就打来电话,一开口便是劈头盖脸的一通训斥,你这人怎么回事情!让你离那玩意儿远点你怎么不听?我跟你说,那东西不是什么人都能玩得动的,你趁早把它处理掉。还有,在没处理掉之前一定要加倍谨慎,尽量别让人知道你有这种东西。现在社会上很复杂,人很坏……他说我知道了,谢谢你!律师的语气缓和下来,不无好奇地问,你究竟从哪儿弄来的这东西?它怎么会到了你手上?他问,你说什么啊?我怎么听不懂啊!律师一愣,嘿地一声笑了。好好好,我不问了。你好自为之吧!

律师的提醒后来果然一一应验,在接下去的一个星期中,来自各个方面的压力和麻烦层出不穷,有来自购买者的询价,有闻讯而来的官方管理者,还有一些纯粹的好奇者,甚至有一天家里还来了两个国家林业局和野生动物保护协会的人。两个人很客气地对他宣传,熊猫是国家一级保护动物,希望他能把熊猫交给国家。那天幸亏K提前把熊猫带出去了,否则那两个人当场就可能带走熊猫。

　　熊猫就像粘在手掌心的一枚火炭,灭不了丢不掉,在手中嗤嗤地冒烟并燃烧。

　　K的心思缜密。当发现各种人都盯上了熊猫后就知道不妙了,和他商量,现在所有的焦点都集中在我们家,熊猫放在家里肯定很危险。说要不明天我们出去转转,看看能不能找一个更隐秘的地方。

　　第二天一早他们带着熊猫开车出门了。那天他们跑了一天,从江南到江北,跑了江宁、江浦、六合。在大厂至六合的中途有一段路很荒凉,K把车子停下来问他,要不就把熊猫扔在这儿吧!他没想到K会有遗弃熊猫的念头,现在这头熊猫在感情上如她的亲生儿子一般,怎么能说扔就扔?但是他没表示出来,犹豫着说这不大好吧!K看他。他补充道,这样是不是太不人道了?这里车来车往的,它又喜欢乱跑,万一给车撞了……它毕竟是一条命啊!K说公路两边都是农田,也许它会自己下了公路到农田里去找点吃的什么的。他说,那迟早也会被当地农民发现,农民们肯定把它像

K煮出姓名的大米或熊猫的饲养 | 279

猪一样地宰吃了。K不说话了，一踩油门把车子继续向前开去。

就在这天晚上，一个小毛贼偷偷地带着一捆绳子和一个麻袋潜入他家偷熊猫，然后一群警察顺势而入将小偷擒住。这前后而至的两拨人把他们的住处翻了个底朝天，却连熊猫的屁也没找到半个。他和K是半夜十一点多回来的。在楼下停车时K发现家有灯光，顿时警惕起来，让他先回家看看是不是出什么事了，自己和熊猫待在车子里等他。他于是单独下车回家。进家门时小毛贼已经不在了，只有三个警察正在家里翻箱倒柜的，其中一个还拿着相机不停地拍照。见到他后其中一个警察如此这般地告知了事情经过。警察说他们正在勘测现场，请他到楼下等一会儿，等他们勘测完现场后再找他了解一些情况。他顺势下楼回到车上把家里发生的事情告诉了K。对警察的说法K很是不信，在她看来这只是一出双簧戏，是警察找的一个借口而已。那个小偷也许并不存在，或者那个小偷是警察雇来的也未可知。他们不敢待下去了，K迅速发动起车子悄悄开走了。

他们一边向前走一边商量对策。近期的一连串的变故使得两个人的神经已经接近崩溃的边缘，两个人都无法冷静地思考和心平气和地商量什么了，一个人提出一种方案，另外一个人就本能地找出其中的种种不合理之处予以拒绝，另一个人每提出一个方案对方则提出种种假设给予否定。演变到最后两个人已经不像是在讨论问题寻找解决问题的途径，整个像是在斗气。最激烈的时候，K干脆停下车子专心致志和他吵架。他们就这样一路开着车子一路吵着架。天快亮的时候两个人都累了,将车子停在路边沉沉睡去……

这次出行完全是计划之外的临时性决定,出门之前并没有预设具体的目的地,在他们看来这并不是一个问题,车子走到哪里,哪里都可以成为目的地,两个人从没为此担心过。但是车子行驶起来之后才发现情况不对了,最后问题恰恰出在这一点上——他们完全失去了前进的方向和目的地了。他们发现自己既不能回家,也不敢打扰某个亲戚或者朋友,因此也没法随便将车停靠在生活中某个路口,像被套上了一双不停旋转的红舞鞋,他们只能任由行驶中的汽车将他们运送向前方。接下去近一个月的时间中,他和K以及那头熊猫始终都生活在这辆汽车上。所有的生活内容都是在车子上展开的,甚至他和K做爱都是在车上进行。两个人做爱时,小家伙就在旁边看着,神情古怪得像个监工,一旦发现谁偷懒就会抬手抽上一鞭子似的。只是它的耐性不够,看了一会儿就无聊起来,往后座上一躺玩起了自己的爪子。

在此轮的煎熬中K无疑是受害最深的。她有自己的工作,刚上路的那两天她不时给单位打个电话,说自己家里出了点事情要请个假。在她想象中这不过是一两天的时间,等把他和熊猫安顿好了她就可以回去上班了,可车子越走越远她就难以将他们放下了——如果没了她的车,身边的这个男人和一头熊猫连行走都会很困难,总不能让他抱着一头熊猫乘火车或者公共汽车吧!但是自己这么漫无目的地跑下去,何时才是终结?自己与他之间非亲非故,甚至都不是婚姻结盟者,那么凭什么要卷入他越来越混乱甚至是浑浊的生活?因为这种情绪,她一路上都心气不顺,从南京到镇江,从镇江到无锡,再到苏州、上海、杭州,一路走下来,一转眼一个月过去了。

一天当他们走到杭州萧山境内时,K突然把车停下了,然后坐在驾驶座上发呆。他问怎么了?K的两眼茫然地看着前方,说我不想往前走了。他说你要累了就歇一会儿吧!K说我想回家。他说我们现在回去太危险。这时候肯定不能回去。K转过脸,缓慢而坚定地,我不想再和你一起走了,我想回家。回自己的家。他一下愣住了,问,你这是什么意思?她没再吭声,但是意思却再明白不过,可这是他难以接受的。这么久以来他已经把K当成了自己的一部分,从没想过有一天会从自己的生活中分离出来。所以明白了她的意思后一下火了。他朝她大叫大嚷,你怎么能这样?当时是你把熊猫接下来的,这一路我们也是一起走下来的,你如果不愿意从一开始就不要跟我一起出来,甚至根本就不应该进入我的生活。现在到了这一步你却来这一套。你这是落井下石,是背叛,是最令人不齿的行为!K轻声地,对不起!他愤懑地连喘了两口浊气,一把抱起熊猫下了车,再将车门重重地关上。他沿着高速公路拼命地向前走去。K急忙发动汽车追上来,摇下车窗对他说,你别这样。你如果愿意我可以把你捎回南京,或者你如果有具体要去的地方我也可以送你。他扭头朝她恶狠狠地喊,滚开!滚!K一下哭了,她说我是爱你的!他说滚你妈的!抱着熊猫急步走了。

这次 K 没再跟上来。

一个 30 岁的男人抱着一头熊猫在高速公路上疾步如飞,心中像有一团火在燃烧。怀中的熊猫不知是留恋 K 还是饿了,拼命地挣扎着,他气不打一处来,抽出一只手狠狠揍了它一巴掌,揍得它哦哦连叫了两声。见他真上了火小家伙就不敢胡闹了,老老实实地依偎在他的怀里,乖得像个儿子。

他就这样抱着一头熊猫向前走着,前方是一眼看不到尽头的生活……

38 岁,生活、梦想和大米

时间一晃过去了 8 年。8 年后我已经不年轻了,我 38 岁了,体貌也朝着中年人的方向泛滥而去,脑满肠肥大腹便便。这 8 年中我的生活变化极大。年初时我结了婚。之前我从没想过要和一个什么女人结婚。与女人相比,我在生活中更愿意和一只雌鸟结盟。我期望的婚姻生活是恬淡的,恬淡并健康。每天清晨我会把她从窗户中放飞出去,看着她在天空越飞越远,然后坐下来写小说,到中午再打开窗户将她从天空中取回。但是生命在行进至 38 岁时一切都变了。那一阵我在睡眠中总无端地梦见一个女人。每次梦到的都是同一个女人。她远远地站着,神情焦虑地向我诉说着什么,我却一个字也听不清,只听见从她嗓子里滚出一串奇怪的声响,咯咯咯地。我想我以往的生活肯定与一个女人纠葛甚深,但是她已经被我遗失在时间里了。以此推断,我一以贯之的生活在行进的中途一定发生过某种变故,这场变故直接导致了行进中的路线或者方向的转变。那么梦中的这个女人究竟是谁呢?她选择这时候出现预示着什么?

世界上一定有什么事情正在我之外悄悄地发生。我想。

也就在这一段时间我认识了生命中的第一任妻子。在认识她两个星期后我们结了婚。后来想想那完全是头脑发热的结果,个中原委直到今天我也说不大清楚,反正那天的大脑跟短路似的,我女朋友说明天咱们去民政局领一下结婚证吧!于是第二天下午我们就去领了结婚证。有一点是肯定的,在领了结婚证的10分钟后我就后悔了,但是晚了。从民政局出来是下午3点半左右,女朋友摇身一变已经成了我的妻子。此刻一改做女朋友时的谨小慎微与小鸟依人状,浅薄地显现出了女主人的姿态。昨天不是说了让你要穿好一点的吗?怎么还穿这一身?胡子也不刮!你看看你的鞋子,上个星期我给你擦了之后你可能就没再擦过。你怎么一点都不注意自己的形象呢?在没领结婚证之前她可从来不敢以这种口吻和我说话的,所以好半天我都不能适应,哑口无言。出了民政局后妻子要找个饭店吃个饭庆贺一下。我说现在不早不晚的就别吃了。妻子说吃饭还挑时间吗?想吃就吃呗!

饭桌前妻子很兴奋,不停地翻着红色结婚证,先看她自己的,然后再看我的,还将两本结婚证并排放在一起对照着看了半天。

我却难过得直想上厕所。我一遍一遍地向她诉说自己儿时的梦想,我告诉她,我从小就好吃懒做,成年后还喜欢四处拈花惹草的,我说在她之前我谈过三十多个女朋友,三十多个啊……妻子默默听着,不时地给我夹一筷子菜,我说着说着便说不下去了。她停下筷子严肃地对我说,结婚是你自愿的,我从没逼迫或者引诱过你,我也不在意你以前有过多少个女朋友,你的某个女朋友是不是真的和你的某个男朋友有了孩子等等,但是有一点咱们必须说清楚,作为一个女人,我一旦结了婚就不会再离婚的。这一点你一定要明白。她的话让我无言以对,只能埋头吃菜。

我就这样莫名其妙地结了婚。那个女人就此从我的睡眠中消失了。她就像一道影子,从黑夜的窗户的玻璃表面一划而过。奇怪的是与她消失的同时,我的睡眠似乎遇到了障碍,我整夜整夜地睡不着了,我失眠了。每天晚上无论有多困,一旦上了床之后就精神了,怎么折腾都睡不着,像在等待一个迟迟未到的客人一般心焦神虑。偶尔一闭上眼睛仿佛就听见那个女人隔着空气在说,咯咯……

有一天晚上10点左右我和妻子上了床。妻子告诉我他们单位颁布了一项福利待遇,每个员工都能享受到6万元的买车补贴。但是这笔钱只有买了车单位才给你,如果不买车一分钱也拿不到。她问我你说我们要不要买一辆车?我说随便。她说如果要买我们也只能考虑10万元左右的车型。然后就唠唠叨叨抱怨10万元左右的车型都有这样或那样的弊端,以她的认识,只有那些单价超过

20万的车才勉强能让她满意。我听了一会儿就闭上了眼睛，她说了半天见我没反应便停下来问，你在听吗？我没有回答，她以为我已经睡着了，翻过身睡去了，呼吸渐缓中微微起了鼾声。我渐渐有了睡意，就在我逐渐沉入睡眠中时，许久没出现的那个女人又出现了，她飘浮在半空中，静静地看着我说，K, K。我腾地从床上坐了起来。妻子也一惊而醒，迷迷糊糊坐起来问，怎么了？你怎么了？我说我想起来了，想起来了。她问什么？想起什么了？我说一个朋友。我想起一个朋友了。我要去找一个朋友。她问这么晚找人有什么急事？我说不是现在去找人，我是说这一段时间我想去找他。

重新躺下后我对妻子说，我想和你说说我的这个朋友。她关心地问你究竟怎么了？遇到什么不开心的事了吗？伸出胳膊绕过我的颈项将我的头搂在怀里。我把脸紧紧贴在她的胸前。他是我20岁认识的一个朋友。我们是在一场音乐会中认识的。第一次见面我们俩都没说过一句话，但是却成了很好的朋友。25岁时我有一个女朋友，但是他成了我女朋友的男朋友……妻子有点绕不过来了，问你究竟想说什么？到底谁是谁的女朋友？我说一开始是我的，后来却成了我那个朋友的女朋友了。妻子疑惑地说，那他不就是你的情敌了吗？我说可以这么理解的。妻子沉吟了片刻，你想找到这个朋友？我说是的。妻子再问找他想干吗？我说我不知道，或许只是想看看他这些年过得怎么样。妻子把我紧紧抱在怀中，说你真像个孩子，别人总是不知道你下一步会做什么，总是为你担心!

现在我终于知道自己焦虑的症结所在,那就是 K。这么多年来,现实的琐碎和影子一般沉重的生活欺瞒了内心中的许多真切的情感,最近七八年中我已经很少想起这位朋友了,偶尔想起来自己都觉得恍惚,不能确定在过去的时光中自己是否真的认识过这么一位朋友。他真的存在过吗?我们真的在以往的时间中相互遭遇过?无论如何现在他又出现在我的记忆之中,这就是一种复活。接下去我要把他从时间和生活的缝隙中翻拣出来,找到他。至于为什么要找他,找到他又能如何,这就不是现在考虑的问题了,我想时间会给出答案。

我对妻子说,这次寻找将是一场奇异的历险,一个男人的生活或许会因此而改变。妻子一笑,转身收拾起房间来。

这件事情结束之后已经是第二年的秋天了。那天我和妻子坐在街心公园一张长椅子上,妻子微笑着说起我此前所谓的历险,她说她从一开始就觉得这将是一出闹剧,一出儿童式的现实游戏。我说那你当时为什么不阻止我?妻子说当时的你就像孩子一样执着,我阻止得了吗?我们相互一笑。

寻找 K 从一开始就障碍重重,我没有他的电话、地址等一切有效的联络方式,甚至连他的合法、真实的姓名都没有,我拥有的唯一线索就是他的名字:K。

我就在这么一种情态下开始了对 K 的追寻。开始的半个月的时间里，我像没头苍蝇一样在生活中团团打转，每天一早出门，在大街上脚不停顿地一直要走到天黑，累了就随便找个地方坐一会儿，饿了就买两个包子填一下肚子。我在大街上不停地走啊走啊，指望着能在不断地出现的与自己擦肩而过的人中幸运地撞到K。我当时真的觉得自己是有可能遭遇到这种幸运的。我在大街上走了半个月，走坏了两双皮鞋，却连K一根毛也没撞上，其间还数次因为认错人而引发事端。

一次路过龙江小区的"金润发"超市门口时，无意中看见一个男的搂着一个女的向超市走，那个男的背影像极了K。两个人身形一闪进了超市。我快步跟上去，在二楼的烟酒柜前追上了他们。谨慎起见我先绕到他们的前面观察了一下。男的30岁左右，着一件布料衬衫；女的充其量20岁，身材惹火，着一件吊带衫，眼前的女孩子青春得足以让所有40岁的男人绝望。两个人正在挑葡萄酒，男的拿起一瓶酒掉过来倒过去地查看，对女的说，就这个吧！女的接过酒看都不看，抓在手中掂量了一下说，好吧！两个人转身就要离开。我赶紧上前拦住他们，二位请等一下！两个人站住了，有什么事？男的问。我说对不起，你很像我多年前的一个朋友。男的上下打量了我一番，可我不认识你。我说你再想想！他思索了片刻，说想不起来。我说你是不是K？他似乎对这个名字很陌生，疑惑了一下，连续而急促地眨起了眼睛，什么……K？接着摇头，你肯定认错人了。我说你许多年前有没有出席过一场口琴音乐会？是法国著名口琴演奏家让-雅克·米尔多的音乐会？他痛苦地皱眉,让……米……没有,我从没看过口琴音乐会。

我们说话的当儿他身边的女孩子静静站在一边嚼着口香糖,嚼个三五下便噘嘴卷舌地从口中吐出一个泡泡,泡泡在不断增大的中途会毫无预兆叭地一声破裂。我有点恐惧泡泡破裂的声音,每一响都让我心跳停顿一下。有一次泡泡吹得很大了,却始终没有破裂,泡泡越来越大越来越大,几乎遮住她的整张脸了,我屏住呼吸暗暗等待着,就在我即将晕过去的一刹那,泡泡终于破了,叭地一声响,我呼地喘了一口长气,脸上汗如雨下。男的等了半天见我没再说话就说,你还有事吗?我还没回答,他身边的女孩子悄悄拽了拽他,他伸出一只手将女的手扣住,客气地对我说,没事的话我们先走了。再见!牵着女的一只手转身走了。我站在原地犹豫了一下,还是不甘心,提步再次跟了上去。他们先在收银台前付了款后提着那瓶红酒出了超市。出门后立即过街到了公交站台前等车。我跟着他们走到站台前,停下。两个人看到我又改了主意,离开站台又向前走了。然后上了天桥……我不疾不徐地紧紧跟在他们的后面,他们走快我便快,他们慢我便缓步而行。男的终于不耐烦了,在走到新华书店门口时突然返身走到我面前,请问你为什么总跟着我们?我说我没有啊,你走路我也走路,你怎么能说我是跟着你呢?男的哼了一声,我警告你,从现在开始你要是再跟踪我们我就要报警了。警告归警告,他们一走动起来我仍然如影随形地跟在后面。那个女的数次回头朝我张望,不时和男的说上两句什么。男的先倒是挺沉得住气,也不回头,仿佛我不存在似的。快到石头城时男的突然发作了。两个人走着走着忽然停下来,接着那个男的像一阵风似的向我急奔而至,只二三步便到了我面前,那一刻他的面容狰狞至极,我还没反应过来他究竟想干嘛呢,他的胳膊一抬,一瓶红酒结结实实地砸在我脑袋上了,我眼前一黑,人应声而倒……

那天我被一瓶硬邦邦的红酒砸得头破血流,酒瓶当场就碎了,红色的酒汁混着相同颜色的血流了一身,连大街都被染红了一角……

从春末到秋初,一个火热的夏天就这么轻而易举地被我的双腿跑远了。我付出了汗水和辛劳,但是结果却令人遗憾,我始终没有搜寻到K的一点消息,辛勤努力却迟迟无法转换成胜利的成果是很伤人感情的。有时扪心自问,自己这么做究竟是为什么?这么做值得吗?对此我无法回答,我也不知道自己干嘛非要这样,也许是我这人重感情,自己生活得好了总忘不了以前的穷朋友(K难道很穷吗);也许是我对生活中未知的层面充满好奇——对自己不了解的事物总怀有一份探究的渴望。反正这几个月以来我一直未曾停下对K的寻找。尽管脑袋被一瓶法国葡萄酒砸了一个窟窿也在所不惜。

在外面跑久了,对当今的生活了解程度也逐步加深。以前我对各个年龄段的人的生活状态不甚了了,也分不清3岁的孩子和30岁的中年人之间的区别。在我看来每个人都是白天起床,晚上睡觉,中间吃上三顿饭,间或拉屎撒尿一番,但是随着自己对现实生活的了解深入,每个年龄段的生活细节也逐渐地清晰起来。我现在知道三五岁的孩子每天起床后要去幼儿园接受教育,三十五六岁的中年人起床后要像动物一样去外面辛苦地挣钱扑食;晚上孩子们回家吃饭看电视,40多岁或者接近40岁的男人则会找一家去娱乐场所消磨时间以休养生息,譬如练歌房、酒吧等等。我后来把搜寻范围定在了那些大大小小的娱乐场所中。现在的中年男人没事都爱去这一类场所消遣,以我的推算 K 差不多应该步入中年了,我想凡是中年男人爱干的事他自然也不甘落后的吧!

那一阵我几乎每晚都泡在娱乐场所,我去练歌房却不唱歌,我出入酒吧却滴酒不沾。当然,我也像每个中年男人一样每次都会找一两个小姐陪着,却不轻易地触碰她们,只让她们静坐在一旁陪我聊天。所谓的聊天主要是听我说话。我跟她们讲 K 的故事,向她们描述 20 年前的那场音乐会,我也不知道为什么要向小姐们说这些。后来我常去的几家酒吧和练歌房间的小姐全知道了 K 的故事,有时一见面就冲我大喊,赵哥,自由!每次听到她们的喊声我都会激动得全身颤抖,恨不得多给她们 200 块钱。

总的来说小姐都是希望能上台挣钱的,为此对每一个来娱乐场所消费的男人都极尽讨好之能事,但是在一家名为"夜色"的歌厅,有一个小姐对我总是很冷淡。别的小姐见到我都会和我打个招呼,没上台的小姐更是蜂拥而至,环伺左右,希望能从我这里得到一次挣钱的机会,唯有她总是冷冷地待在一旁,专心摆弄着手机,偶尔看我一眼,眼神也是冷冷的,好像我欠了她几千块钱似的。但是对别的男人却很热乎,遇到别的男人总是笑吟吟的,一口一个大哥。在这么一个场合,被一个小姐轻看让我心里很不舒服。我向老板打听那位小姐的身份,老板告诉我她是苏北一个市副市长的女儿。我说不会吧!一个副市长的千金做小姐?老板说她那位副市长因为受贿被判刑了,这位市长千金才沦落到这里。

说实在的,做小姐的人员构成复杂这我是知道的,我也在小姐中遇到过在校大学生、运动员甚至媒体记者等等,但是政府官员家的宝贝千金也出来坐台则闻所未闻,尽管是落魄的千金。我问老板,我能点她吗?老板说,当然。向她招招手。市长千金漠然走过来。老板说,没见来客人了!千金不说话。老板说好好陪赵总。她就站到我边上,脸上依然没笑容。

这位市长千金的模样倒还得去,面部线条柔和,眉间醒目地长着一颗红痣,不过年龄似乎大了一点,起码有二十六七岁了。对于小姐这一行而言,这是一种让人绝望的年龄。进了包间她职业性地向我敬了两杯酒后就端坐一旁。我问你认识我吗?她点头,你是赵哥。我说你是不是不愿意坐我的台?她说赵哥能赏我的脸是我的福分,我怎么敢不愿意。我说既然这样你干吗总拉着脸呀?像我欠你的钱似的,我欠你钱吗?她笑笑,再次端起酒杯敬了一杯酒。一杯酒之后又不说话了。这一个晚上是我在娱乐场所所有经历中最窝火的一次,我要不停地跟这位千金说话,要逗她开心。那种感觉好像我是小姐她是客人。过了半个小时后我实在受不了,跑到外面找到老板说,看来这位市长千金不大喜欢坐我的台,你给我换一个吧!老板一听就火了,哪有小姐挑台的?她以为自己是谁啊!你等一下。气冲冲地进了包间,老板看来真动了火,在包间里劈头盖脸把那位市长千金骂了一通,骂的话很难听,嗓门也大,我和几个在走廊上的服务生都听见了。

我再进包间时市长千金还在抹着眼泪,见到我狠狠瞪了我一眼,说我要是有什么做得不好的地方赵总你应该跟我说,干嘛要去告状?我说你别瞪我,我找老板只是要换个人,其他什么都没说。她哼了一声,老板说了,今天要把赵总侍候好,你说要我怎么陪你?要不要我把衣服全脱光?这里的小姐有裸陪项目,一般对比较重要的客人才开此项目。以前我享受过这种待遇,但是次数不多。眼下这位市长千金显然是在赌气,这让我很恼火,我说你爱脱不脱。市长千金呼地起身,三下五除二地把裙子褪下了,再一把扯下了胸罩,凶巴巴地盯着我。我说你有完没完?她喊着,没完。我说向我示威是不是!那好,我也脱,免得别人说我们条件不对等。我站起身也把全身上下的衣服脱了个精光。然后两个人相互看着,她就笑了。房间里的紧张气氛顿时松弛下来。

两个赤裸的男女那天晚上喝了不少酒,两个人后来都晕乎了。市长千金横睡在长沙发上,右手软软地提着半瓶啤酒,脑袋枕在我的大腿上胡乱唱歌,边唱边用酒瓶敲打着地面伴奏,唱两句便举起酒瓶往嘴里倒一口酒,酒喝得洋洋洒洒的,一些酒顺着嘴角流经颈项,然后兵分两路,一路顺势下流至我的膝盖,另一路则流向她的胸部,沿着乳沟顺势而行。我摇着她说,别唱了,我给你说个故事吧!她还唱,我说我20年前认识了一个朋友,她停止唱歌,呼地坐起来,我不要听K的故事。我一愣,你知道这个故事?她说这里的小姐谁不知道!哈哈哈。她笑起来时形容很放荡。我一把搂住她,今晚跟我去外面开房间吧!她的笑像被电打了一般突然停下来,看着我神色疑惑。我说难得今天这么开心,相互温暖一下吧!她说赵哥你好像不是那种人吧!说完吃吃地笑。我问你这话什么意思?她说你在这里好像从没和哪个小姐出去开过房。我说干这种事是需要心境的,不是和什么人都可以的。那和我就可以?她问。我说是的。她再次举起酒瓶要往嘴里灌,我一把夺过酒瓶,问跟不跟我开房?她拼命地摇头,头发将我的大腿刺激得痒痒的。我说你是怕赵哥没钱是不是?膝盖一抖将她脑袋颠到沙发上,一把拽过搁在沙发另一头的上衣,从口袋里掏出一摞钞票,这是3000块,全给你!全给你!使劲地往她手上塞。她呼地坐起来,捧着钱看着我,说赵哥你真要带我开房间?我说是的。她沉吟了片刻,默默数了五张钞票攥在了手中,将剩下的轻轻放下了。

　　从练歌房出来后我们就近找了一家宾馆。进了房间后我的酒劲犯了,搂着她双双倒在了床上。她身子一扭滑向一侧,眼睛定定地看着我,赵哥,你还记得我吗?我说记得啊!她又问那你知道自己是谁吗?我差点没笑起来,说当然。自己怎么会不知道自己是谁!她再问那你知道K是谁吗?我一愣,说K当然是K。她摇头,K是一把米。我说你喝多了吧?K是一个人。她说不对,K就是一把大米。我说,是人。她说,是米。我说,人。她说,米。一缕秀发搭拉在她脸上,呼吸间有一股如兰似馨的气息。我的身体在一点一点地变烫。我伸出胳膊重新搂住她的脖子,身体一弹重新压到她的身上。她哇地一声就要坐起来,我一使劲将她强行压在身下。等等,赵哥,等等!我问干吗?她说我不能和你做爱。我问你什么意思?她痛苦地摇头,我不能和你来。我忽然想到一个方面,问你不是有……病?她摇头,不是这个原因。我说那为什么?她不说话。我说你是不是嫌钱少?她说不是的,不是的。我问那究竟为什么?她说赵哥你别问了,反正我不能和你来。我突然觉得好笑,一个小姐跟着一个嫖客开了房间上了床之后却愣是不肯做事,而嫖客却极耐心地和她讨论其中的原因,我觉得自己是有病了,决定不再和身下的这具肉体讲什么道理,我需要的是她的身体而并不想和她作精神上的沟通,所以没必要作额外的努力。想通了这一点我就不再犹豫,手脚并用埋头苦干,不顾她的反抗强行拉开了架势,就在我顺势而入的一瞬间,她哇地哭了……

隔了一个星期左右我又去了那家练歌房。练歌房的老板老远迎过来,赵哥你好多天没来了!我说这一阵太忙。他问,今天想让谁陪你?我说还让上次那位市长千金陪我吧!老板说赵哥你换一个吧,她不干了。我一愣,她干得好好的怎么不干了?老板说我们这一行小姐流动性很大的,今天在这家明天就可能换另外一家。一拍脑袋,对了,她留了一样东西给你。我问是什么?老板说你等等！转身到收银台前拉开一个抽屉，走回来将一只袋囊递给我。

袋囊很漂亮，有一面绣着一幅荷花的图案，有点近似云南少数民族的图案风格。袋囊里鼓鼓囊囊的，我打开袋口看了看，里面是半袋大米。从里面倒出一把放在手上看了看，的确是普通意义上的大米，可能是因为时间长了，大米表面已经泛黄，放到鼻子下面闻一闻还是有一股生米的味道。

我诧异地问老板，她好好送我一把大米干吗？老板打趣道，不会是定情物吧！我说不大像呵呵。

这一小袋生米后来被我放在橱柜里很久。有一天在家里闲着无聊忽然想起来，就找了一个小锅，把一小袋生米全倒进锅里加水开火煮了起来。二十分钟后生米被煮成了熟饭，揭开锅的一刹那我愣住了，每一个米饭上都显示出同一个字母：K。

时间追击

时间具有重量、速度、弹性、动力、惯性、功率、长度和宽度,它产生声音、光泽、温度,它吸附于一切物质之上并随时改变着我们的生存密码:一场球赛九十分钟,一部电影一个半小时,大学要上四年,怀孕要满足十个月,每天八小时工作和睡眠制,有期徒刑十五年,一年四季三百六十五天,时间下季节变换流水不绝书页泛黄文字衰老火苗跳跃……衰老的人为什么弯下了脊梁?年少时令你动心的女孩五十年后将是何种模样?生活中时间的魔力飞溅。

李卫和苏剑波是在大学毕业不久结的婚(又是一种时间的概念)。大约是在他们结婚半年之后,马非来了。

马非是他们的同学,整个大学四年的时间里他和李卫一直睡上下铺,两个人的关系铁得不行。如果后来不是因为苏剑波,他们的友谊或许还会更进一步。

苏剑波在一次周末舞会上认识了马非,舞会临近结束时马非连着请她跳了三支曲子,那意思再明白不过了。没等第三支舞跳完,苏剑波便向他坦白了自己的姓名和宿舍。刚认识的那一两个星期马非十分积极,一没事就去女生宿舍找苏剑波,多的时候一天能跑四五趟,又是送花又是请吃饭的,让苏剑波特别紧张。等她像一台机器似的真的被发动起来了,马非又毫无预兆地松弛下来,借口要写毕业论文或者联系工作单位什么的主动减少了来找她的次数,苏剑波有时一连三四天都见不着他的人影。但是机器一旦被激情发动起来再想熄火显然不大容易,机器也不甘心一味地空转,苏剑波只好主动去男生宿舍找马非。大多数的时候的确能在宿舍找到无所事事的马非,偶尔也会扑空;遇到马非不在她就坐在宿舍里等他,一来二去就和马非同宿舍的人熟悉了,遇到他们玩牌什么的也敢坐下来跟他们一起玩。马非同宿舍的几个人都觉得苏剑波挺不错,私下里也鼓励马非在她身上多花点心思,可是马非却跟有病似的,对苏剑波一阵冷一阵热若即若离,也不知道心里究竟在犹豫着什么。如果真对苏剑波没有什么感觉那倒也无可厚非,在大学里面类似的感情客串或者说感情搭伙的现象比比皆是,大家也完全可以互相不当真地相互温暖着直到毕业。可后来发生的一切证明苏剑波在马非的心目中绝对不是一个可有可无的角色,当时马非对于苏剑波的态度也肯定不是他内心中真实的情感反应,只是由于当时的一时糊涂才拉大了自己与苏剑波之间的感情空间，被狡猾的李卫钻了空子，半路上截走了本属于自己的一段感情。

李卫是从什么时候开始琢磨起苏剑波的已经无从考证，他的城府极深，从没在别人面前透露过一点心思，遇到苏剑波来宿舍里玩也从不跟她多话，老实、本分、腼腆的扮相麻痹了包括马非在内的宿舍里一干人。直到两个人后来出双入对了，生米已经煮成熟饭，马非这才发现自己在不知不觉中已经铸下大错，也是到了这一步他才突然发现苏剑波对于自己的重要。接下去的那一两个月的时间里他展开了一系列的挽救措施，一没事就去宿舍和教室堵截苏剑波，抒情。开始苏剑波还对他好言相劝，可时间一长便没了耐心，态度逐渐变得恶劣起来，再没给过马非好脸色。说到底人就是贱，以前苏剑波对马非情愫涌动之时，马非根本不当一回事，心里甚至还有点厌烦，可是真当苏剑波离开自己跟上了李卫之后，他又受不了啦。这时候的苏剑波在他眼里完美得跟菩萨似的，连以前令自己深恶痛绝的那一口夹杂着广东口音的普通话也觉得动听了许多；而且苏剑波对他的态度越恶劣，他对苏剑波就越是死心塌地，又是写血书又是绝食的花招迭出，整个人显得极其癫狂。随着毕业时刻的临近，马非的心情愈发急迫，在一系列的举动没有取得预期效果后终于孤注一掷，在一个黄昏里用一把水果刀勇敢地割开了自己的手腕，然后抱着手腕满校园地寻找苏剑波。那天苏剑波和同宿舍的两个同学刚逛完街回来，在宿舍门口遇到了已经红了眼睛的马非。见到苏剑波的那一刻,马非甜蜜地笑了,那一副病态的笑容荡漾在昏暗、温暖的光线中,令人心醉……这件事为整个校园增添了一份额外的感动,并且使得大多数人对于马非寄予深切的同情,这无形中增加了李卫的精神压力。在校园里的最后一段日子他活得极为孤独和寂寞,平时遭尽别人的白眼和冷淡,很多时候连一个说话的人也没有。好在不久他们这一届学生毕业了。

毕业后李卫和苏剑波都留在了南京工作,李卫进了一家中外合资单位,苏剑波则分在外国语学校任英语老师,而一直威胁着他们之间爱情的马非则伤心地远走深圳进了一家保险公司。直到这时李卫才得以在爱情中长长地松了一口气。工作半年后两个人结婚了。那一场始于大学里的恋爱让他们心力交瘁,仿佛是为了掐断一份惨痛的记忆,当一方提出结婚的建议时,另一方丝毫没有犹豫地迅速答应下来。

两个人的新家固定在城北的一间三十个平米的单室套房里,这是苏剑波单位里的福利。结婚时没有任何的仪式,简单装修了一下房间后两个人在同一天搬进了新居。婚后的生活于平淡中展开,两个人每天早出晚归,白昼里的大部分时间消磨在单位和工作之中,傍晚时分的下班路上还要拐进菜场去跟青菜、萝卜、猪肉等讨价还价,回家后则要迅速地淘米、择菜并等着另一个人回来,然后吃饭、洗碗、顺便交流一下白天中的见闻,再看一会儿电视或者接一两个电话最多再活跃一下身体就睡了。生活日复一日往下持续并深入,一晃半年过去了。有一天苏剑波下班后顺路去菜场买菜,在各个柜台转了一圈后却拿不准究竟该买什么。仅仅半年的时间,她已经对眼前这千篇一律的青菜、花菜、芹菜等不再敏感。结婚后他们的伙食结构一直是在以青菜为首的一批素菜品种中转悠,尽管她也曾积极尝试利用自己的智慧在有限的品种中多变换几种搭配花样,但是效果只是暂时的,持续不久又穷尽了,还惹得李卫不住地向她抱怨,闹得两个人都很不愉快。现在苏剑波觉得自己从生理上已经对菜场产生了一种排斥感,即使是很饿的时候只要一进菜场立刻就饱了。在菜场里徘徊很久,最终买了一把大蒜,半斤茨菇和一把用作烧汤的菠菜。付完钱拎起菜正要离开,一抬头突然发现在对面一个卖土豆的柜台前有一个人正盯着自己。苏剑波本来也没在意,只是当她的视线无意中扫过那人时,那人迅捷地将脑袋垂下了,一只手在土豆堆里翻翻拣拣的,故作一副专心买菜的神态。苏剑波感到很奇怪,不由又看了那人一眼,也没多想,转身离开了菜场。

回到家后迅速地淘米烧饭,然后坐下来择菜,心中回味着菜场里的那个男人,隐隐觉得好像在哪儿见过似的。菜快择完的时候,忽然想起了一个人,心急跳了数下,心绪乱了……

择完菜洗净切好李卫回来了,两个人一起动手,半个小时不到饭菜上桌。吃饭时李卫告诉苏剑波自己单位里有一个去美国培训的名额,今天下午经理找自己谈话,要他做好去美国的准备。苏剑波听了也为他高兴,细心地问李卫要不要给他们的经理送送礼强化一下这种可能。李卫说不用,这样反而不好。因为有这件事佐料,两个人的胃口大开,李卫也没像往常那样对她烧的菜妄加挑剔。吃完饭李卫去房间看《新闻联播》,苏剑波收拾碗筷径自去厨房洗碗。她习惯将水龙头开得很大,哗哗的水流伴随当当的碗与碗的磕碰声从厨房里传出来。房间里的李卫不知是不满电视中的内容还是激动于要去美国的情绪,在电视机前坐了没多久也进了厨房。苏剑波正弓着腰在水池前忙碌着,他走过去从后面抱住了她,身体腻歪地贴在她身上,苏剑波感受到了来自身后的那一份作弄似的轻薄,本来连贯的动作僵硬了许多,娇嗔地骂他,去去去,别瞎折腾!李卫没理她,苏剑波放下手中的碗说你再这样我就不洗了。李卫微微一笑放开了她。他并不是一个善于表达感情的人。苏剑波洗好碗收拾停当后对一旁的李卫说,你好几天没洗澡了,去洗一把吧。李卫说今天挺累的明天洗吧。眼睛色迷迷紧盯着她,苏剑波脸又是一热,扭身往房间走,李卫正要跟进去,门铃突然响了,叮铃铃铃。两个人停住身互相看了一眼,猜不出这么晚了有谁会来串门。李卫站在原地问了一句,谁呀?门外无人回答,就看见从门缝下面缓缓塞进来一个信封,信封擦着地面时还发出刺拉一声清响。李卫走过去一把拉开房门,门外空荡荡的连人的一丝气味都没有。他站在门口疑惑了片刻关上门拣起地上的那封信。信封没有封口,他掏出里面的信展开看了一眼,一眼之下神色忽变,疑惑的眼神不住地扫向苏剑波。苏剑波被他看得浑身不自在了，问怎么回事？李卫默默地把信递给她。苏剑波接在手中看了起来。信很短只有两行字：你是我寄存在别人身边的幸福，现在是收回的时候了。署名是马非。信中的话似乎并没有确指什么，但是联系起后面的署名便十分清楚了。苏剑波缓缓地放下信不解地问李卫，怎么会是他？他不是去深圳了吗？李卫摇摇头无言以对。苏剑波似对李卫又似自言自语地问，他究竟想干什么？李卫看着苏剑波的眼神逐渐地浑浊起来。

　　第二天早晨两个人一起去上班，李卫骑车，苏剑波乘车。看时间还早，李卫推着车子陪苏剑波走了一截，快到车站才跨上车走了。苏剑波在站牌下等了大约两三分钟车来了。自从政府允许私营公司参与公交线路的营运竞争后，公交车的数量激增，与此相应乘车的人就比以往显得少了，即便是上班的高峰时段也不再像以往那样拥挤。这一趟车很空旷，苏剑波上了车后还得到一个座位。车子行驶起来后，后上来的几个乘客在售票员督促下开始买票或出示月票。售票员是个男的，从背后看上去个子挺高的。忙完前面的几个乘客后售票员转过身来，苏剑波这时已经掏出了月票等着他了。售票员转过身来后却没看她的月票，而是微微笑着朝她说了一句，你好！苏剑波顿时傻了。眼前这个售票员不是别人恰恰是令她又恨又怕的马非。这一份意外的变故差点把她吓得从座位上站起来。汽车还在缓缓地向前走着，大街两边的景物随着车速微微晃动着,给人极不真实的一份感觉。你还好吧？马非笑吟吟地注视着她,目光中有一点爱恋,又似一点嘲弄。苏剑波迅速地打量了一下四周,车厢里的人尽管不多,但是位子上还是满的,这让她放心许多。她将手中的月票重新放进拎包里,借机顺了一下情绪,再抬起头时已经平静了许多。她问马非,你不是去深圳了吗？怎么会在公交车上卖起票来了？马非盯着她看了好一会儿才说,我还在深圳,这次回来是专门来找你的。这话说得苏剑波心中寒意再起,说话的腔调都变了,我现在挺好的,你也想开点吧……她就差哀求他放过自己了。马非并不为她的态度而有所放松,言语露骨地步步紧逼,你是我的,这次我回来的目的就是要把你带走！苏剑波觉得这家伙已经疯了,心中慌得不敢再说话了。她希望车上的乘客能关注一下他们之间的谈话,以便发现此刻她身处的险境并在关键时刻给予必要的援助,可车上的乘客却像一伙假人似的端坐在座位上,对于他们之间的谈话充耳不闻,或者说是故意忽略了他们之间的谈话。前一阵苏剑波在报纸曾经看过一则报道,说是在一辆长途汽车上一伙歹徒在众目睽睽之下轮奸了一个女学生,当时车上的乘客和司乘人员无一人出面制止。当时她对这则报道的真实程度颇感怀疑,认为是某个小报记者为增加报纸的销量恶意制造出来的新闻,可是现在她相信了。由那一则报道联想到自己现在的处境,心中十分地惶恐,她不知道马非下面是否会对自己采取什么恶劣的手段,假如……她不敢细想。马非等了她一会儿又说,我的时间不多,你尽快准备一下。眼前的马非神情从容,但是嘴里说出的话却像一个疯子的呓语,苏剑波眼睛看着窗外不敢再说话了。这时正好到站了,随着车子缓慢地停下,马非回过头去为上下车的乘客打开了车门。后门的几个乘客下去了,当最后一个乘客走下去的一刹那,苏剑波腾身而起飞快地冲了下去。一辆不知从哪里钻出来的自行车吱地一声在她的身边刹住,骑车的人也被吓了一跳,而汽车的后门哐当一声关上了。马非从窗户中伸出脑袋关切地问她,没事吧?小心点!汽车便开走了。苏剑波站在原地愣怔了片刻拔腿一路小跑地走了,跑得惶恐、紧张、失魂落魄,仿佛后面有某个危险而无形的人在死命地追逐着她。到了学校后苏剑波第一件事就是给李卫打电话,她把自己在公交车上的遭遇一字不漏地告诉了李卫。即使是在诉说这件事的时候她心跳也跟断了似的慌张得不行。李卫耐心地听完她的诉说后冷静地问她,你是不是认错人了?她语气坚定地说,不会,肯定是他!李卫说你可能是累了,实在不行请个假回去歇着吧。显然他对苏剑波的话并不是很相信。这让苏剑波非常生气,立马在电话里发作了。你什么意思!你以为我是在编故事呀!李卫语气冰冷地反问道,你相信你自己说的话吗?苏剑波就傻了。这事的确匪夷所思,别人的确有理由质疑。

第二天早晨上班,为了安全起见她没有乘公共汽车而是骑了李卫的自行车。刚上路时还有点担心,担心马非会骑着一辆自行车突然从后面蹿上来把她劫持了,遇到后面有人超车就尽量往路边上靠,再警惕地打量一下来人,但是一路无事,快到学校时她已经完全松弛下来。过最后一个十字路口遇到了红灯,在值勤的交警示意下一长溜的自行车停下来等着红灯变换。苏剑波站在最前排,面对着红灯和红灯旁边不住变换的数字,她甚至想到了今天的课程内容。这时那个戴着一双白手套的交警忽然转过身来对苏剑波笑了一下,轻松地说了一句,真巧啊,又见面了!苏剑波一看差点晕倒,眼前的交警正是马非。一阵寒意从骨头里滋生出来,瞬间漫上了心头,她吃惊地大张着嘴巴忘了说话。马非说,昨天跟你说的事你考虑好了没有?如果定下来了跟我说一声。苏剑波垂下头用眼睛的余光扫了一下周围,正寻思着要不要向周围的人求救,红灯已经变换,绿灯在经过黄灯的一番过渡之后闪烁并固定下来,等待已久的车流水一般地倾泻而走,叮铃铃的车铃声遍地。苏剑波不知是该踏上车赶紧溜走,还是勇敢地留下来,更不知道自己在马非的面前是不是能够走脱。马非看出了她的犹豫,礼貌地后退了半步,上班要迟到了,你先走吧。苏剑波不敢跟他客气,一抬腿跨上车,紧蹬两下飞似的逃走了。

就这样,在苏剑波毫无防备的情况下,马非突然从生活的缝隙中钻了出来并像一个影子一样实实在在地粘上了她。他就像是一只训练有素的猎狗,无论苏剑波如何躲避、藏匿、逃跑,最后却总是能被他逮个正着,而且更令苏剑波感到不可思议的是,马非每次出现的身份都不一样,除了售票员、交警这两种身份之外他后来又陆续以卖报纸的小摊贩、出租车司机、商场保安等等角色出现过,而这些角色总是与她当时的身份或者正在从事某个生活内容构成关系。譬如有一天为了避开马非可能的追逐,苏剑波出门上班时没有乘公共汽车也没有骑自行车而是打了一辆"的士",刚上车时还是好好的,等到了目的地付车费时才突然发现司机居然是马非;再譬如说有一天她请了一天假没去上班,心想只要不出门马非总该见不着自己了吧,未曾想中午时分煤气公司来人抄煤气数,挨家挨户转了一圈后来到他们家,苏剑波开了门之后看见的还是微笑着的马非。后来她便相信,假设自己是一张白纸,那么马非也肯定会是一支正在白纸上写字的钢笔的,以此类推她是香烟马非就是嘴唇,她是骨头马非就是狗,她是手指马非就是指甲,她是饭锅马非就是锅盖,她是青虫马非就是公鸡,她是生米马非还是公鸡,她是母鸡马非依然是公鸡……反正这么说吧,只要她是什么,马非就必定是与此相关的另一个什么,彼此距离绝对不会太远。开始的时候每次见到马非她都很紧张,能逃则逃能躲则躲,不过很少能如愿,马非的每一次出现显然都经过精心的准备,无论是在时间还是空间上都没有给她留下多少挣扎和反抗的余地,在马非面前她感到自己是那样地弱小,她唯一能做的就是在见过马非之后立刻把情况告诉李卫,希望李卫能为此做点什么。最初的一两次李卫并不太相信她的叙述,后来说得多了便将信将疑起来。苏剑波说上班的路上会遇到马非,李卫便亲自送她去上班;她说去菜场时会遇到马非,李卫便陪她一起去买菜。由于她对自己与马非每一次遭遇的情节渲染得过于神秘和恐怖,李卫心中不免有所忌惮,为了防止意外后来每次出门前都要偷偷别上一把刀子,准备一旦遭遇到危险立刻下手干掉马非。两个人一连数天成双成对地乘着公共汽车在城市里绕来绕去,或者在商店里荒诞地来回闲逛,再或者长时间地守在某个十字路口的红绿灯下等待背对着他们的交警转过身来,但是结果令他们失望。只要李卫存在于苏剑波一侧马非便不再出现,而一旦李卫离开,哪怕仅仅是上厕所的短短三两分钟的时间,马非也可能立刻出现并跟苏剑波开口说话,然后又总能在李卫回来之前的一刻从容离去,时间拿捏之准让人不可思议。李卫不断地从苏剑波嘴里得到马非的种种传闻却始终未能亲见,一来二去就撑不住了。他怀疑苏剑波是不是精神上出了毛病,有关马非的种种传说都是她臆测的结果,还婉转地建议她去脑科医院做一次检查。这个建议让苏剑波很害怕。她这才发现新近发生的一切其实只限定在她和马非两个人之间,如果要了结这一份纠葛只能通过自己的努力,其他任何人或者任何一种力量都无法依赖。想明白了这一点之后她又将最近发生的一切细致地梳理了一遍,发现马非尽管每次出现和消失都带有一丝神秘色彩,但是他表现得还是很绅士的,至少没有任何暴力倾向,由此可以肯定他是不会主动伤害自己的。这使她放心不少。她决定和马非好好谈一次,无论如何不能让这种局面继续下去了,否则她真会疯掉的。

第二天她让李卫自己去上班,自己一个人坐上了公共汽车,上车时她特意留意了一下司机和售票员,发现两个人都不是马非。汽车行驶得很正常,在每一个站牌下都要停上片刻,乘客们也是有序地上上下下,二十分钟不到她到站了。因为一路上没有见到马非她还稍感到一点失落,临下车时心犹不甘地打量了一下车上的几个乘客,依然没有发现马非。下车后过了一条街再走不多远便进了学校。今天她是第一、二节课,她没像往常那样去办公室而是径直进了教室。两节课结束是十点钟,她收拾好书本正要出教室,传达室的常大爷跑来告诉她门口有人找她。她跟着常大爷去门口一看竟然是笑吟吟的马非。她平静地对马非说我正要找你。马非说我知道。她奇怪地看了他一眼没好气地问,你还知道什么?马非说,我还知道你一定会跟我去深圳。她不想接他的疯言疯语,对他说你等我一下。匆匆去办公室请了一个假,然后跟着马非走了。

他们去了学校附近的一个茶馆。是苏剑波定的地点。上午喝茶的人不多,偌大的茶馆里冷冷清清的,他们进来后服务员才放开了音乐,是一种舒缓、抒情的轻音乐。两个人坐下后要了茶水,一开始都没有说话,最后还是苏剑波开启了话题。毕业后一直在深圳?马非点点头。工作还好吗?马非说一开始在平安保险公司,只待了两个月便辞职了。辞职?苏剑波有点吃惊。马非笑了一下,辞职后我自己开了一个公司。噢,是做什么的?苏剑波不无好奇地问。贸易。马非平淡地回答。哪方面的?苏剑波紧追不舍。女人总是那么好奇的。马非说,各种生意都做,只要能赚钱的。苏剑波深深看了他一眼,看来你做得很好。马非敷衍地说马马虎虎吧,能过下去。端起茶杯喝了一口水问,你呢?过得还好吗?苏剑波说谈不上好不好,反正过日子呗,故作兴奋地对他说,你知道李卫的工作很有成绩,最近他们单位准备派他去国外进修。马非皱了皱眉头,我们能不能不谈他?苏剑波说放开你们俩的关系不谈,现在他也是我丈夫呀!马非哼了一声,过了今天就不是了。苏剑波没料到他会如此无礼,拎起包说,我本来以为我们能聊一点什么,现在看来是我错了。站起身就要走。马非坐着没动,缓缓且有力地说,你要走我也不拦你,但是有一句话希望你听完。苏剑波犹豫了一下,站着说,你说吧,我等着。马非看看她说,我这次来的目的是为了把你带走。苏剑波忍不住了,拔腿又要走。马非说我还没说完。苏剑波只好站住。马非说,今天晚上八点二十分有一趟直飞深圳的班机,我订了两张机票,其中一张是为你准备的。晚上八点我在机场候机大厅等你。苏剑波见他这么一本正经的直感到好笑,揶揄地问他,你觉得今天晚上我会和你一起走吗?马非重重地点了两下头,会的,我敢肯定!苏剑波终于忍不住笑起来,转身走了。马非没动,只对着她的背影叮嘱了一声,别忘了,晚上八点!

迷 路

A

母亲的第一次婚姻并不是和父亲缔结的。她的初婚对象是一个叫陈百涛的男人。据母亲后来说,她跟前夫一起生活的四年时间中值得回忆的事情不多,很多经历后来都已模糊不清,唯有前夫的一个朋友让她记忆深刻。他就是罗门。

母亲 24 岁时第一次结婚。当时她大学刚毕业,丈夫陈百涛是一家大型国企的工程师,大母亲七岁;两个人在一次朋友聚会上认识,谈了三个月的恋爱便携手走进婚姻的殿堂。婚礼很热闹,酒席办了十多桌,来宾一百多位,几乎要好一点的亲戚朋友都到了,所有到场的宾朋都带了贺礼,除了必不可少的礼金之外,还有金、银、玉等各种饰品及化妆品、IPAD、手机、手表、烟斗、打火机等等。罗门那天未能到场,不过随后也补上了一份很特别的贺礼。

婚礼第二天下午,母亲和陈百涛准备出门逛街,电话响了。母亲抓起电话,谁啊?

电话里的人:是我,罗门。

母亲急忙叫陈百涛,快!是罗门。顺手摁下了免提键。

陈百涛凑上来对着电话机大叫,你不是答应来参加婚礼的吗?

电话那头嘘地一声,声音小点,我给你们听个东西。

夫妻俩就不敢吱声了,屏息凝神地竖起耳朵。电话里的背景声很开阔、空旷,应该是在室外,但是没有人群和汽车嘈杂声,陈百涛听了一会儿不耐烦地,你搞什么鬼?

别说话,仔细听!

夫妻俩于是再听,渐渐地听出了一丝味道,好像是一些鸟的叫声,叽叽喳喳的。

是鸟?陈百涛问。

是的。罗门回答。我现在是在安徽郎溪城郊的一片原始森林里向你们现场直播鸟鸣……我是下午一点五十分经过这里的。现在天气晴朗,气温大概23℃。眼前这片树林占地约三十公顷,周围十里之内没有人家;我大概看了一下,树林里起码有三五十种鸟。可惜我不懂鸟,分不清种类也叫不出它们的名字。吸引我停留下来的原因是这些鸟的叫声,我发现每一种鸟鸣都很独特,我愿

迷 路 | 315

意把这一片鸟鸣当作贺礼送给我最好的朋友,祝你们百年好合,新婚快乐!

母亲和陈百涛通过罗门手机听着隐隐约约的鸟鸣,因为声音太小,一开始只能听见模糊的声响,习惯了之后鸟鸣声才逐渐清晰了起来。那些鸟鸣很奇特,有的尖锐,有的清脆,有一种鸟会发出咕噜噜,咕噜噜灌水一般的叫声,还有一种鸟一个劲地喊着"回家——家""回家——家"……

夫妻俩那天就着罗门手机听了一个多小时,清脆的鸟鸣像一曲轻柔的乐曲,充斥着整个人生的下午。在此过程中三个人自始至终都没有说话,只有此起彼伏的鸟鸣和鸟鸣,它们打破了一片寂静,叫醒了被现实尘封多年的心,直到罗门手机没电了自动关机……

罗门算是陈百涛最得意的朋友了。他们是大学同学。据陈百涛介绍,毕业后罗门原本可以去当地一家著名公司上班的,但是他自己放弃了,离开学校后直接上路旅行去了,一走就是十多年。

母亲听得疑惑,问你这话什么意思?

陈百涛说就是他后来没工作过,一直在路上走着。

他为什么要在路上走?

这是他想要的生活,就像我们大多数人想要一份工作和上班一样。

对陈百涛的回答母亲听不大懂,想了想又问,他整天在路上要吃喝要住宿,哪儿来的钱?他是不是有个有钱的或者当官的爹?

没有。他是单亲家庭的孩子,从小和母亲一起生活。

那他不上班不工作哪儿来的钱维持这种生活?

母亲的追问让陈百涛有点无所适从,他也不知道罗门是怎么维持这种生活的,说你关心的不是地方,重要的是他一直在路上,不是钱。

陈百涛的大部分同学有不少都留在了南京,母亲后来陆续地见过,唯一没见过的就是罗门了;尽管没见过,某种程度上却很熟悉。这是由于陈百涛和罗门之间始终有联系,罗门有点什么新鲜事丈夫都会第一时间告诉母亲,罗门来电话时只要母亲在家,丈夫都会自觉地把免提打开,让母亲也加入谈话。罗门每到一个新地方也会即时发一些图片过来;他拍的图片视角独特,给人以身临其境之感,而那些说明文字也简捷准确,富有气息感,犹如一个老朋友在你面前有一搭没一搭地说着闲话。时间一久,对于母亲而言罗门就像一个老熟人一样了,隔着手机屏幕,她甚至能闻到罗门身上的味道——亲人一般的味道。

罗门给母亲的印象是独立、坚韧、乐观,可是有一次却在电话里失声痛哭了很久。

那是去年除夕晚上,母亲和陈百涛吃过年夜饭后坐下来看春节晚会,新年钟声敲响时,家里的电话响了。母亲接了电话,正是罗门。罗门热情洋溢地说了一番贺词,祝阖家欢乐,万事如意什么的,完了问,百涛在吗?母亲就招呼陈百涛,快来!是罗门。顺手按下了免提。三个人那天聊了很久。一开始罗门还挺兴高采烈的,问你们俩今天吃什么好吃的?也不给我留一点……

母亲问你现在在哪儿呀?

罗门说我在大兴安岭,在林区,跟一群伐木工人吃的年夜饭。

陈百涛很诧异,说你往年过年不都回去的吗?今年怎么没回去?

罗门说北方我难得过来,想多走一些地方。如果回去再过来太折腾也不划算。何况春运期间交通不便,想想干脆就留下过年了。停顿了一下,转换话题道,说说你们俩吧!新的一年有什么新的打算?

陈百涛说我们的生活数十年如一日,还能有别的什么打算?按部就班地往下过呗!

罗门打趣道,就没想过给我添个侄子侄女?

陈百涛和母亲相互看了一眼。他们结婚三年多了,开始时因为生活和工作压力太大一直没要孩子。结婚时他们买了房子,婚后每个月大部分的工资都用来还房贷了,而为了保证每个月都能挣到这笔用来过日子还贷的工资,他们在单位里夹着尾巴工作,从不敢和领导顶嘴,更不敢跳槽和辞职……等他们从生活中缓过劲来觉得可以考虑要个孩子了,却怎么也怀不上了。两个人为此还互相怄气,都觉得是对方的原因,吵得凶恶时更是恶语相向,有一天甚至互相揪着要去医院检查看看究竟是谁的问题。等到了医院门口才忽觉不对。一方对另外一方说,我们这是干吗呀!我们干吗非得要孩子?我们就两个人过一辈子不行吗?两个人于是抱头痛哭……从此两个人再没提过这个话题,今天被罗门一问两个人都有点尴尬。陈百涛转换话题道,你别总关心别人,自己老大不小的了,是不是也该考虑考虑个人问题了?

电话里传出了一声叹息,唉——!我这样子谁能看得上啊?

陈百涛:那也不一定,你只要没有太怪癖的要求我和小唐帮你看看。

罗门:算了。我都这样了,就别害人了吧!

陈百涛:还是抓紧找个人吧!你不可能一辈子都在路上,总有停下来的时候……

电话那头沉默了,随即传出一两声抽泣……

母亲和陈百涛傻了,你这是干什么?大过年的!

罗门:我心里难过,这么多年总是一个人,一早从床上醒来都不知道自己是在哪儿,也不知道下面该去哪儿。走在路上无论身边有没有人,心都是孤独的,有时一两个星期都碰不上一个说话的人……说着说着放声大哭了起来,从胸腔迸发的哭声震得电话机嗡嗡直响……

这是罗门多年来表现得最为脆弱的一次。这次之后大概有半年多没再和他们联系。半年后又一个周末上午,夫妻俩正在吃早饭,电话突然响了,陈百涛起身接了电话,刚听了一句便叫了起来,怎么这么早打电话?

母亲一听放下碗筷,紧张地盯着电话和陈百涛。

陈百涛:……我在南京的……你几点到?我去接你吧……那也行,就这么说定了!中午来家里吃饭!

挂上了电话。

是罗门?母亲问。

陈百涛点点头。

他干吗?

陈百涛:他今天来南京,中午来家里吃饭。

母亲:在家里吃太不讲究了吧?还是去外面找个好点饭店,再叫上几个老同学一块儿聚聚!

陈百涛摇头,他说这次来不想让别人知道,就来看看我们。

简单收拾整理了一下房间,夫妻俩一起去菜场和超市逛了一圈,采购了一些必须的菜和烟酒等等。客人远道而来,不尽点地主之谊肯定说不过去。

从外面回来后两个人开始择菜洗菜,按照已有的品种组织搭配出了多道菜肴。等准备工作就绪已经是十一点多了。陈百涛给罗门打了一个电话,问他大概什么时候能到?要不要去接他?罗门说他已经快到了,说他认识他们住的小区,自己过去就行了。

半小时后罗门到了。一进门就和陈百涛互赠了一个熊抱,两个人紧紧抱在一起互相乒乒乓乓拍打着对方。这是他们自毕业之后的首次相见,激动之情溢于言表。这也是母亲第一次见到罗门。第一眼看到罗门母亲稍稍有点失望:眼前的罗门一头乱蓬蓬的长发,皮肤黝黑满脸胡须,身上穿一件油腻腻的冲锋衣,给人感觉像从深山老林刚钻出来的野人……让母亲更加意外的是,罗门还带来了另外一个人,一个瘦瘦小小的女孩子,就模样看只有十六七岁的样子,也是一身冲锋衣,瘦小的身子还背着一个硕大的旅行包。母亲知道罗门一直没有结婚,所以眼前这个小女孩不可能是他女儿,如果说是情人年龄上似乎也不对。她看着那个小姑娘,小姑娘也看着她,一点也不怯生。看了一会儿,小姑娘忽然笑了,对母亲说,姐姐你真好看!

母亲顿时心花怒放。现在她在外面遇到稍微年轻一点的孩子都会不加犹豫地称呼她阿姨了,所以有人称她姐姐让她很高兴,这比夸她漂亮更有价值也更贴心。她上前牵着小姑娘的手,进来坐吧!来,把包先放下!

两个男人结束了亲热,陈百涛招呼母亲过来,给罗门介绍了一下,这就是小唐!

母亲主动伸出手,跟你在电话里聊了那么久还是第一次见到真人!

罗门热情地握着她的手,你好!掉过脸问陈百涛,我是应该叫弟妹还是叫嫂子?

陈百涛笑着道,好像我比你大几个月吧!

罗门:我二月的。

陈百涛:那你小,我一月。

罗门恭敬地一欠身,嫂子好!

母亲咯咯笑了,你上当了,他六月的生日。

罗门哈哈一笑,放开母亲的手,对陈百涛,这么多年你是一点没变,还是一肚子花花肠。

母亲本以为罗门会顺势介绍一下他带来的那位小姑娘,罗门却没有。放下母亲的手后跟陈百涛聊起校园旧事,提都没提小姑娘。母亲觉得有点怪异,也没多说,招呼他们三个人坐下,并逐一沏了茶,说你们先聊着,我去做菜,一会儿就好!

进了厨房后母亲还在想着罗门。罗门本人与她想象中的有着很大的区别,究竟是什么区别却说不大清楚。听说而来的印象与真实的本人总是存在着某些差距,也许这是一种普遍的现象。也没多想,专心地做起菜来。第一道菜刚下锅,那个小女孩也进了厨房。大姐姐需要帮忙吗?她问。

母亲扭头一笑,不用。屋里油烟太大,你在外面歇着吧!

小姑娘:他们聊天我也听不懂,我陪陪你吧!

母亲:刚才忘记问了,你叫什么呀?

小姑娘:我叫孟婷。

母亲:你跟罗门是什么关系?

小姑娘大方地,我是罗大哥的女朋友。

母亲手一抖,炒着菜的锅铲差点跌落。随口问了一句,你应该不大吧?

小姑娘:我 16 岁。

母亲:你们在一起多久了?

小姑娘:快三个月了。

母亲佯作不经意地继续问,你们怎么认识的?

小姑娘:三个月前我在一家小饭店做服务员。有一天饭店来了几个小流氓吃饭,我上菜的时候对我动手动脚的。那天碰巧罗大哥也在饭店吃饭,他看不下去就起身说了那些人几句。那伙人就火了,跟罗大哥争执起来,还动了手……罗大哥吃了点亏,是我把他送到医院的。从医院出来后我就跟罗大哥在一起了……

母亲忽然想起一个关键问题,你这么个年龄不是应该正在上学吗?跟着他乱跑难道不上学了?

小姑娘:我十四岁就不上学进城打工了。我们老家很多女孩子都不上学的。

那你出来你们家爸妈同意吗?

我没跟他们说,他们不知道。

母亲本来还想问一下小姑娘所谓的"女朋友"的确切意思,她有点怀疑小姑娘是误会了这个词组的本意,却不知如何开口,然后就有点不舒服起来,炒起菜来锅铲子当当当地磕碰着锅底,存心要把铁锅磕出个窟窿似的。

饭菜很快做好了,四个人坐下来开始吃饭。陈百涛专门为罗门开了一瓶白酒,母亲和小女孩喝饮料。四个人边吃边聊,陈百涛和罗门主聊,他们以火热的大学生活为主线,两人各扯一端东扯西拉的,暧昧的神情裹在琐碎的往事中,散珠一般地被这根线串联起来。聊到某个因病去世的女同学两个人同时红了眼圈。陈百涛一仰头干掉一杯酒,我听说你的事了。她住院的时候你还把身上仅有的一点钱给了她。

罗门摆摆手,那点钱跟一个人的生命比起来算什么呀!可惜最后她还是走了。想想人真的很脆弱。罗门端起酒杯,悬空停顿了片刻,一饮而尽。

应该说在今天之前,母亲对罗门是存有好感的,这一点她能确定。可不知从什么时候开始,存于内心中的那份好感忽然没了。那种感觉很奇怪,就好像一个人拎着一桶水往回走,走着走着桶底突然破了个大洞,一桶水呼地一下瞬间漏了个精光,点滴不剩……

两个男人还在喋喋不休地说着话,话语密不透风地让她整个插不进嘴,她夹了一根蔬菜放进嘴里,慢慢地嚼着,嚼了三五分钟咽下去后又夹了一根……小姑娘却吃得泼辣,不停地夹菜往嘴里送,嘴巴撑得像一面鼓了,还在不停把菜往嘴里塞。

有那么短暂的一段时间,四个人都没说话,瞬间的宁静让母亲觉得很不真实。又吃了两口菜之后她悄悄起身进了房间,和衣躺到了床上。不一会儿陈百涛也跟了进来,问你怎么了?

母亲:我没事,想歇一会儿。

客人在,你这样不礼貌吧?

母亲:我歇一会儿就出去。

陈百涛嗯了一声转身要走。母亲说,对了,问你个事。

什么?

你知道那个小姑娘是罗门的女朋友吗?

陈百涛一愣,是他女朋友?他没跟我说。不过有什么问题吗?

母亲:我刚才问了一下,小女孩才16岁……

你想说什么?

母亲突然没了心情:没什么。

陈百涛:别人的私生活我们就别瞎操心了。我先出去了,你歇一会儿赶紧来!

陈百涛出去了,母亲百无聊赖地躺着。天花板上有一只蜘蛛在爬,爬了一会儿离开了天花板,用一根丝线吊住自己,在半空中来回地晃悠,既不向上爬,也不掉下来,起劲地在半空瞎晃悠。这是一只调皮的蜘蛛……

客厅里两个男人还在大叫大嚷的,不时地发出一声清脆的碰杯声,砰。

……过了一会儿客厅里的嚷嚷声突然停了,随即"哗啦"一下器皿的碎裂声响起,或者碎裂声在先,嚷嚷声骤停在后,她不能确

迷 路 | 325

定。接着一声暴喝,你怎么回事?能不能做点事?然后是丈夫的劝阻声,没关系!没关系!

母亲一骨碌下了床跑了出去。客厅的地上有一只菜盘子碎了,地上一片狼藉。罗门瞪着眼睛在呵斥那个小姑娘,看样子是她不小心摔碎盘子的,她像一个做错事的孩子可怜兮兮地站在一旁,泪水淌了一脸。陈百涛正在收拾,一边打扫一边劝着罗门:没事的!孩子嘛!

母亲走过去附和,没事,没事。一拽小姑娘,给他们两个大男人喝酒,我们出去逛逛街。不由分说拽着小姑娘走了。

陈百涛在后面叮嘱了一句,早点回来。

中午的大街上热闹非常,大商场及一些品牌店前人头攒动,玻璃橱窗里的模特儿朝着行人微微笑着,暧昧的笑意灯光一般照着行人,行人便就此商品化了,成为商品之外的另一种商品,在城市。

出门时小姑娘还哭哭啼啼的,走了一会儿被大街上的热闹景象吸引,不知不觉停止了哭泣,话也多了,看见什么都要惊叹一番,像个没见过世面的乡下丫头。走到一家时装店门口时母亲停下脚步,站下来看了看橱窗里的一件衣服对小女孩说,我送你一件衣服吧!

小女孩说,我不要衣服。

母亲说,你看你穿的衣服难看死了,你这么漂亮却穿了这么一身,太可惜自己了。进去买一件吧。

小女孩拽着母亲的胳膊,姐姐我真的不想要衣服,我觉得这样挺好的,左右看了看,一指不远处一家小吃店,要不你请我吃东西吧!我饿了。

刚才在家里时母亲亲眼看见她海吃胡塞了一通,这么一点时间她居然又饿了,笑着说了一声,你真能吃!走吧。

两个人走近才发现是一家专营老卤干的小吃店。母亲不无疑惑地问了小姑娘一句,你吃过这个?

没有。

那你怎么知道好吃不好吃?

感觉好吃。

这是一家很小的店铺,主营品种为南京民间小吃老卤干;一根竹签串起五六块豆腐干,放在滚开的油锅里炸上片刻,再拎出来在表面涂上一层辣椒酱,食客站在门前拎起就吃,一口咬下去吱地一声刺得满嘴冒油,加上辣椒的滋味,那一瞬间嘴像被一把火烧着了一般,一边吃一边龇牙咧嘴地呼呼吸气,抽他两个大耳光都舍不得丢下。在南京,站在街边吃老卤干已然是城市一景。奇怪之处在于,大多数的食客都是一些 20 岁上下的年轻女孩子,也不知道为什么。也许是这个年龄段的女孩子有一份特殊的味蕾,她们按此搜寻符合自己的食品,一旦过了 20 岁,美好的味蕾将被时间收回赋予另一群少女……至于母亲自己却好像从没有对这一类小吃产生过兴趣,她从小生活在大西北,直到上大学才来到这个城市,其时已经24岁了,已然过了那一时限。仅就这点上而言,自己像从没年轻过。一念至此,母亲无来由地伤感起来。

小姑娘先要了一串,一口吃下去嘴被烫得直哆嗦,真好吃!姐姐你为什么不吃?可好吃了!她一边吃一边舌头打着滚儿对母亲说。

母亲笑着摇了摇头。小姑娘就不管她了,自顾自地吃起来。一串吃完又要了一串,在短暂的等待烤串的工夫,她的身体忽然一阵悸动,掉脸跑到街边的一棵大树下,弓着腰扶着大树哇哇地吐开了。母亲赶紧跑过去扶着她问,怎么了?怎么了?

小姑娘又吐了两口才缓过劲来,对母亲,我也不知道怎么搞的,最近一阵总是这样,刚吃点东西就吐,吐完了还想吃。

母亲心里咯噔一下,小姑娘吐了两口停下了,停下后又干呕了半天,哦啊哦啊的,感觉要将胃啊肠子肝啊肺的一件一件结结实实地逐一吐出来似的。等直起身子已经满脸的冷汗,脸白得像张纸,整个人呈虚脱状,站都站不稳了。母亲扶着她站了一会儿,一只手轻拍着她的后背。

这样多久了?她问。

小姑娘:一个多星期。

母亲上下打量了她一眼,小心翼翼地,你的例假是不是很久没来了?

小姑娘:咦!你怎么知道?

B

罗门第二天离开了南京。

丈夫想留他多玩两天,罗门说和一个朋友约好要去浙江大峡谷漂流,说等闲了再来多待一阵子。

在陈百涛挽留罗门时,一旁的母亲没有任何表示,专注地翻着手机,连起码的虚情假意的客套都没有。事实上,母亲后来的态度非常冷淡,那天从外面回来后几乎没主动和罗门说过话,大部分的时间在玩手机或者看电视,偶尔陪小姑娘说点什么。送走了罗门和小姑娘,陈百涛转脸就和母亲吵了起来,意思说她不给自己面子云云。

母亲说我的确不想给他面子。

陈百涛诧异地,怎么了?他怎么得罪你了?你不是他的铁粉吗?

母亲哼了一声,问了一句,你知道罗门跟那个小姑娘是什么关系吗?

陈百涛说我问过他,他说那个小女孩是他一个朋友的孩子,放假了想增加一点经历,就跟着他一块儿出来了,主要是让她长长见识,增加一些经历。

他说小女孩是他朋友的孩子?

陈百涛:对啊!

那他还和她上床?

陈百涛一惊,你瞎说什么!

母亲冷笑一下,一不做二不休把那天逛街时自己的发现和盘托出。陈百涛不知是一时没听明白还是不愿相信,追问道,你什么意思?

母亲:你听不懂中国话吗?

陈百涛:……

罗门走了,他的到来宛如一颗石子投进池塘,扑通一声激起一朵水花后水面便复归平静。母亲和陈百涛每天按部就班地上班下班吃饭睡觉,内心并不期待变化,但是变化还是悄悄发生了。

变化出自陈百涛。

母亲和陈百涛是五年前结婚的,自结婚开始,什么时候要孩子便成为双方老人时刻关心的话题。其中来自男方家庭的关心更为迫切;陈百涛是福建人,家里三代单传,一根独苗颤巍巍地在生命的长河中挣扎,内心的期待更为紧迫,这是一份延续了三代的焦躁。尽管如此,母亲还是不愿轻易就范。她结婚时才25岁,刚工作一年多,经济和生活刚刚独立,玩心正重,不想这么快生个孩子把自己套在一堆尿布、奶粉的琐碎里。对她的坚持陈百涛虽有想法也不得不表示理解,毕竟深受当代文明熏陶多年,起码表面上还是要做做样子的。小夫妻俩顶着压力玩了两年之后,在双方家庭越来越露骨的紧追之下不得不将造人计划提到议事日程上来,一番努力之下却伤心地发现根本无法正常怀孕。两人这下慌了,在生活中上蹿下跳地寻医问诊地折腾了一阵,结果依然令人沮丧,两个人为此互相怄气,都觉得是对方的原因。争吵后来成为两个人的必修课目,吵得凶恶时更是恶语相向,有一天甚至互相揪着要去医院检查看看究竟是谁的问题。等到了医院门口才忽觉不对。一方对另外一方说,我们这是干吗呀!我们干吗非得要孩子?我们就两个人过一辈子不行吗?

夫妻俩于是抱头痛哭……

自此之后两个人在生活中彻底安下心来,再也没提过要孩子的事。母亲以为这件事真的过去了,可没想到有一天陈百涛突然对她说,我们离婚吧!

母亲还以为陈百涛开玩笑,笑着问,外面有人了?

丈夫:是。

母亲不当真地,谁啊?

一个女的。

母亲……

丈夫:她想和我要个孩子……

母亲听明白了。丈夫的话里透露出两层意思,一是告诉他在外面与某个女人有了近似夫妻一般的关系且准备或已经成功地怀上了孩子。二是表明这些年他们夫妻迟迟不孕的原因出在母亲的身上。这是此话的重点。

那一刻母亲口舌干燥地一句话也说不出来了,嗓子眼儿里咕噜咕噜地仿佛有一百条毒蛇在狂躁地上下窜动,只要她稍稍张开嘴,蛇便会窜出来咬死陈百涛……内心中则翻滚着无以名状的复杂情绪,屈辱、疼痛、不甘、舍不得……这一切完全是陈百涛在自己毫不知情的情况下策动完成的,属于不宣而战。如果自己在外面找个男人说不定也能怀孕的,虽然这种假定不一定能为科学认可,但是毕竟是存在这种可能性的。她现在输掉了婚姻中的全部筹码,想要的只剩下这种不被科学认可的可能性。

接下去的事情变得很简单,两个人在很短的时间办好了财产分配及相关手续,然后在一个清晨陈百涛拎着一个小包离开了家,仿佛上班去了,只是这一次离开后他不会回来了。陈百涛离开了,留下空荡荡的房子和一屋子的寂寞无助。那一段时间是母亲最为沉重的日子,整天足不出户,有心找几个朋友倾诉一番,数来数去能找的人都是自己和陈百涛共同的朋友,而现在她最想忘记的就是与陈百涛有关的一切。陈百涛的离去掏空了她的内心和生活,让她连个说话的人都没有了。然后有一天家里的电话突然响了——近一个月的时间电话都未曾响过啊!电话响起时母亲都有点恍惚了,想不起来谁会给自己打电话。拎起电话老半天才听出是罗门。电话里的罗门一如既往地热情,操着大嗓门说,嫂子,百涛在吗?

母亲含糊其辞道,他出门了。

罗门说我刚打了百涛手机提示已经停机,他是不是换号码了?

母亲一愣,她没想到陈百涛会换手机号码,这一招毫无疑问是针对自己的,他是在向自己表明一种态度,不希望自己打扰他新的生活……母亲问,你找他有事吗?

罗门吞吞吐吐起来,说嫂子要不你把他新手机告诉我一下。

母亲:你有什么事跟我说好了!罗门在电话里欲言又止,母亲说你说吧,没关系!

罗门说,我想跟百涛借点钱,我的钱包昨天被偷了,我……

母亲能想象出电话那头罗门此刻的窘态,不由得笑了。你需要多少?

罗门报了一个数字,可能觉着不妥赶紧又补充说,嫂子尽你方便好了,少点也没关系,我这会儿在半路上,等到了下一站找到朋友就可以应付了……

母亲问:怎么给你?

罗门没想到母亲这么爽快,连声道谢,说我把银行卡号给你吧!

母亲随口问了一句,你在什么地方?

罗门说我刚到微山湖。

母亲:山东那个微山湖?

罗门:是的。

迷 路 | 333

你跑那儿去干吗？

罗门：小时候听过一首歌唱微山湖的歌曲，特别有好感，但是一直没来过，这次正巧路过就顺便拐过来看看。刚才联系了一个船家，准备明天包他的船去微山湖上荡漾个两三天……停顿了一下，嫂子你如果不方便……

母亲：你把卡号给我吧。

挂了电话，母亲打开电脑准备从网上转账给他，在等待开机的这段时间她忽然有了一种冲动，她也不知道这个念头从何而起，思忖了一下，简单收拾了一些东西，径直去了长途车站，买了一张最近一班去往微山县的车票，三个多小时后便到了微山县城。下车后第一时间给罗门打了一个电话。罗门一听到她的声音就抱怨，嫂子你怎么还没打款呀？我都没钱吃饭了！

母亲问，你这会儿在哪里？

罗门说，我在银行门口等你汇款呢！

母亲说你别等了，我在城南的聚德楼饭庄，你过来我们一起吃个饭吧！

罗门大惊，中午打电话你不还在家的吗？怎么这一会儿又在微山了？

我刚到。你过来吧，见面再说！

二十分钟后罗门到了，果然在一张临窗的餐桌前见到了正拿着一本菜单在点菜的母亲。真的是你！你怎么突然跑这儿来了？

母亲没回答,说你爱吃什么报两个菜。把菜单放到桌子上推给了罗门。

罗门拉开一张椅子坐到母亲的对面,你随便点吧,我什么都吃。又把菜单推了过来。

母亲就不管他了,抓起菜单自行点了几个菜后便将菜单交给了一旁的服务员。抬头看罗门。怎么?不想见到我啊!

罗门:哪能啊!就是觉得奇怪你怎么突然出现在这儿。百涛呢?

母亲咬了咬牙,实话实说道,我们分手了。

啊!怎么会?什么时候?

母亲也不瞒他,将自己和陈百涛之间的种种和盘托出。说了之后问,你们最近没联系?

罗门说,我给他打过手机,但是已经停机了。

母亲:他换号码了。是不想让人打扰他的生活,停顿了一下补充了一句,主要是针对我的。

菜很快上来了,母亲要了一瓶白酒,倒了两杯,推给罗门一杯,罗门抬手似要推挡,看了一眼母亲又缓缓放下了。摇头苦笑了一下端起酒杯说,嫂子我这人不会说话,也没法安慰你什么,先干了这杯吧!一仰头灌了下去。

母亲眼圈红了,端起酒杯一饮而尽。

罗门放下酒杯,来这里有什么事吗?

母亲故作轻松地,就不兴来看看你?

罗门摇头,不像。

母亲咯咯地笑了。这是她半个月以来第一次面对生活展露笑颜。我真没什么特别的事儿,就想找你聊聊天。百涛走了之后,我总觉得憋得慌,身边的一些朋友熟人跟我们俩都有各种的关联,有些话没法跟他们说。

罗门:我不也一样嘛!算起来我还是百涛的朋友。

母亲:你不一样。虽然你是百涛的朋友,但是你和我们俩的现实生活没有任何利益关联,跟你说什么对我和百涛都不会有伤害。

可能憋得太久,那天母亲聊天的热情高涨,胃口也好,一边吃一边口若悬河地侃侃而谈,话题辽阔语言稠密,人是越说越精神,两眼炯炯泛光;反观罗门却毫无聊天的兴趣,浅显地吃了两口菜后便心事重重地停下了筷子,热锅上的蚂蚁似的坐卧不安。最后罗门实在忍不住了,打断母亲说,嫂子我还有点事,要先走一步。

母亲谈兴正浓,没料到他会要走,打住话问,你有什么事?

罗门说,明天一早我们要乘船下湖,要早点休息,另外还有一个人没吃饭,我得过去帮她买点吃的。

母亲:你有朋友怎么不叫过来一起吃?

罗门吭吭哧哧地说,她不知道你过来,也不知道我跟你借钱……

母亲这才想起来此的目的,赶紧从包里拿出一个信封,从桌上推给罗门。你先拿着,不够再跟我说!

罗门说够了,够了!起身拿起信封,看都没看便塞进口袋里去了。那嫂子我先走了!

母亲点点头,不无好奇又问了一句,你那位朋友是谁啊?我认识吗?

罗门说就是上次跟我一块儿去南京的。

母亲顿时想起了那个站在街边吃臭豆腐干的小女孩,以及被烫得龇牙咧嘴一蹦一跳的可爱样子……

母亲一直把罗门送出酒店,两个人站在门口告别,罗门对母亲说,我明天一早就要上船下湖,也不能陪你了!

母亲:不用客气!你忙你的。

罗门:那我先走了!

母亲点点头,罗门转身离去。刚走了没两步一个人影闪出挡住了他。我说你偷偷摸摸地跑哪儿去了,原来到这儿找野女人来了……说着话抬手扇了罗门一耳光。这一巴掌突如其来,罗门整个懵了,捂着脸半天没说话。女的抬头扫了一眼台阶上的母亲,我倒要看看是哪个骚货敢勾引我男人,推开罗门朝着母亲一摇三晃地走过来。母亲觉得她走动的样子很怪异,笨拙而吃力,仔细一看才反应过来她是怀孕了,肚子挺得老高,看样子有六七个月了……就在母亲一愣神的工夫,女的已经走到了近前,赫然正是半年前那个小姑娘。小姑娘瞬间也认出了母亲,脸上掠过一丝难过的表情,但是迅速地恢复了常态,哟!我当是谁?原来是嫂子啊!你大老远地跑这儿来干吗呀!是不是自己老公跑了就四处勾引别人的老公?她的话越说越难听,让母亲无言以对。

罗门追上来,拦住小姑娘,你瞎说什么?嫂子是来给我送钱的。

小姑娘:送什么钱?

罗门:我们快没钱了,我跟嫂子开口借了点钱,她是专门赶过来送钱的!

小姑娘:钱呢?

罗门赶紧掏出那个信封。小姑娘一把抢过去抽出钞票看了看,哟!出手还挺大方的,一次就给这么多!一抬手连钱带信封摔在母亲的脸上,带着钱滚!我们再穷也不会用你的钱!抓起罗门的一只胳膊掉脸便走。信封在接触到母亲面前时力道衰落,一沓钞票从信封中滑出,纷纷扬扬落了一地……

母亲迅速傻了。

C

这一次的微山之行让母亲很受伤。她本来是想借送钱之机出来散散心,顺便找个人聊聊天吐一吐心中的怨忿,没料到一不留神却把自己玩成了勾引别人丈夫的第三者角色,还被人当众奚落羞辱了一番,想想都觉得委屈。

虽然首次的尝试并不成功,却为母亲指出了一条自我解脱的途径。像一个被禁锢许久的人忽一日挣脱了所有的镣铐枷锁,那一刻有了一种振翅飞去的冲动。然后母亲真的在生活中"飞"起来了……此前的母亲温文贤淑,对生活无所欲求,成为一个贤妻良母恐怕是她仅有的选择,可来自现实的一番变故打碎了她的梦想,接下去的一阵子恐怕是母亲一生当中最为荒唐的时光,抽烟、熬夜、酗酒,每天不把自己灌醉便无法入睡,每天从床上一醒过来就要往外跑,在屋子里待着她总觉得憋得慌,此时家已然成为她避之不及的伤心之所,她都想不起来自己以前如何能足不出户地呆了三五年之久?而现在再在房间里多待一分钟都令她窒息。母亲每天一早便飞出去,一整天都悬在外面,飞哪儿算哪儿。母亲就这样在现实中"飞"了起来。她飞,只是为了不落回到地面的得飞且飞。

低飞中的母亲没有方向也没有目的地,也不知道自己能飞多久,甚至都不知道为什么要飞……她长久盘旋在半空中,恍惚、焦虑、迟钝、紧张且无助,然后很自然地便成了一些男人眼中的猎物,身边迅速围上了一些怪异的男性,有的肥头大耳,有的骨瘦如柴,有的相貌堂堂,有的猥琐不堪……母亲则来者不拒,她似乎想以此方式向现实示威,为自己遭遇到的不公……因为她的这种态度直接导致了局面的混乱不堪,那些男人之间常常因为争风吃醋而相

迷 路 | 339

互争吵,激烈时更是拳脚相向大打出手,曾经有三个男人当着母亲面厮打成一团,而一旁的母亲一边看着电视一边嗑着瓜子……这种状态持续了约一年,一年之后因为父亲的出现母亲才终止了这一轮的荒唐。

母亲是因为误入了相亲会得以认识父亲的。

一个周末的上午,母亲外出去见一个朋友,路经一个小公园时遇到了一群中老年人,足有七八十号人之多,三三两两地聚在一起聊着什么;路边的树上则贴满了花花绿绿的纸条,当风吹过时便刺啦啦地发出响声。母亲好奇,停下来看了看,每张纸条上都写着某男(某女)、年龄、身高、工作单位、房车等等,半天才明白是这些老人家为自己的孩子写的征婚启事。母亲顿时失去了兴趣,提脚走了。没走多远被一个老太太追了上来。小姑娘等等!请等等!

等发现老太太是在叫自己时母亲站住了,内心一阵窃喜——已经很多年没人叫过自己小姑娘了。老太太从身上掏出一张照片递给母亲,母亲没接,警惕地,干嘛?

老太太笑眯眯地,你先看看!

母亲接过来潦草地打量了一眼,照片上是一个男子,三十岁左右,头发梳得一丝不乱,脸上戴着一副眼镜,很斯文的样子。他是谁?想干吗?母亲问。

老太太笑容可掬地,我侄子。你的气质很好,我觉得你们俩挺合适的。想了解一下你的情况!

母亲差点没笑出声来,礼貌地把照片递还过去,不好意思!我已经结婚了!

老太太一愣,不会吧!看你挺年轻的,一点都不像结过婚的!

母亲笑了,结婚还有像不像的?

老妇人说那当然!女孩子一嫁了人就不像女的了。

母亲:像男的吗?

老妇人摇头,她们不是男人也不是女人,是男女之外的另一种人。摇摇头,不说这个了。看看手中的照片再抬头看一眼母亲,你们俩真的挺合适的,你要是没结婚多好呀!

母亲随口问了一句,你侄子是做什么的?

老太太来劲了,我不是自夸啊!我这个侄子很优秀的,人长得帅不说,还是一名律师。律师这一行你可能不知道,挣钱比国内的公务员还要多,现在有车有房……!

母亲愈发地开心起来,他这么优秀怎么会没有对象?

老妇人:也是高不成低不就,再加上工作压力大,就耽误下来了……

这天过去之后母亲很快把这事抛到脑后去了。然后,某个出乎意料的下午,母亲接到了一个电话,来电号码和话筒里的声音都透着陌生,是一个上了年纪的老年妇人嗓音,她半天才反应过来是公园里的那位老妇人。老人说他侄子今天从加拿大刚回国,明天就要去上海公办,想约她晚上一起喝个茶。

母亲脑子顿时不够用了。首先她不记得那天自己是否和老妇

迷 路 | 341

人交换过手机号码,其次老人也没告诉她那个所谓的侄子是在加拿大,再有她记得说过自己是结过婚的,如此老人还要安排自己与她的侄子见面又是何种用意?她在电话里吞吞吐吐了半天。老人察觉了她的心思,说,就是朋友见个面喝个茶,没有别的意思,如果不方便可以把家人带来。老人这么一说母亲就不好再说什么。半个小时后到了约定的地点,老人和照片上的侄子已经等着她了。怎么说呢?那个所谓的侄子与照片上还是有点区别,具体区别在哪儿母亲也说不上。老妇人倒是一如往常地热络,热情地招呼母亲坐下,再把她和侄子相互做了介绍。她介绍母亲时的用词很有趣,这是我的一个小朋友!

那位侄子礼貌地起身和母亲轻握了一下手,你好!林其宾。

母亲对这位林侄子的第一印象并不佳,三十五六岁的一个大男人,中等个头,身材稍显臃肿,头发也很稀疏,而照片上的他还有一蓬茂密的头发;人倒是挺稳重,举止谈吐不紧不慢的。他大部分时间是在介绍自己,很少问及母亲的生活,这一点让母亲感到很安全。

林侄子告诉母亲,他出生在厦门,在上海上的大学,大学还没毕业便随全家移民加拿大了……他还说这次是姑姑非要他来见见,姑姑告诉他母亲是他喜欢的类型,他拗不过姑姑加上内心的好奇便大胆约了母亲……

母亲便打趣,是不是见到真人之后挺失望的?

侄子说没啊!我觉得你的确挺好的!可惜你结婚了,不然我不会放过你的!

这句话他是笑着说的,却让母亲瞬间感动了。母亲端起茶杯轻轻抿了一口,狠狠心问了一句,你如果真喜欢我那就离婚吧!说完看着林侄子微微笑着。

林侄子没料到母亲会有这一着,一时不知如何应对,喃喃地,说笑了!说笑了!

那我如果已经离婚了呢?母亲两眼紧紧盯着对方。

林侄子:你当真?

母亲:我有过一段婚姻,因为不能生育和丈夫离的婚。

林侄子:你的意思你现在单身?

母亲:是的。

那你愿意跟我在一起吗?

母亲反问,我不能生育,你不介意?

林侄子:国外的丁克家庭很多的……!

一句朴素的话却让母亲瞬间泪如雨下泣不成声……

母亲就这样和父亲走到了一起,两个人一个月不到便结了婚,母亲顺理成章地跟着父亲去了加拿大,彻底摆脱了自己的过往。

母亲很珍惜这一次的婚姻,到了加拿大短暂休整了一段时间后便要出去找工作。父亲劝她说你刚来,还是先熟悉一下吧!再说我的工作养家没问题,你不用那么辛苦的!

母亲说那不行!我还年轻,不能从现在就混吃等死吧!

母亲就此开始了漫漫寻工之途。尽管信心十足,一圈跑下来的结果却差强人意。首先母亲欠缺国外生活经验，其次对当地的文化和生活习惯也不甚了解，除了一腔热情并无针对性的有效措施。华人在加拿大并不属于主流社会圈层，尽管"西人"（加拿大华人对当地人的简称）并不排外，但是某些生活秩序和标准都是专门针对"西人"规划制定的，与华人并无多少关系。母亲初来乍到便想以一己之力撬开结构严密的白人社会寻找到一个工作机会实在不容易，过程中受尽了委屈遭尽了白眼。来自"西人"的委屈受了就受了，让她受不了的是当地的华人也是趾高气扬的臭德性。因为人生地不熟，母亲出门远一点就不记得路了，开始问路她尽可能地找一些华人，以为远离故土同根同种的指个路或者相互聊会天应该是可以期待的，却没想到几乎每一个当地的华人都不理她，往往她迎着一个华人走过去，笑吟吟地说，你好！请问某某地儿怎么走？对方看都不看她一眼便擦肩而过。有一天她遇到两位华人老太太，两个人一边走一边用上海话聊天，母亲上前求助，请问阿姨，某某大街怎么走？一个老太太立即转换英语道，对不起，我们不懂中国话。走过去后还回头看了母亲一眼，眼神中有轻蔑、不屑甚至有些许的厌恶。好像在说，你跑我们这儿来干吗？真是的！

最让母亲恼火的还是迷路本身。

母亲此前并不是一个容易迷路的人，通过哪里可以抵达什么地方，迈出去第一步会自然联系并带动起下一步，完全不用刻意思考，仿佛脑子里自带了一只罗盘。因此她人生的每一步都走得准确而有效。但是随着一段婚姻的分崩离析，脑子里的那台指向精准的罗盘也变得混乱了。第一段婚姻结束后的那一阵她总是迷路,尤其是晚上喝了酒之后。有一次晚上喝多了回家,在家附近转悠两三个小时愣是没找到家门,后来不得已之下打了110才由哭笑不得的警察送回了家……她那时总以为自己迷路是酒精的作用,以为过一阵就会好了。未曾料到来到了加拿大之后这种状况变本加厉起来,很多时候自己刚一离开家门就不辨方向了。最要命的一点在于加拿大的方向与国内的似乎不同,印象中的南方总在加拿大的西边,加拿大的北方又在印象中的中国东方,整个乱了。她费尽心机也无法适应。于是,迷路的状况便不可避免地屡屡发生。迷路多了,母亲也摸索出了一套解决方法,只要一迷路了她就给父亲打电话,父亲就会开车来把她领回家。

这样的状态持续了约有三个月左右,三个月之后母亲渐渐适应了当地的生活,英语也大有长进,可以和别人进行一些简单的交流,更为重要的是,她重新修订了自己的方位感,如此迷路的机会就少了,现在她一个人可以跑出去很远而不用再求助于父亲,不久之后她终于在一家华人开的超市里找到了一份工作。就在母亲踌躇满志准备大干一番时,一桩突兀的变故再次将母亲拉回到原点。

那一阵母亲倍感疲倦,开始觉得可能是上班太累一时不能适应,以为过一阵习惯了就好了,没想到那种疲倦感越来越频繁地折磨着她,上一秒钟还精神百倍,一秒钟之后又变得腰膝酸软浑身使不上劲了。后来每天一早起床后总觉得口干舌燥的,犯恶心,起床后的第一时间就是冲到洗手间,扶着马桶连连干呕,一阵接一阵地,腰弓得像个虾子。父亲不明就里还以为母亲真得什么重病,几次提议说要带母亲去医院。母亲不肯,她刚得到一份工作,不想轻易地失去。同时她也不觉得自己真的有病,就症状衡量这有点像怀孕,但是她是不能怀孕的,这一点已经由上一段婚姻所证明。如果不是怀孕那又会是什么呢?这个问题她想都不敢想了。默默隐忍了数日,身体的反应越来越大了,在父亲的坚持下母亲不得不去医院检查了一下。检查的结果大出两个人意料,母亲居然怀孕了。

　　从医院回来的路上父亲一边开着车一边微微笑着,母亲却猫挠心一样百般不适,那种感觉就像一个被押赴刑场即将执行枪决的犯人,在行刑者即将扣动扳机的一刹那接到了无罪释放的通知。让她不能接受的是,自己的第一段婚姻就此被命运硬生生地给掰折的,现在结果证明了当初的诊断的荒谬,可代价却已提前付出且无可挽回……这就是她不能释然的原因。

　　回到家后父亲第一时间代母亲辞去了刚刚到手的工作。父亲的本意是让母亲少点操劳好好保养,但是母亲闲下来后在家里吃不下睡不着的,脾气也越来越古怪,不为个什么事就逮着父亲乱吵一通。父亲以为这是孕后症,也不在意,变着法子哄母亲开心,又是送礼物又是献花的,这些招数却让母亲愈发地烦躁,有一次将一捧鲜花狠狠摔在了父亲脸上……母亲闹得越来越不像话了。有一天母亲提出想回国住一阵。父亲以为母亲还没适应国外的生活,觉得回国住一阵对缓和母亲的情绪以及对肚子里的孩子健康都会有益,便满口答应下来。母亲当天便飞回了国内。

母亲回国后立刻陀螺一般转动起来,在加拿大时的那一份无着无落的沉郁烟消云散,成天满面春风吃五喝六地开PARTY或者请人吃饭喝茶等等。其时母亲刚刚怀孕两个多月,腰身几无变化,但是她每天出门都要穿一身宽大的服装,行为举止也多是慢动作,时不时再伸手按按腰揉一揉腹部;吃东西就更是夸张,这个不吃那个不动的,刻意显示出一名孕妇的浅薄模样。于是不到一个星期,几乎所有的熟人朋友都知道了母亲怀孕的消息。大家对于母亲的此前经历都很了解,知道母亲成功怀孕后除了第一时间送上祝福便是对离母亲而去的前任丈夫陈百涛大加鞭挞……母亲便问他们:陈百涛现在过得怎么样?问了一圈下来却没一个人知道陈百涛的下落。也难怪,这次见到的大多是自己的朋友,虽然与陈百涛也熟悉,却是缘于他曾是自己丈夫,一旦和自己离了婚,这种关系自然而然也就断了。尽管如此母亲仍然不甘心,后来又辗转找到了一个与陈百涛同在一家单位的熟人打听。那人告诉母亲,陈百涛和她离婚后找了一个女大学生,那个大学生是广西人,父母都是当地的重要官员,毕业之后就双双去了广西,为此不惜把这边的工作也辞了。母亲听了大失所望。她这次回国主要目的其实就是为了能见一下前任丈夫,想在他面前显示一下自己怀孕的事实……她咽不下这口气!母亲后来为了找到前任丈夫,甚至还想起了另外一个人,一个在她看来有可能还与陈百涛保持联系的人——罗门。罗门是陈百涛最要好的朋友,自己也和罗门关系不错,他最窘迫时自己还千里迢迢地给他送过钱,可是他们之间已经断了联系,出国后因为制式不同自己换了手机,保存在老手机里的罗门的手机号码也遗失了,现在想找也找不到了……

又待了数日,眼见着希望渺茫母亲准备打道回府。她订了一张从上海直飞加拿大的航班,打算先乘坐高铁去上海住一晚上,第二天乘机返加。

离开南京前的两三个小时,她去商店采购了一些当地土特产。说起来南京真没什么可以对外炫耀的特产,一只盐水鸭也被啃了一百多年了吧!那个下午,当母亲拎着两只真空包装的桂花鸭走出商场时,被一个三十多岁领着一个三四岁的小女孩的女乞丐拦住了去路,小女孩捧着一只空碗缠着母亲,母亲没办法丢了一个硬币给她便闪身而过,然后听见小女孩的妈妈问了一句,是大姐吗?

母亲扭头看了她一眼,觉得有点面熟却又一时想不起来在哪儿见过,突然想起一个人,多年前跟罗门来过自己家的小姑娘——怎么能忘记呢!她来过南京,自己请她吃过老卤干,后来在微山她还当众羞辱过自己……母亲一把抓住她,你是罗门的——那个孟婷!

大姐,是我。孟婷的一只手被母亲紧紧攥着,脸瞬间红了,显得有点不好意思。

母亲哎呀一声,你们怎么在这里?罗门呢?

你以后就不求人了?

对门邻居家姓王，户主是一个五十多岁的中年妇女，我叫她王阿姨。开始时我们两家关系挺好，我妈妈经常和她结伴去二条巷菜场买菜，一路上张家长李家短地聊个没完。即便哪天不烧饭了，两个人也会约着去菜场逛一圈。这对于她们仿佛是一种健身运动。

王阿姨原本是三口之家，一对母子外加一个儿媳；儿子和儿媳去年结的婚，结婚两三个月便闪离了，原因不明。王阿姨的儿子与我同一年出生，是一家医院的厨师，长相肥硕，颇有点职业风范。我们就称他胖子。胖子结婚时我还参加了他的婚礼，只是没想到刚结就离了。

结婚之前的胖子是个挺随和的人，颇有点没心没肺混吃等死的世界观——不然也不可能长得如此肥硕。可自打离婚后就像变了一个人,拼命地想赚钱——他认为老婆跟他离婚是嫌他穷,嫌他没有本事挣钱。其实在我看来,他那个老婆还真不是一个嫌贫爱富的人,她能跟胖子结婚已经表明了这一点,但是胖子自己非这么认为,离婚后削尖脑袋想赚钱。其他的事情也就不说了,有一天居然打起我们家门前一小块空地的主意了。

我们两家都是一楼,我们家靠外侧,门前有一小块空地,有半个篮球场大小。母亲在这块空地上拉了一根晾衣绳,平时晒晒被子、晾晾衣服什么的,偶尔也会有一些孩子过来跳绳、打打羽毛球。有一天傍晚突然从外面开来了一辆小车停在这里。听到动静我出门查看,司机是个四十多岁的陌生人,我说你怎么把车停到这里了?

司机说是王晓波让我停这儿的。王晓波是胖子的名字。

我说王晓波没权力让你停这儿。

司机说这不是王晓波家吗?

这是我家,他家在对门。

司机:不对呀!他说可以停这儿的,我把钱都给他了。

我问什么钱?

司机:我们说好这个车位一个月500块钱。

我这才知道胖子把这块空地当车位卖给了别人。没好气地对司机说,这事我不管,反正你车子不能停这儿,他收你钱你找他去!

司机央求无果便给胖子打了电话,十分钟后胖子回来了,见到我掏出两包香烟往我口袋里塞,指着司机说,这是一个朋友,临时把车停一下,过两天就开走。

我说好像不是这么回事吧!你收人家每月500块钱把它当车位卖了吧?

胖子怔了一下,瞟了司机一眼,人家的确有难处,你帮帮忙!

我说这就不是帮忙的事。我也帮不了。

胖子不高兴了,拉下脸道,你这人怎么这样啊?停顿了一下,突兀地冒出了一句,你以后就不求人了?

我愤愤地回了他一句,就算开饭店我也不会找一个三流厨子!

话音刚落他喔的一声怪叫着扑了上来,稍一使劲就把我掀翻在地——严格意义上说他是用身体直接把我压倒在地的……胖子不是一个会打架的人,把我扑倒后并没有对我大动拳脚,只是用山一样沉重的身体死死地压住我,压得我浑身乏力动弹不得。就在这绝望的关头,出门买菜的王老太太回来了,看到他儿子和我缠斗在一起,也不管我是吃亏一方的事实,抓起一根生茄子就朝我脸上抽,一边打我一边还鬼哭狼嚎地喊着,快来人啊!他们欺负人了!他们欺负人了!茄子抽在脸上并不是太疼,不知是茄子太软还是因为老太太的力量太小,但是她抽打动作挺吓人,而胖子更是被她的喊声刺激,一张脸被一股奇怪的力量扭曲并不住地抽搐,嘴唇一个劲地哆嗦着,像要随时张嘴咬我似的。在担心被生吃的恐惧刺激下,我生含了一口气,瞅准时机先避开一次茄子击打,一直脖子抬起脑袋直接撞向胖子的面门,噗地一声直接把他撞翻了出去;他双手捂着面部,在地上翻滚着,血液从手指缝里流了出来,也不知道哪里被撞破了,鼻子、嘴或额头……

事情最后以那辆小车开走而告结束。车子开走了但是事情没完,那天我妈出去看一位老同事回来晚了一点,本来也不知道下午发生的事,人走到门口遇到一个要好的邻居给她说了这件事情。老人家心疼儿子,噔噔噔跑到对门去跟王阿姨交涉,两人一言不合又吵了起来。我妈说话也有问题,她说我们家小东可是个读书人……王阿姨心里琢磨,你们家孩子是读书人,别人家的活该是流氓?顿时火起,两人又是一顿大吵,最后还无聊地惊动了110……

这事过后我们两家就不说话了,平时见到就跟没见到一样,不仅我和胖子不说话,我妈妈和王老太太也不说话了。这一局面直到项南来了之后才被破解。

项南性格开朗,成天笑嘻嘻的,每见到一个邻居都热情地打招呼,阿姨长叔叔短的,哪怕遇到一个刚放学的孩子她也会亲切地招呼一声,小朋友放学了?没几天便和一院子的邻居混熟了,所有的人都很喜欢项南,跟母亲说,小东眼光不错,一定要抓紧了!其中只有两个人不喜欢项南。这两个人第一个是我妈妈,第二个是对门邻居王阿姨。

咱们先说第二个。

项南大概第二次或者第三次来我们家时在楼道里王阿姨迎面遇到,项南快乐地跟她打了招呼,阿姨好！王阿姨面无表情地闪身出了楼道,吭都没吭个响儿。项南在门口愣怔半天,进门后问我,对门那家人对我有意见吗？

我问怎么了？

项南把刚才的事说了一遍。我说她不是冲你的,告诉了她此前发生的事情。项南愤愤地,就算你们吵过架也没必要拿我撒气呀！一点素质都没有。

其实我只说了一半的原因,以我阴暗的心理揣测,另外一半的缘由归结于嫉妒；他们家的媳妇刚离婚就跑路了,随即我们家就来了一个人见人爱的女朋友。这事换作我我也不高兴。

从那以后项南再遇到对门的邻居也不主动打招呼了,之后有一天,项南下班来我们家,一进门就神秘兮兮问我,你猜刚才我遇到谁了？

我说谁呀？

项南压低声音,对门的老太太。

我警惕地,她又怎么你了？

项南说没有。我刚进院子她就满脸堆笑地跑上来跟我打招呼,还问我是不是在银行工作……

我说她想干吗？

她听说我们行最近向内部员工推出了一款理财产品,年利率比较高,她问我能不能帮她买一点?

我说你别理她。

项南为难地,我已经答应她了……

这件事的最终结果如何我没再问,就后来事态的发展衡量,结果应该是令人满意的。

一个周末的下午我从外面回来,进门时项南端坐在厨房大餐桌上捧着一本书犯傻——项南喜欢我们家餐桌,我们家有沙发有床,可她待得最多的地方却是厨房里的这张餐桌边。她一没事就会坐到餐桌上看看书或者边看书边抽根烟什么的,或者什么都不干,双手抱着腿,下巴抵在膝盖上看着窗户外面发呆;我们家厨房有一面比餐桌还大的落地窗户,视野无遮无挡,视力好的人从窗户里甚至一眼能看到——梦想。为她这毛病,我妈妈没少在我面前嘀咕,意思说她没礼貌,缺少家教云云。

看见我进屋,项南腾地跳下餐桌。你可回来了!

我问干吗?

项南说我饿了,正犯愁要不要出去吃点东西?你回来就好了!

我说你傻呀!都饿成这样了还瞎琢磨啥呀?

项南开心地,我在等上帝啊!我相信他老人家不会丢下我不管的!

被人需要的确是一件开心的事情。我正要说话,门铃响了。

我走过去拉开门一看是对门的王阿姨,她端着一只热气腾腾的碗笑眯眯站在门口。看见我似乎很诧异,你回来了?我还没说话她追问了一句,小南姑娘在吗?我一时没反应过来,她从我身体一侧看见了项南。小南姑娘快来!

项南凑了上来。因为门口太窄,她被我整个挡在了身后。她先在后面推了我两下,想让我放她过去。我心里有点不舒服,硬着身体没理会,她见状干脆一猫腰从我的胳肢窝下钻了出来,头和脖子伸出来后身体却被我一收胳膊温柔地夹住了。项南不好意思太过挣扎,顺应着我的身体的力道说,阿姨你找我呀?

王阿姨:我刚刚包了一点饺子,送一点给你尝尝。

我伸手要接,王阿姨却避开了我伸出去的胳膊,委婉地将碗递给了项南。等一碗饺子平稳地被项南接到手中,她才转向我不无歉意地说,今天时间紧包得不多,下次再请你吃吧!

我差点没哭起来。什么人啊?会不会说话?

王阿姨离开前还又叮嘱了项南一句,吃完碗就放着,我一会儿过来拿回去洗,噔噔噔地回去了,砰地关上了门。

我们退回房间掩上了门,项南捧着一碗热腾腾的饺子咯咯地乐开了。我不无醋意地说了一句,其乐融融一家人啊!魅力挺大的呀?

项南说我怎么闻到了一股醋味?

我说你拉倒吧!我是好心提醒你一句,别遇到一个人就当是

356 | 女贼

自个儿的亲戚,你知道她是不是人贩子或者做直销的?

项南息事宁人地说好了好了,人家对我好还不是看你面子?别小肚鸡肠的了,一起吃点吧!

我瞥了一眼桌子的碗,差不多也就七八个水饺,只够一个人吃的,说得了,我还是下方便面吧!

自此之后我们两家的关系缓和了许多,没多久我妈妈和王阿姨又成双成对出门买菜了。

母亲表面上对项南客客气气,私下里却并不看好我和项南之间的关系。一是觉得我这么多年没个正经职业,稍微头脑正常点的姑娘都不可能跟我有结果的,至于谈恋爱,那不过是姑娘们因为无聊拿我找点乐子——母亲还是怕我吃亏——此外她对项南的一些生活习惯也看不大惯。项南是一个粗枝大叶的人,平时来我们家什么事都不做,胃口还特别好,吃起饭菜来特别地不讲究,有几个菜吃几个菜,没有也可以不吃,但是只要一吃起来不吃完是不会停下的。说起来也挺奇怪,那么瘦的一个人,如何能吃得下那么多?问题还在于,能吃也罢了,吃完饭帮忙洗个碗擦个桌子也是应该的吧?自从盘古开天地,三皇五帝到如今,哪一个刚来家里的女朋友不是低眉顺眼积极表现?项南却不,吃完碗筷一扔转身点起了一根香烟。母亲有一次实在忍受不了了,嘀咕了一声,小女孩家抽什么烟?项南笑嘻嘻地回了一句,我抽的是女士型烟。还有一次,项南吃完饭扔了碗刚摸出一根香烟要点,母亲阴沉着脸对我说,你今天把碗给洗了。我还没说话,项南就朝母亲嚷嚷起来,他是男的不能干家务活儿!母亲问那你准备洗吗?项南顿时嬉皮笑脸起来,阿姨你看啊!我不是还没嫁到你们家嘛,现在就洗碗挺没面子的。这样吧!等我嫁过来后,我保证不让你洗一次碗!母亲听了她的话满心欢喜地洗碗去了。

项南就是有这种能耐,嘻嘻哈哈之间就能把人哄得百般开心任劳任怨。当然让母亲任劳任怨还有另外一个原因,那就是项南的工作。项南在银行工作,用现在的标准衡量算得上是一名白领;我以前的那些女朋友一小部分是在校大学生,另外一大部分是文艺女青年,大多属于有思想、有理想、有品位却不能自食其力一族,跟她们在一起我三天两头就要张口跟母亲借钱,母亲对她们恨得咬牙切齿,自从认识项南之后我再没跟母亲借过钱……母亲始终觉得我能找到项南是高攀了。

大部分的情况下项南是能搞定母亲的,唯一一次的失败便导致我们之间的分崩离析。

起因是项南单位里面建了一批住宅,本单位员工可以用很低的价格购买。项南争取到了一套两居室的房子,她打算让我跟她合买,意思是我们两个人凑个首付,以后的还贷及各种费用她来承担。这个条件无论对于男人或者女人而言都算得上很"优待"了。其中的问题在于即便是首付,即便两个人分摊也要二十万左右(当时的价格),这对于一个生下来就一直处于"待业"状态的人而言并不是一笔小数目,而且对于一个人而言,钱这种东西你有了就有了,没有就是没有,没什么好挣扎的(内心)。项南说起来是要我跟她合买,实际上的指向却是我妈妈的钱。当然这也无可厚非,现在年轻人买房子谁不靠家里?否则以他们的收入两三辈子也别想买一间厨房。一天晚上项南来我们家,吃过饭后把我拽到房间里问,你跟你妈说房子的事情了吗?

我说这几天挺忙没顾上。实际上是我不知道该怎么开口。

项南说单位下通知了,这个星期就要缴款,否则算自动放弃。你还是抓紧问问吧!

我说行。

项南眼睛一转,要不你现在就去问问吧!

我说没必要这么急吧?

项南坚决地,就现在!

我只好硬着头皮去了母亲房间。

妈妈正在桌子前写着毛笔字。老人家最近一阵莫名其妙地爱上了写毛笔字,一有时间就拿起笔划拉两下。至于她的字嘛!怎么说呢?人家写毛笔字叫书法,她老人家写字约等于画画。当然对一个退休的老人而言,只要她不跳广场舞就已经够给我面子的了,我不能要求太多。看见我进来,妈妈停下笔招呼道,来看看我今天的字!

我说,我想跟你说件事情。

她问怎么了?

我咽了一口唾沫,把项南的购房计划说了。

老人家还没听完就一口给拒了,还问我,为什么要买房子?

我说项南说这是一个福利,放弃怪可惜的。

老人家一皱眉头,没这个道理!一个东西本来并不需要,因为福利就非要买吗?

我说也不能说不需要。我们总是要结婚的,买的房子可以作为我们以后的婚房。

母亲哼的一声,她如果真要和你结婚,你就是要饭的她也会结;她如果不想跟你结婚,你就是买给她一座长江大桥她还是不会跟你结……而且我们家又不是没房子,虽然面积小了点,毕竟也是三室的,结婚也是够的。摇了摇头,现在的孩子张张嘴巴就买房子买房子,也不看看自己有没有这个能力!

母亲的观念太过迂腐,但是意思已经表达得很清楚,就是不管我们买不买房子,反正她不会掏一个子儿出来。

房间里落入无边的沉寂,压得我心里发慌。我靠着门又站了一会儿,然后默默地退了出来。母亲提起笔继续写字,头也没回地,请把门带上!

我回到自己的房间,项南迎上来问,怎么样?

我摇摇头。心里弥漫着一丝无以言表的愧疚。我觉得自己快哭了。

项南有点不可思议,她居然不支持?不会吧!现在这种价格能买到这样的房子换任何一家都不定高兴成什么样子了!

我说可是我说服不了她……!

项南略一思忖,这样吧!我去跟她谈谈。

我吓了一跳,你别去!

项南:没事的。伸手揉了一下我的头发,出去了,走到门口又扭头朝我笑了笑,好像在说,别担心……然后隔壁响起了敲门声,我听见门后面母亲的声音,请进!

那天项南在母亲房间待了大约七八分钟的时间,在这段时间里我像一只热锅上的蚂蚁一样坐卧不安。我总觉得情况不妙,要出事,要出大事。究竟什么事却难以预测。七八分钟后项南气冲冲地回来了,脸色铁青泪水涟涟。我问怎么了?她没理我,拿起沙发上的手提包掉头就走,动作迅捷态度坚决,拦都拦不住,拉开大门噔噔噔地走了……

项南就这样消失了,而我却不知道这一切究竟是为什么,短短七八分钟之内母亲的房间里究竟发生了什么?一切又是怎么发生的?我后来问过母亲,母亲极不友好地反问,你怎么不去问问她?我当然也想问项南,但是却没有机会了。自从那天离开之后项南再没登过我们家的门,并随之掐断了与我之间的一切联系。我给她打过电话,她的手机号码已经停用,然后包括邮箱、QQ、微信等

你以后就不求人了? | 361

所有的联系方式都逐一被屏蔽或者删除。迫不得已之下我去单位找过她一次,也没见到她。她的同事告诉我项南已经调到另外一个网点工作了,至于哪个网点对方不肯说。

从银行出来后我没有乘车,默默沿着人行道向前走,在一个十字路口时遇到了红灯;路中央的一个交警拦下了一辆压线的面包车,打着手势让面包车先靠向路边……我站在路口等着红灯变换,身旁站着一位胖胖的中年妇女,右边是一位中学生模样的少年;少年的鞋带松了,他弯下腰想重新系一下鞋带,绿灯却在这时亮了,几乎与此同时,那位中年妇女开始过街;看到身边的人突然启动,弯腰系鞋带的少年慌了,感觉自己被某种生活抛下了,也不顾刚系了一半的鞋带,下意识站起身跟着中年妇女的步伐向前走了起来,刚走了两步便踩了自己的鞋带一下,脚跟打了屁股似的,只好蹲下来继续系鞋带,路中央的交警向他做了一个快速通过的手势。中年妇女正好走到交警的身边,看了警察一眼,再扭头看了看蹲在路中央的少年……

那天的天气挺好,阳光紧贴在城市的表面,在行人和车流中穿行,高楼、商店和道路两侧大型广告牌也处在行走中,即便运动中的车辆与行人停滞。

无论如何这一次的失恋对我的打击巨大。这话的意思并不是指项南在我心目中的地位无可替代,而是说她抽身的方式让我无法接受。我和项南都不是彼此的初恋,我们都有过没能善终的一段或数段感情经历,但是此前的每一次失恋都是有迹可循并逐渐昭然若揭的,即便相互跺脚谩骂起码也是一种通告,无论有多不舍内心起码还是知道结局的,而项南这一次是在我毫无防备的情况下突然抽身的,这属于不宣而战,她胜之不武。直到这时我才发现人和人之间的关系如此脆弱,昨天还与你同床共枕温情脉脉的那个人有一天翻身下床后就不见了,连一句再见都没有。说好的执子之手与子偕老呢?说好的一日夫妻百日恩呢?说好的宁羡鸳鸯不羡仙呢?

接下去我进入了一种混乱的时间模式,每天都要睡到下午两点钟左右才醒,起床后立即出门;自从项南离开之后我在家里一分钟不愿多待,多待一分钟都感到呼吸困难。出门后随便吃点东西就开始喝酒,有朋友就找朋友一起喝,找不到朋友就自己喝。我以前是不喝酒的,还浅薄地觉得爱喝酒的人怎么着都有点神情含混无病呻吟。可等自己喝上了口才发现酒真是一种奇怪的物质,虽然初尝味道并不友好:白酒火辣辣的呛口,红酒酸涩,黄酒有点躯,啤酒则洋溢着一股淘米水的味道,这几种味道都不太令人舒服。但是只要坚持喝下去,你会发现在最初的味道之后,别有一股滋味从你身体内部的各个通道涌现;它们齐聚于你的肺腑间,并通过呼吸弥漫到你全身的每一个关节,这是一种让人不能自已的温度,让你有一种如沐春风般的惬意。喝酒的人期待着的其实就是这种惬意,喝酒人等待的就是这种时刻……

他后来喝的多是啤酒。因为每天都需要在外面消耗掉很长一段时间,他需要拉长喝酒的时长,虽然其他的酒他也喜欢,但是时间一长算起来的费用就有点吃不消;啤酒则不然,三块钱一瓶,喝个 10 瓶 20 瓶的也就几十块钱,在其所能承受范围之内。每次喝完酒——真实情况是每次等他再也喝不动了,时间差不多已经是深夜一两点钟了,也到了酒吧打烊的时间,直到这时他才会晃晃悠悠地回家。每次他都是走回家的。深夜时分的出租车都不愿意带酒鬼的,久而久之他也习惯了步行。在这个城市,这一条街的街灯几乎每天都能眼睛一般看到一个醉鬼在深夜的大街上彳亍。这个醉鬼东倒西歪地横行在大街上,有时会朝着空旷的大街大叫大嚷,跟臆想中的某个人在争吵;有时会站在大街中间快乐地撒上一泡尿,有一天半夜他站在大街中央决定用自己的尿写一句四个字的短语:我爱项南。于是边撒边写起来,因为笔画太过复杂而尿太短,刚写出一个"我"字,尿就快结束了,最后勉强写出了一个爱字,一泡尿就被心中的爱意敲诈得点滴不剩,再也挤不出一星半点的了。他当场就哭了。他感觉已经永远失去了项南……

三个月之后他结婚了。

对于婚姻你让我说什么好呢?首先我认为婚姻对于现实生活的意义不大,其次我觉得婚姻是一桩我不能理解的知识,即使通过学习也无力达到的某种状态。所以我从不以为自己会结婚,尽管我喜欢异性,即便如此我依然不信任婚姻,但是我信仰异性……说起异性我还得再多唠叨几句。仅从个人经历衡量,这就是一场没有终点的接力跑,你从青春期起跑,从一个女人跑向另一个女人,从少女跑向姑娘,从姑娘跑向姑娘,从姑娘跑向少妇(也有从少女直接跑向少妇的,或者把少女直接跑成少妇)。一个一个的女性就像被人塞在你手中的接力棒,你握着她们奋力奔跑,跑完一段路程再将她们传递给下一个男人,转手接下另外一个女性,再跑。不跑到婚姻你永远不知道哪一个女性才是你的最后一棒;有的人即便到了婚姻还会接着跑——他跑习惯了。我不带目的地跑了许多年,从一开始就不为最后一棒奔跑,但是结果还是无辜地把自己跑成了最后一棒。于是我结婚了。

对于这一场毫无准备的婚姻我无法说得太多,我只能说这完全是一场生活意外,并不在我的人生计划之中,所以当它如一块从天而降的砖头准确地砸在我的脑袋上的那一刻,除了注定的头破血流之外就是那恼人的一阵接一阵的自我眩晕了……结婚的前一晚,母亲和几个亲戚在为明天的婚礼做着各种的准备工作,忙忙碌碌叽叽喳喳,我坐在一旁默默地抽烟,亲戚(两位表姐)说烟味太难闻,你出去抽吧!

院子里有一棵枇杷树,每年的五月全院的邻居都会来到树下摘枇杷吃。我夹着刚抽了一半的香烟出了门,准备去枇杷树下把这根烟抽完。刚出了楼道一眼看见枇杷树下已经站着两个人了，借着暗淡的光线依稀辨认出其中一位是对门的王阿姨，另一位是一个年轻女子，年轻女子脑袋埋在王阿姨的怀里低声哭泣。我觉得奇怪，王阿姨家里并没有其他女性，难道是此前与胖子离婚的儿媳妇回来了？从背影看倒是很眼熟，忽然想起一个人，脑袋嗡地一声，抬腿就要奔过去。王阿姨看见我了，她隐秘地朝我竖起一只手掌；笔直的手掌刀一般迎刃而立，仿佛要斩断汹涌而至的一切事物……我硬生生站下了。年轻女子还在恸哭，压抑着哭声朝向内心深处挣扎，犹如从五脏六腑撕裂而出一般，听得人头皮阵阵发麻。王阿姨一边拍着她的背部一边小声安慰着，快别哭了！你这样对他也不好对不对？女孩子还是摇头痛哭。王阿姨叹了一口气，小南姑娘啊！阿姨知道你心里难过。我一直觉得你们俩是最合适的……！

项南哇地一声号啕大哭起来。王阿姨吓了一跳，走我们出去说。半拖半拽地把项南拽走了。我看着她们俩的背影慢慢地走出院门消失在夜幕中……我哆嗦着把手里的香烟递向嘴唇，递到一半胳膊突然没了力气，垂下了，嗓子眼儿像堵着一块硬硬的东西，吐不出也吞不下，死死地哽在那里，然后眼泪呼地涌出了眼眶，随即便泣不成声；一开始我是站着的，哭着哭着一屁股坐在了地上——我站不动了，手里半截香烟不明原因地熄灭了——难道有一滴眼泪经过了烟头？我坐在地下痛哭，面前不时有邻居经过,却没一个人管我(我在这个院子住了二十多年,与大部分邻居形同陌路,我平时不理他们,所以大家有此表现也属正常。我活该!)

我至今依然记得那天的场景,在我人生最危险的时刻,一位邻居母亲一般挺身而出,为我挡下了一轮扫向我的挟着雷电的疾风劲雨。我能记住的就是这个。

这也是我与项南的最后一面。

第二天我的婚礼如期举行。婚礼很成功,两家人都很开心。中途我拽着新娘子给王阿姨敬了酒,王阿姨说了很多祝福我们的话,什么百年好合白头偕老等等。

我的故事讲完了,最后一件事是关于王胖子的。

大概是在我结婚半年左右,胖子又失恋了。这一次的失恋几乎摧毁了他的意志。那一阵他不吃不喝寻死觅活的。有一天干脆爬上了楼顶,站在楼顶边缘鸟一般跃跃欲试。把一院子的邻居都惊动了,还来了一队警察。这伙警察挤在楼顶通道前谁也不敢靠近,胖子扬言谁敢上前他就跳楼。我就上去了。看见我接近,站在楼顶边缘的胖子大叫,你再敢向前走一步我就跳下去!我张嘴就骂,你想死我不拦你,你得先把借我的两千块钱还我。

胖子一愣,我什么时候借你钱了?话音未落我已经到了他身边,伸手将他朝后猛地一拽,他整个人就倒下了,倒下的身体整个砸在我身上,泰山压顶一般砸得我腰膝双软,把我直接砸趴在他的身下,后面的警察一拥而上将他死死地摁住了。

我老半天才从胖子的身体下爬出来,起身掸了掸身上的灰对胖子说了一句,就你这点智商还想自杀?别恶心了!

抄近路

X是在商场遇到那个姑娘的。在此之前他从没见过她,对她的长相、身世以及生活背景一无所知且毫无思想准备。那天下午他守在商场二楼的自动电梯旁边。电梯是单向上行,楼道很窄,大概只能容下两个成人并排站立,就形状看它更像一根大舌头,人就是舌头上的一粒或者两粒的瓜子仁,舌头向上缓慢地翻滚并卷动着人群,将他们一个一个一个又一个地运送上来;电梯已经老旧了,运行过程中不时地发出吱呀吱呀的呻吟声,节奏缓慢,像一位随时都可能中断自己命运的老妇人。那个姑娘背着一只黑色双肩包,包很小,就体积衡量其实放不下多少东西,因此在重量计算上应该不大可能太过沉重,也就是说所有的可能的重量仅需要一只肩膀就足可以承载了,完全没有必要以双肩背包的样式出现。这种包现在在市面上极为流行,几乎每一个二十上下的女性都有一只,好像她们每天出门时都往包里塞上一块大石头……姑娘站在电梯上,脑袋微微侧向一旁,眼睑低垂若有所思,电梯正将她一点一点送上灵魂的高度。X被她的神态吸引。这种神态在这个城市里的女孩们脸上可不多见,现在的姑娘们精明得吓人,你和她们随便说一句话,她们立刻就能估算出这句话价值几毛几分,像一只品质优异的电子计算器。

X坐在了一家名为"城市花园"的茶馆中。时钟正逼向下午三点。茶馆里的人不多,只有零零散散的几桌客人。X占了一个临窗的座位,现在大街与他之间仅隔着一面宽大的玻璃,从他所在的角度看过去,街道正如水面一般浮起,车行的速度也不快,走着走着便会睡去了一般。城市在打盹。靠近茶馆这一侧的人行道上没有多少行人,此刻在大街上走动的多是一些刚刚从床上爬起来的年轻女性,一个个打扮得怪里怪气的。有两个女孩子恰巧经过X的窗前,看X时眼睛直勾勾的;人继续向前走着,脑袋不断地向后扭动着,X和她们对视片刻便将视线收回投向远处。街对面相对热闹一些,与茶馆正面相对的是一家食品商店,隔壁则是一家银行,银行旁边是一家百货商场,十多分钟前X刚从那里出来。像一种巧合,X迅速在众多的人群中又见到了那个背双肩包的姑娘。她不知什么时候从商场里出来的,X看见她的时候她已经处在X的眼皮底下——两人之间仅仅隔着一面玻璃。她没有发现X,沿着玻璃窗走了一截竟然也进了"城市花园"。随着门口迎宾小姐一声清脆的招呼,"欢迎光临!"背双肩包姑娘重新出现在了X的面前,像一次成功的魔术。在从大街落入茶馆的过程中,大约有数秒钟的时间她完全脱离了X的注视,那一刻X的眼前一片空白,几乎失明的感觉。等再见到她时,她的脸上已经突兀地多了一副墨镜。墨镜的框架是奶白色的,款式新颖时髦。她拣了一张靠近角落的座位坐下,要了一杯咖啡。咖啡上来后她却尝都没尝,似乎对咖啡并无兴趣,人蜷缩在宽大的沙发中,疲惫不堪,咖啡烟囱一般持续向上冒着热气。大约五分钟后她用手机接了一个电话。手机也是乳白色的,与她脸上眼镜架的色彩相同,手机的机型小巧、精致,是韩国产的一款名牌手机,X经常在电视上看到这款手机的广告。接完电话后她握着手机愣怔了一会儿后才把手机轻轻放到桌上,埋头翻开双肩包,抽出一支唇膏,就着一个小化妆盒上的镜子涂抹着嘴唇,三两下之后又抽出一把小梳子梳了梳头,梳头时也没有摘下墨镜,每梳到眼镜腿的部位梳子便要停顿一下,让过眼镜腿之后才得以继续,整个梳头的动作显得很别扭。拾掇完毕之后她把唇膏梳子以及手机等一股脑儿地塞进包里,招手唤服务员买单。她掏出一张五十元的钞票。服务小姐捏着钞票去了收银台,再返回来把找的零钱还给她。她接过钱随手塞进背包里,站起身来把包背上肩膀,顺便舒展了一下身体,走了。在出门前的一刹那,她似乎察觉了一丝异样,循着感觉扭头朝X所在的方位打量了一眼,X正目不转睛地盯着她,她狠狠地瞪了X一眼(X的感觉),走了出去。尽管隔着一副墨镜,X仍然有了一种被刺了一下的感觉,那一杯咖啡在桌上持续地冒着热气,渐渐淡了。

出门后背双肩包的姑娘开始过街。她正好赶上一次绿灯的机会——由此可见她的运气不错——几步便跨到了街对面。在那里她遇到两个男人。两个男人一高一矮,而且都戴着墨镜。看到这两个男人,X忽然心慌起来,也说不清是什么原因。他们三个人聚在一起说着话,其间不住地四下张望。大街上来往的车辆不断,X对他们的注视常常被经过的车辆阻隔,眼前一暗之后随即又被恢复,可是当一辆公交车驶过眼前后,一直交谈着的三个人却忽然不见了,原先站着的地方空空荡荡,三个人好像被那辆大巴劫持而去了。X的视线追着那辆越开越远的大巴很久,直到它拐弯驶向另外的一个方向。他的茶有点凉了。X招手让服务员给自己加了点水,在服务员续水的过程中他不甘心地又朝街对面扫了一眼,依然没有那三个人的踪迹。X便安心地喝起茶来,一边喝茶一边在想那个姑娘。他有点喜欢上她了。

大概过了十分钟,突然警报大作。大街上骚动起来,街对面的人群慌不择路四处奔逃,搅得整个大街都在微微晃动。警报还在持续,高一声低一声,长一声短一声的连绵不绝。人群奔突了一阵后渐渐停下了,但是却将银行门前空了出来。人们远远地站着,银行门前的一小块空地上躺着一个穿制服的男人,头上的帽子滚落在一旁。警笛声由远而近,数辆警车风驰电掣般地赶到了,一群荷

抄近路 | 373

枪实弹的警察迅速地散开将银行门前封锁起来,并不断地驱赶着围观的人群。茶馆里的几个顾客和服务员一起涌到门口朝街对面紧张地张望。X没动,他所在的位置正好可以清楚观察到街对面所发生的一切。那个躺在地上的保安很快被抬上一辆救护车送走了。警察还在源源不断地赶来,除了一部分便衣之外,更多的是一些武警。大街上运动着的汽车已经停下了,其中还有一些公交客车,车上的乘客被禁止下车,一队武警正在挨个地盘查,不过收效似乎不大。隔了一会儿,几个武警端着冲锋枪向街这边跑来。他们径直冲到茶馆门前,将站在门口的顾客和服务员一起赶进了茶馆,进了茶馆后将服务员和顾客分成两拨坐下;一个四十多岁中年警察张口说,我们在例行检查,请大家配合一下。转向顾客一方,请大家出示一下身份证!几个顾客顺从地将身份证拿出来,中年警察挨个地审查并对照着身份证上的照片仔细地确认。没一会儿便完成了所有的检查,最后他盯上了X。请你出示一下身份证!X说我没带身份证。话音刚落,旁边的几个武警哗地一声同时把枪举了起来,黑洞洞的枪口笔直地对准了他,同时大喝一声,站起来!X被吓得呼地一声站了起来。中年警察走过去,先朝窗户外面打量了数眼,说你这个座位挺不错的!X没言语。中年警察看看他,一屁股坐到他的对面的椅子上,说你也坐吧!X这才敢坐下。

你是干什么的?

X:待业。

374 | 女贼

叫什么?

X:X

住什么地方?

X:山西路。

山西路哪里?

山西新村256号。

中年警察叼起一支香烟,抬起眼睛直直地盯着X,半天没说话,手里的打火机被他打得噼啪作响,火苗闪烁。从他那怪异的神色中,X发现了一个近乎流氓无赖的嘴脸,他为自己的发现感到快乐,差点没笑起来。他忍住笑意怯生生地问中年警察,我可以走了吗?中年警察像没听见似的扭过脸向外打量了片刻,又问:

你知道外面出什么事吗?

X:不知道。

外面出事你不知道?

X:我知道外面出事,但是不知道出了什么事。

中年警察说:有人抢银行!

X:……

中年警察啪地把打火机扔在桌上,突然起身快步走到门口,掏出手机开始拨电话。喂,老胡!他先从嘴上摘下那根始终没点的香烟。你帮我查一个人,叫X,对。他住在山西新村256号。打电话的过程中他在门口不断地来回踱步,从X所在的角度能看见他

抄近路 | 375

的时间非常短暂,眼睛一眨人影一晃就没了,然后眼睛一眨人又晃过去了……数分钟后有了结果,中年警察在电话里和对方客套了两句挂了电话。看来反馈过来的信息没什么价值。他没有再回到X的面前,而是径直去了街对面。桌子上还留着他的打火机,X真想拿过来玩弄一下。

那天X很晚才被允许离开。

第二天城市里的各个媒体相继报道了前一天的事件,三个蒙面歹徒光天化日之下抢劫了市中心的一家储蓄所,劫得人民币近二十多万元。直到报道出来之后,生活中的X才知道前一天自己究竟经历了怎样的事件。

在后来的生活中X频繁地向他身边的朋友们炫耀着自己这一段经历,他不厌其烦地向每一个熟人讲述当时的情景,绘声绘色的,似乎自己参与了抢劫一般。说来也是,正常的人一辈子也难得遇到一次如此惊险的经历,向身边的人倾诉一番也是释放刺激的生理需要。在X的讲述中,那三个蒙面的歹徒几乎被他被渲染成了飞檐走壁式的侠客,且狡猾奸诈心狠手辣,出于某种隐秘的缘由,X在叙述中有意无意地掩饰了其中的一个关键性人物——背双肩包的姑娘。在后续的相关报道中,关于这个姑娘的报道几乎没有,也就是说在所有人的印象中那三个蒙面人全都是男性,没人知道三个人中其实还夹杂着一个姑娘。依X的观察,这一点可能连警察都是不知道的,但是X曾亲眼见到了她与另外两个戴墨镜的家伙在银行的门前逗留过,那么后来为什么没人指出这一点呢?按 X 的猜测,她可能是在进入银行前把自己重新装扮了一番,将自己装扮成了一个男人或者一个老人的形象。真实细节 X 无法了解,但是他绝对能肯定她是三个歹徒中的一个,只是这一点 X 始终没有向别人透露,具体的缘由自己也说不大清楚。因为这一份刻意隐藏的事实使他在向别人叙述这一段经历时更显得兴趣盎然。

这一年 X 21 岁,真实的人生才刚刚开始,而此番的惊奇遭遇让他禁不住对今后的生活想入非非了,内心充满了对于生活各种各样的传奇的憧憬。他总觉得以后自己能过上一种激情四射跌宕起伏大开大阖的生活,他也为此做好了准备,准备着在接下去的生活中四处碰壁出生入死壮怀激烈。这一份悬浮着的激情使他在相当长的一段时期内无法诚实地生活。他有生以来第一份工作是邮局的投递员,因为自觉这份职业没什么前途,二年不到便辞职去珠江路的一个电脑公司干了一阵,后来又陆续做过传销、医药代表、广告策划等多种工作,生活中一直不大得意,没有当官或者一夜暴富,也没有因为贫穷或者疾病而绝望致死,就是说后来的现实与他当初对生活的设计差距甚远。他是在 28 岁那一年结的婚,30 岁的时候又离掉了,后来再也没娶。随着生活的层层展开,当初针对生活的那一份浪漫情绪一点一点淡了,许多当时令他激动的经历也逐渐背离了记忆,最近这些年他浑然忘了自己当初遭遇的那次银行劫案的经历——而他当时多么地为此激动啊！他后来的工作是推销员，推销的是一家上海厂家生产的日化产品，有洗涤剂、洗发香波、洁厕灵等等，工作方式则是上门推销。每天一早起来挨家挨户地上门服务。工资不高、人辛苦不说，这种工作方式还不大为人们所接受，工作过程中遭尽了人们的冷眼和误解，许多胆小的老人和孩子甚至把他当成了盗贼，有的还报了警……

生活惨淡地持续着，一天夜里他在睡梦中和那个背双肩包的女人再次不期而遇了。

那是一个霞光满天的清晨，他骑着自行车去上班。那一刻时光仿佛回到了当初在邮局工作时的某个季节。他的自行车是墨绿色的，架在龙头前的车篓里还残存着一封因地址不详而无法投递的信件。正是上班的时间，大街上挤满了各种车辆和出门觅食的人，他夹在慢车道上的车流中，水中的鱼一样快乐地左曲右拐地滑向前去，那些按照正常节奏行进着的车流被他搅得顿时乱了，大街也在不停地摇晃，车铃和埋怨声此起彼伏……兴致上来时他还会故意卖弄一下娴熟的车技，在骑到某个漂亮姑娘面前时会突然双手脱把，车身摇摇晃晃把姑娘吓得失声尖叫……

在一个十字路口，他的胡闹终于被一次红灯中止了。不远处站着的一个交警让他不得不和大家一起停下来了。他单腿点地支撑着车子，腾出手从口袋里摸出一根香烟衔在嘴上，再掏出打火机点上，然后左顾右盼地抽了起来。这一年他刚刚学会抽烟。

在红灯跳到绿灯的一刹那,他率先冲了出去,在他的启发和带动下,停滞的车流缓缓地启动,迅速地漫过地面。X向前骑了没多远,大街上突然出现了很多的警车,它们在大街上横冲直撞,昂昂吼着警笛。也许是某个银行被劫了,X想。正打算停下来看看,只觉车身一沉,一个人跳上了自行车的后座,然后就听到一个柔柔的声音对他说,别停,继续骑!

他扭头看了一眼,原来是那个背双肩包的姑娘。许多年过去她居然一点没变,还是那么年轻、漂亮,甚至那一份隐隐的忧郁也一如既往。

去哪里?他问。

随便!她回答。

他想了一会儿,提议说,要不我带你去北京玩吧!

他的提议让身后的姑娘很诧异。北京?怎么去?

我骑车带你去。X回答。

她说开什么玩笑,那么远呢,坐火车起码也要八个多小时呢,你骑车带我要走到什么时候呀!

X说,不会太长的,我认识一条近路,从南京到北京最多二十分钟。

姑娘在后面考虑了一会儿后答应了,说,那好吧,我们走。

X带着背双肩包的姑娘沿着大街向着梦中的北京去了。